SYLVIA BERGMAN

Ein Krabben-cocktail für eine Leiche

Viel Spaß
beim Lesen!
Sylvia Bergman

MEER. MÖWEN. MORD. Ein paar Tage Seeluft schnuppern – das ist für Greta Kaiser gerade genau das Richtige. In ihrer Hamburger Wohnung langweilt sie sich nur. So hat sie sich den Ruhestand nicht vorgestellt! Also bucht sie kurzerhand zwei Wochen Urlaub in Munkmarsch auf Sylt. Womit Greta nicht gerechnet hat: Ihr Hotel war Schauplatz eines Mordes. Auch jetzt liegen düstere Schatten auf dem Haus. Doch Greta ist keine Frau, die sich davon einschüchtern lässt. Sie wittert ein Geheimnis, das viele Jahre zurückreicht und mit einem Künstler zu tun hat, dessen Leiche vor einigen Wochen am Strand von Kampen angespült wurde. Gemeinsam mit Joost – einem pensionierten Sylter Polizisten – gräbt sie in einer alten Familiengeschichte und gerät so ins Visier des Mörders.

Sylvia Bergman schreibt seit Jahren Thriller und Kriminalromane. Sie wurde in der Altmark geboren und studierte in Hamburg Betriebswirtschaftslehre. Mit ihrer ersten Kriminalromanserie weckte sie schnell die Aufmerksamkeit ihrer Leser. Sowohl ihre Krimis als auch ihre packenden Thriller sind geprägt von starken weiblichen Charakteren, die sich immer wieder neuen moralischen, seelischen und physischen Herausforderungen stellen müssen. Ihre Leser schätzen die unverhofften Wendungen in ihren Büchern und das überraschende Ende. Sylvia Bergman lebt mit ihrer Familie in der Lüneburger Heide.

SYLVIA BERGMAN

Ein Krabbencocktail für eine Leiche

KRIMINALROMAN

GMEINER

MIX
Papier | Fördert gute Waldnutzung
FSC® C083411

Besuchen Sie uns im Internet:
www.gmeiner-verlag.de

Im Ehnried 5, 88605 Meßkirch
Telefon 07575/2095-0
info@gmeiner-verlag.de

1. Auflage 2024

Herstellung: Mirjam Hecht
Umschlaggestaltung: U.O.R.G. Lutz Eberle, Stuttgart
unter Verwendung eines Fotos von: © Jenny Sturm / stock.adobe.com
Druck: CPI books GmbH, Leck
Printed in Germany
ISBN 978-3-8392-0583-9

Personen und Handlung sind frei erfunden.
Ähnlichkeiten mit lebenden oder toten Personen
sind rein zufällig und nicht beabsichtigt.

KAPITEL 1

Hamburg

»Glauben Sie, mich damit einschüchtern zu können, junger Mann?«

Am anderen Ende der Leitung wurden wüste Beschimpfungen ausgestoßen.

»Ich habe sehr wohl Besseres zu tun, als den ganzen Tag aus dem Fenster zu schauen!«, blaffte Greta Kaiser empört in den Telefonhörer. Die zierliche, ältere Frau baute sich zur vollen Größe auf. »Doch selbst wenn es nicht so wäre, war ich nicht derjenige, der seine Freundin geschlagen hat, und lassen Sie sich eines gesagt sein: Ich behalte Sie ab sofort im Auge! Ihre Drohungen bestärken mich nur noch in der Annahme, dass Sie hinter Gitter gehören. Es ist mir schleierhaft, wieso Sie immer noch auf freiem Fuß sind.«

Gretas Nachbar erschien im Haus gegenüber im dritten Stock am Fenster, das Handy in der Hand. Er machte eine obszöne Geste in ihre Richtung. Gemessen an ihren 65 Jahren war er ein Welpe. Niemand, von dem sie sich beeindrucken ließ.

»Sie machen mir keine Angst, im Gegenteil. Ich brenne darauf, dass Sie den Fehler begehen, der Sie für immer ins Kittchen bringen wird«, brüllte sie ins Telefon.

Er schrie zurück.

»Ja, das wünsche ich Ihnen auch!« Mit leicht erhöhtem Puls legte sie auf. Am liebsten hätte sie die Vorhänge zugezogen, aber diese Genugtuung wollte sie dem Verbrecher auf der anderen Straßenseite nicht geben. Er hatte mit unterdrückter Nummer angerufen. Darauf war sie hereingefallen.

Vor einigen Tagen war Greta Zeugin geworden, wie er eine junge Frau, sie mochte Anfang 20 sein, in seiner Wohnung mehrfach geschlagen hatte. Die Frau hatte sich am Ende auf dem Küchenfußboden zusammengerollt und versucht, sich mit beiden Armen gegen seine Attacken zu schützen. Greta hatte sofort die Polizei gerufen. Es war purer Zufall gewesen, dass sie gerade zu der Zeit aus dem Fenster gesehen hatte, um nach ihrer Nichte Ausschau zu halten, die einen Parkplatz gesucht hatte. Auf der anderen Straßenseite hatte das Fenster offen gestanden und das Licht gebrannt – ein Umstand, den ihr Nachbar leichtsinnigerweise übersehen hatte –, als das Geschrei losgegangen war.

Leider hatte die junge Frau von einer Anzeige abgesehen, sodass der Schläger mit einem blauen Auge davongekommen war. Seitdem bemühte er sich, Greta zu terrorisieren. Ohne Erfolg. Seine regelmäßigen Anrufe auf ihrem Festnetztelefon, vorzugsweise in der Nacht, sollten sie mürbemachen. Greta hatte sich Ohropax besorgt. Sie schlief friedlich, wohl wissend, dass sie das Richtige getan hatte und dass das Schloss an ihrer Haustür eine vernünftige Qualität besaß. Ohnehin bezweifelte sie, dass der Mann den Mut hätte, bei ihr einzusteigen.

Greta gab sich keinen Illusionen hin. Sie lebte in Hamburg. In der Großstadt passierten solche Dinge, die sie nicht beeinflussen konnte. Dennoch – seine Freundin zu schlagen, bedeutete nicht automatisch auch, einer Nachbarin aufzulauern, um sie zu überfallen. Vorsichtshalber dokumentierte sie alle verbalen Übergriffe auf sie genauestens und schickte sie regelmäßig der Polizei, was sie ihren Nachbarn auch wissen ließ. Der wiederum war deswegen am heutigen Morgen verwarnt worden. Greta fühlte sich somit bestens gegen Schlimmeres abgesichert.

Der Gedanke, dass sie dieser Vorfall noch eine Weile beschäftigen würde, störte sie. So hatte sie sich ihren Ruhestand nicht vorgestellt.

Sie schaute aus dem Fenster im dritten Stock ihrer Eigentumswohnung im Stadtteil Eimsbüttel. Ein Altbau mit knorrigen Holzfenstern, von denen die weiße Farbe abplatzte, drei Meter zwanzig hohen, schneeweißen Decken mit altem Stuck und Eichen-Dielenboden, der knarrte, wenn man durch den Raum schritt. Unter ihrem Fenster drehten verzweifelte Anwohner ihre Runden und suchten nach einem freien Parkplatz. Ihr eigener Wagen – ein Mercedes E-Klasse – stand sicher ein paar Meter weiter auf der rechten Seite und war seit Wochen nicht mehr bewegt worden. Für ihre Besorgungen in der Stadt nutzte sie die öffentlichen Verkehrsmittel oder ging zu Fuß. Sie hatte Zeit im Überfluss, sehr zu ihrem Missfallen. Doch heute bedeckte eine dicke graue Wolkenschicht schon seit dem Morgen den Winterhimmel und erstickte jede Motivation in ihr, einen

Fuß vor die Haustür zu setzen. Den ganzen Tag hatte sie mit Regen gerechnet. Jetzt, da er sich dem Ende neigte, war sie enttäuscht, ihn mit Nichtstun in der Wohnung verschwendet zu haben.

Schräg unter ihr sah sie Herrn Mauser mit einer Zigarette im Mund und mit seinem Bademantel bekleidet auf dem Balkon sitzen und qualmen. Sollte es einmal so weit kommen, dass sie sich nicht mehr darum scherte, wie ihre Umwelt sie wahrnahm, hoffte sie, die Willensstärke zu besitzen, sich über die Brüstung zu werfen. Missbilligend registrierte sie den Geruch, der ihr in die Nase stieg. Greta runzelte die Stirn, schloss das Fenster und ging ins Schlafzimmer. Seit ihrer Pensionierung vor einigen Wochen hatte sie Zeit gehabt, es nach ihren Wünschen einzurichten. Thomas' Sachen hatte sie endlich entfernt, auch wenn es wehgetan hatte. Es gab nach wie vor zwei Nachttische, doch auf beiden lagen nun ihre Utensilien, und sie hatte damit aufgehört, Decken und Kissen auf der Seite ihres Mannes regelmäßig zu beziehen und neben ihre eigenen zu legen. Obwohl diese dadurch etwas verloren wirkten auf dem großen Doppelbett.

Sie setzte sich auf die leere Hälfte und zog die Schublade von Thomas' ehemaligem Nachttisch auf. Statt die Sachen von ihrem Mann zu beherbergen, erfüllte sie jetzt eine andere Aufgabe. Greta nannte sie insgeheim »die Truhe des Verbotenen«. Kleine Gegenstände, die in ihr viele gegensätzliche Gefühle weckten, befanden sich darin. Erinnerungen an Minuten des Nervenkitzels und der Nervosität, aber auch Scham und Reue. Sie bewahrte diejenigen auf, bei denen sie keine Gelegenheit gehabt hatte, sie zurückzugeben, oder diejenigen, die sie unbedingt behalten wollte. Doch das waren wenige.

Greta schluckte. Eine Brille, etliche Kugelschreiber, eine kleine Kristallvase, ein Aschenbecher, ein Porzellanpinguin, ein Kristallbriefbeschwerer, eine Gabel mit dem Logo eines Nobelhotels – was sagten diese Dinge über ihren Charakter aus? War sie ein schlechter Mensch? Brauchte sie Hilfe? Sie hatte sich vorgenommen, selbst Antworten auf diese Fragen zu finden, bevor sie mit jemandem darüber sprach. Was würde Thomas sagen, wenn er von dieser Schublade wüsste? Oder ihre Nichte? Greta schämte sich einen winzigen Augenblick lang. Dann erinnerte sie sich daran, wie sie ihr Leben bisher geführt hatte – immer regelkonform, niemals aneckend, angepasst. Und was hatte es ihr gebracht? Sie saß den lieben langen Tag allein in ihrer Wohnung und grübelte, wie sie ihre restlichen Tage verbringen wollte. Ablenkung musste her. Sie konnte nicht ewig so weitermachen. Thomas war nicht mehr da, damit musste sie sich abfinden. Doch die Art, wie sie ihren Kummer auslebte, war möglicherweise eine Spur selbstzerstörerisch. Was, wenn sie eines Tages jemand dabei erwischte, wie sie etwas mitgehen ließ? Bei dem Gedanken stieg ihr die Schamesröte ins Gesicht. Das musste aufhören. Sie nahm sich fest vor, sich eine Beschäftigung zu suchen. Etwas, das sie ausfüllte.

Vor vielen Jahren hatte sie damit angefangen, sich für den Aktienmarkt zu interessieren. Ein geschicktes Händchen und ein guter Riecher hatten ihr und Thomas, der bis zu seiner Rente als Rechtsanwalt gearbeitet hatte, ein üppiges Zusatzeinkommen beschert. Es war am Ende so viel gewesen, dass sie sich ein Ferienhaus in Südfrankreich leisten konnten. Greta vermisste die faulen Sommer, die sie dort viele Jahre gemeinsam verbracht hatten. Der Gedanke, dass diese Zeit abgelaufen war, machte sie traurig.

Eine einsame Träne rollte ihr über die Wange. Sie wischte sie weg, schloss die Schublade und stand auf. Als Erstes würde sie Nele anrufen, ihre Nichte. Möglicherweise hatte sie Lust, mit ihr essen zu gehen. Greta blickte auf den Nachttisch herab. Sollte sie das ganze Zeug loswerden? Sie schüttelte den Kopf und ihre kurzen karamellfarbenen Haare fielen ihr dabei sanft in die Stirn. Sie strich sie zur Seite und hinter die Ohren. Doch da die einzelnen Strähnen dafür nicht lang genug waren, fielen sie immer wieder nach vorn.

»Auf keinen Fall werde ich mich dafür schämen«, sagte sie zu sich und reckte das Kinn nach vorn. Solange es niemandem wirklich schadete, würde sie sich nicht für ihr Verhalten rechtfertigen. Es war etwas, das sie jetzt brauchte, das ihr half, mit dem Schmerz klarzukommen und ihre Gedanken auf Neues zu lenken, auch wenn es für einen Außenstehenden krank klingen musste. Sei es drum. Sie hatte es akzeptiert und das reichte ihr. Kein schlechtes Gewissen anderen Leuten gegenüber sollte sie leiten. Es handelte sich bei den entwendeten Sachen ausnahmslos um Dinge, die niemand vermissen würde.

Im Internet hatte sie über ihr Verhalten recherchiert. Aus reiner Neugierde, um zu sehen, ob es neben ihr weitere Menschen gab, die diesen Weg beschritten. Sie hatte nur lange Abhandlungen über die Folgen einer tiefen Depression gefunden. Nun, das war es nicht. Möglicherweise fühlte sie sich manchmal niedergeschlagen, doch das war nicht der Grund für ihr Verhalten. Wie auch immer. Sie dachte vorerst nicht daran, etwas an ihrer neuen Gewohnheit zu verändern. Und ganz gewiss wollte sie sich von keinem Außenstehenden dazu Rat einholen.

Sie hatte ihr Leben lang ihre eigenen Entscheidungen getroffen, und das würde sie nach den Ereignissen und Rückschlägen des letzten Jahres so beibehalten. Irgendwann würde sie wie der Phönix aus der Asche aus dieser Krise auferstehen.

Es klingelte. Greta legte die wenigen Meter zu ihrer Haustür zurück, sah durch den Spion, schnaufte und öffnete. Vor ihr stand die Nachbarin aus dem ersten Stock. Gertrude. Sie und ihr Mann besaßen den einzigen kleinen Garten nach hinten zum Hof hinaus. Auf der einen Seite beneidete Greta sie für das grüne Fleckchen mitten in der Großstadt, auf der anderen belächelte sie sie für die penible Aufmerksamkeit, die sie jedem ihrer Rhein-Kieselsteine zuteilwerden ließen. Diese Menschen hatten eindeutig aufgegeben, mehr aus ihrem Rentnerdasein zu machen, und das war ein Verhalten, das für Greta nicht infrage kam.

»Hallo, meine Liebe«, begrüßte sie ihre Nachbarin. »Insa und ich …«, sie sprach von der alleinstehenden Frau im zweiten Stock, »wir haben gedacht, dass du jetzt bestimmt ganz froh wärst, wenn wir dich ein wenig mehr in unsere Nachbarschaftsgruppe integrieren würden. Du weißt ja, dass wir immer viel unternehmen. In zwei Wochen gehts an die Nordsee und im Sommer mit dem Bus nach Prag. Es wäre schön, wenn du bei uns mitmachen würdest.«

Greta war abgelenkt durch die grelle geblümte Kittelschürze, die ihre 70-jährige Nachbarin trug.

»Heute Abend gehen wir kegeln. Vielleicht möchtest du mitkommen? Am Wochenende zeigen wir ein paar Fotos von unserem Urlaub mit dem Wohnwagen an der Côte d'Azur. Christian …«, sie redete von ihrem Enkel, »… hat für uns ein Fotoalbum davon gemacht.«

Greta schluckte. Sie schaute auf die bequemen Filzschlappen ihrer Nachbarin und überlegte, dass so eine Schublade nicht das Schlimmste sein konnte, was sie in ihrer Zukunft als Rentnerin erwartete. In ihrem Kopf ging sie allerlei Ausreden durch, die sie Gertrude präsentieren konnte, ohne den Anschein zu erwecken, deren Bemühungen wären ihr egal – was sie in Wirklichkeit waren. Ein Maunzen ließ sie den Blick abwenden.

Gertrude hatte ihre Katze dabei. Wenn Greta eines nicht ausstehen konnte, dann waren es Katzen. Sie haarten, hinterließen Biowaffen ähnliche Duftnoten an der Hauswand und konnten durch ihre Halter nicht kontrolliert werden. »Meine Katze hat Charakter. Sie lässt sich von niemandem etwas vorschreiben«, hörte sie stolze Katzenbesitzer sagen. Was für eine geniale Ausrede für schlechte Erziehung, dachte sie sich insgeheim.

Während Gertrude sich über die Vorzüge ihrer Greisenfahrten ausließ, beobachtete Greta missbilligend

Fräulein Pfote, wie diese kleine Vogelmörderin von der arglosen Nachbarin genannt wurde. Begleitet von fordernden Maunzlauten streifte sie um Gertrudes Hosenbeine und hinterließ dabei eine Spur weißer Haare.

Greta kitzelte allein der Anblick in der Nase. Sie bemerkte, dass die Katze sie fixierte. Anscheinend war das Tier sich Gretas Antipathien genau bewusst. Greta bezweifelte jedoch, dass Fräulein Pfote das interessierte.

»Es tut mir leid, das ist nichts für mich«, sagte Greta schließlich ohne Umschweife zu Gertrude. Sie hoffte, dieses Treffen schnell zum Ende bringen zu können. Dann blickte sie erschrocken nach unten. Ein Kitzeln an ihren eigenen Beinen signalisierte ihr, dass es dem Feind heute gelungen war, die feindlichen Linien zu übertreten. Dabei hatte sie die Katze nur einen Augenblick aus den Augen gelassen!

»Ach, wie süß!«, rief eine verzückte Gertrude aus. »Sie möchte dein Heim erkunden. Ist das nicht goldig?«

Greta bekam Gänsehaut bei dem Gedanken an die vielen Haare, die das Tier in jeder Sekunde wie eine Markierung seines Territoriums verlieren würde.

»Bitte sei so gut und hol sie raus«, erwiderte Greta eisig und presste die Lippen aufeinander. Sie blieb in der Tür stehen, während Gertrude an ihr vorbei in die Wohnung wieselte und nach ihrer unverschämten Freundin Ausschau hielt. Greta hatte nicht vor, diesem Untier die Genugtuung zu geben, hinter ihm herzujagen.

Einige Minuten später befand sich der weiße Tiger auf dem Arm ihrer Nachbarin und funkelte Greta empört an.

»Sei mir nicht böse, Gerti. Die Einladung ist sehr lieb gemeint, aber ich werde die nächste Zeit nicht dazu kommen. Ich habe einiges zu tun, bevor ich in den Urlaub fahre.«

»Du willst weg?«

»Ja. Entschuldige, ich glaube, mein Telefon hat geklingelt.« Mit diesen Worten schloss sie die Tür vor ihrer Nachbarin. Etwas unhöflich, das war ihr bewusst, doch sie hätte ihr die nächste Frage gar nicht beantworten können. Wo es hingehen sollte. Sie wusste nur, sie musste mal weg – raus.

KAPITEL 2

Sylt, am nächsten Morgen

Feuchte Luft schlug ihm ins Gesicht, als Jasper die schwere Eichentür seiner Ferienwohnung in Kampen öffnete. Fritz schoss an ihm vorbei und hätte ihn beinahe zu Fall gebracht, noch bevor er einen Schritt nach draußen gesetzt hatte.

»Warte, mein Freund. Nicht so eilig. Hierher!«, rief er seinen hechelnden Labrador zurück. Der duckte sich und trottete schwanzwedelnd auf ihn zu, um sich anleinen zu lassen.

»Guter Junge.« Jasper tätschelte ihm den Kopf, zog den Reißverschluss seiner Jacke die letzten 20 Zentimeter hoch und lief los. Hinter der Düne hörte er die Brandung. Ein straffer Wind pfiff ihm um die Wangen und brachte sie zum Glühen. Fritz nutzte jeden Meter der Laufleine aus. Sobald sie am Strand waren, würde Jasper ihn frei laufen lassen.

Es war sehr früh am Morgen. Eine Sturmflut hatte in der letzten Nacht die Insel in Schach gehalten. Jasper war gespannt, welches Bild sich ihm am Strand »Rotes Kliff« bieten würde. Der starke Wind zerrte an seiner Daunenjacke, als er vorbei an braunem Heidekraut den

Weg entlang durch die Düne stapfte. Das Restaurant »Sturmhaube« zu seiner Linken würde bald öffnen.

Je dichter er dem Meer kam, umso drängender hörte er die Wellen schlagen, die hellen Schreie der Silbermöwe und das Heulen des Windes. Er blies vom Wasser her und wirbelte den Sand auf, der wie winzige Speerspitzen Jaspers Gesichtshaut traf. Er kniff die Augen zusammen und tastete sich beinahe blind vorwärts.

Nachdem er die »Sturmhaube« lange hinter sich gelassen hatte, wurde Fritz unruhig. Er zerrte an seiner Leine und sah sein Herrchen auffordernd an. Das Meer. Er wusste, dass er gleich freigelassen werden würde.

Jasper stapfte in seinen dicken Stiefeln durch den Sand und blinzelte Richtung Horizont. Drei Meter hohe Wellen rollten unaufhörlich auf den Strand zu. Tosende Fluten schäumend vor Wut.

Die Sonne ging gerade auf, kein Mensch weit und breit. Mit einem Klick befreite er seinen Kameraden und wickelte die Leine auf. Sofort sauste Fritz die Düne hinunter, vorbei an dem hölzernen Panoramaweg entlang des Kliffs und den Strandkörben, die man vor der Flut in Sicherheit gebracht hatte.

Jasper kämpfte sich durch den Sturm den Weg hinunter. Er hielt abwechselnd einen Arm vors Gesicht, musste jedoch regelmäßig nachsehen, wo er sich befand, um nicht die Orientierung zu verlieren. Die Flut hatte drei Viertel des Strandes weggespült. Eineinhalb Meter brach der Sand nach unten weg. Jasper wäre beinahe abgestürzt, so blind, wie er durch die Gegend tapste. Inzwischen lief er neben der Wasserlinie, bemüht, mit

Fritz mitzuhalten, der eine Möwe nach der anderen jagte.

Die Böen nahmen ihm zeitweise die Luft zum Atmen. Manchmal zog er sich den Schal über die Nase, weil er perfekten Schutz gegen den Sand und die Kälte bot. Darunter atmete er tief ein und ließ die frische Nordseeluft seine Lungen fluten.

Mit dem Schienbein stieß er plötzlich gegen Fritz. Der Kerl war abrupt stehen geblieben, und Jasper hatte es weder gesehen noch gehört. Er verlor das Gleichgewicht und streckte im Fallen die Arme aus, um sich abzufangen. Er landete neben ihm im Sand. Als er den Kopf drehte, starrte er in die aufgerissenen Augen eines Menschen.

KAPITEL 3

Um den abgesperrten Bereich hatte sich trotz des unfreundlichen Wetters in den letzten Minuten eine beachtliche Menschenmenge geschart.

Kriminaloberkommissar Fred Thomsen kniete neben der Leiche des alten Mannes im Sand. Er schätzte ihn auf über 70. Graue Haare, herbes, faltiges Gesicht, buschige Augenbrauen. Er besaß markante Züge, soweit man das angesichts des Zustands der Leiche einschätzen konnte. Der Mann musste sehr lange Zeit im Wasser gelegen haben. Unter Wasser – so war er konserviert worden. Sein Körper war aufgedunsen, das Körperfett zu Leichenlipid umgewandelt worden. Fettwachs – wie es der Volksmund nannte. »Die Kollegen von der Mordkommission sind inzwischen unterwegs?«, fragte er seinen Chef, der neben ihm stand, Kriminalhauptkommissar Volker Mattes.

»Ja«, kam eine rauchige Antwort zurück.

»Was glaubst du, wie lange er im Wasser gelegen hat?«, fragte er. Für Thomsen war klar, dass Fremdeinwirkung beim Tod dieses Mannes nicht ausgeschlossen werden konnte. Unterhalb des Kehlkopfes befand sich ein großer Schnitt. Das bedeutete, dass die Mordkommission Flensburg, das Kommissariat 1 der Bezirkskriminalinspektion, hinzugezogen werden musste, was sie auch getan hatten. Nachdem ein Spaziergänger die Leiche am

Morgen gefunden hatte, war die Schutzpolizei informiert worden. Die hatte sofort nach Begutachtung des Toten die Kriminalpolizei ins Bild gesetzt, die nach Kenntnis der Fakten die Mordkommission verständigt hatte, bevor sie zum Strand gefahren war.

Auf die Kollegen der Mordkommission warteten sie seit gut drei Stunden.

»Schwer zu sagen. Ich denke ein paar Wochen, nagel mich aber nicht darauf fest. Warten wir ab, was die in Kiel in der Rechtsmedizin sagen.«

Thomsen nickte.

»Den Spaziergänger könnt ihr nach Hause schicken. Ich sehe gerade, dass er immer noch hier rumhängt«, sagte sein Chef.

»Willst du nicht auf die Kollegen warten?«

»Nein. Guck dir das Wetter an. Der schlottert ziemlich und ist blass.«

»Er wirkt ein bisschen desorientiert. Hat sich ziemlich aufgeregt. Ist auf die Leiche draufgefallen.«

»Wohnt er in der Nähe?«

»Urlauber. Hat ein Ferienhaus in Kampen. Direkt hinter der Düne.«

»Schick ihn dorthin. Er wird sich sonst den Tod holen. Wir brauchen ihn momentan nicht. Das hier ist kein Tatort im herkömmlichen Sinne. Außerdem befürchte ich, dass sein Hund bald durchdrehen wird, wenn er nicht an die Leiche herankommt. Wir wissen ja, wo wir ihn finden können.«

Thomsen griff sich mit der Hand an den Kragen seiner Jacke und schloss ihn gegen den eisigen Wind. Anschließend stapfte er auf den frierenden Touristen zu und überzeugte ihn zu gehen. Normalerweise waren die Leute ganz wild darauf. Der Mann jedoch schien wie paralysiert zu sein. Thomsen steckte ihm die Visitenkarte einer Kollegin zu, bei der er sich melden sollte, wenn er über diese traumatische Erfahrung reden wollte. Dann sah er ihm nach, wie er mit seinem winselnden Labrador zwischen den Dünen entlanglief.

»Eine Idee, wer der Tote sein könnte?«, fragte er seinen Chef, als er zurückgekehrt war.

Der schüttelte den Kopf. »Leider nicht. Niemand, der von der Insel vermisst wird. Nicht im letzten Jahr.«

»Ob der irgendwo über Bord gegangen ist?«, überlegte Thomsen.

»Eher entsorgt. Aber ja. Das scheint mir wahrscheinlicher.« Der Kriminalhauptkommissar fuhr sich durch sein schütteres Haar. »Schauen wir mal, was die Datenlage zum Thema Vermisste sagt. Bevor wir nicht wissen, wer er ist, können wir nichts weiter unternehmen.«

Thomsen beeilte sich, eine Absperrung zu verteidigen, die gerade von Urlaubern niedergerissen wurde. »Leute, seid bitte vernünftig. Hey! Sie da drüben. Nehmen Sie das Handy runter! Habt ihr überhaupt keinen Sinn für Pietät mehr? Ein Mensch ist gestorben! Das ist nichts, um euer Instagram-Profil zu pimpen!«

Das Pärchen, das seine Handys gezückt hatte, ging ein Stück nach hinten. Weggesteckt wurden die Geräte trotzdem nicht. Thomsen entdeckte, dass zwei Kollegen aus Flensburg eintrafen, und bat die Männer, die vorhin mit dem Streifenwagen als Erstes angekommen waren, die Gaffer in Schach zu halten. Er gesellte sich wieder zu seinem Chef. »Entschuldigt bitte. Jorgensen, Peters, wie steht's?« Er richtete die Frage an den Kriminalhauptkommissar Friedrich Jorgensen von der Mordkommission und dessen Kollegen Kriminaloberkommissar Piet Peters aus Flensburg.

»Alles im Lot«, erwiderte Jorgensen. Sein Kollege nickte.

»Du hast nichts verpasst. Wir sprachen gerade darüber, dass die Leiche sofort nach Kiel gebracht wird. Vielleicht sind die dort in der Lage, Fingerabdrücke zu nehmen. Wir sind uns einig darüber, dass er zu lange im Wasser gelegen hat, um das hier zu bewerkstelligen. Die Waschhaut löst sich bereits.«

»Ja. So frisch ist der Tote nicht. Wir sollten die Datenbank nach Vermissten prüfen.«

»Ich sagte eben zu Fred, dass wir auf Sylt seit einem Jahr keinen Vermissten mehr hatten. Er muss von außerhalb kommen.«

»Wir prüfen das und melden uns bei euch«, sagte Jorgensen. »Möglicherweise benötigen wir eure Hilfe nicht weiter. Wir werden sehen.«

Die vier verabschiedeten sich knapp voneinander, und Thomsen beobachtete, wie Jorgensen und Peters sich zu den Kollegen der Spurensicherung gesellten.

»Hältst du es für möglich, dass der Schnitt am Hals verursacht wurde, während die Leiche im Wasser trieb? Schiffsschraube oder Ähnliches?«, fragte er seinen Chef.

»Halte ich für unwahrscheinlich. Die Verletzung ist sehr sauber. Ich tippe eher darauf, dass sie die Todesursache war. Bevor man ihn ins Wasser warf oder er fiel. Warten wir es ab.«

»Also entweder ein Tourist, den keiner gemeldet hat, oder er ging woanders über Bord und nun haben wir ihn am Hacken«, sagte Thomsen.

»Sieht so aus. Was hast du heute Abend vor? Wollte nicht dein alter Herr zu Besuch kommen?«, fragte der Kriminalhauptkommissar.

»Nach der Arbeit. Die Kleene ist schon ganz aufgeregt. Hat Opa seit ein paar Wochen nicht gesehen.«

»Ist er immer noch so viel auf Achse?«

»Seit meine Mutter vor zwei Jahren gestorben ist, kriegen wir ihn nicht so oft zu Gesicht.« Thomsens Vater hatte in den letzten zwei Jahren einen großen Teil der Welt bereist, mehr als in seinem gesamten Leben zuvor.

»Sei froh. So weißt du, dass er nicht daheimsitzt und Trübsal bläst.«

»Stimmt.« Fred Thomsens Chef war Mitte 50 und kannte seinen Vater. Vor vielen Jahren hatten sie auf der Insel zusammengearbeitet. Joost Thomsen war Kriminalhauptkommissar gewesen und Volker Mattes damals noch Kriminaloberkommissar. Fred war in die Fußstapfen seines Vaters getreten und zur Polizei gegangen. Jetzt war er der Kriminaloberkommissar.

»Ich denke, wir können los.«

»Willst du noch einmal mit dem Spaziergänger sprechen? Da er in der Nähe wohnt, kommt er wahrscheinlich jeden Tag hier lang.«

»Kann nicht schaden. Wird Jorgensen möglicherweise nicht schmecken, aber was soll's«, erwiderte Mattes leichthin.

Mit den Händen in den Taschen stapften sie über die Düne. Das Kinn auf die Brust gezogen, tief im Mantelkragen verborgen, um dem schmerzenden Sand, den der Wind aufpeitschte, zu entgehen.

Vor dem zweiten Reihenhaus hielten sie an.

»Der Eingang ist es.« Thomsen deutete auf eine robuste Tür.

Mattes betätigte die Klingel. Augenblicklich ertönte aufgeregtes Hundegebell. Pfoten kratzten am Holz und drängende Winsellaute erreichten Thomsens Ohren.

»Wir sind richtig«, sagte Mattes.

Nach einer Minute öffnete eine zierliche Frau Mitte 30 mit langem brünettem Haar die Tür. Angestrengt drückte sie den überdrehten Labrador mit den Beinen beiseite und hinderte ihn so daran, auf die Straße zu laufen. »Guten Morgen. Sie wollen bestimmt meinen Mann sprechen.«

Man erkannte sie auch in Zivil als Polizisten.

»Guten Morgen. Ich bin Kriminalhauptkommissar Mattes, das ist mein Kollege Kriminaloberkommissar Thomsen von der Dienststelle in Westerland. Wenn es möglich sein sollte, würden wir gern mit Ihrem Mann sprechen.«

»Natürlich. Linda Gerber. Kommen Sie rein.« Sie sagte das, mit einer Hand am Halsband ihres Hundes, den sie mit aller Kraft von den Polizisten fernhielt.

»Lassen Sie ihn gern los. Uns stört es nicht.« Thomsen sah seinen Chef an, der nur mit den Schultern zuckte.

Linda Gerber zögerte einen Moment und ließ dann den Halbstarken frei. Der wieselte augenblicklich um die Neuankömmlinge herum und beschnüffelte jeden Zentimeter ihrer Hosenbeine ausgiebig.

»Ich wette, er riecht den Toten«, flüsterte Thomsen, als die Frau ihren Mann holen ging.

»Wollen wir uns in die Stube setzen?«, sagte plötzlich eine zaghafte Stimme. Der Spaziergänger war aufgetaucht. Jasper Gerber. Sie folgten ihm in einen hell eingerichteten Raum, mit Strandbildern an der Wand und Deko-Objekten aus Treibholz. Sylt, wie es die Touristen erleben wollen.

»Herr Gerber«, ergriff Mattes das Wort, »wir wollen Sie nicht lange belästigen. Ich bin mir sicher, Sie werden noch Besuch von den Kollegen der Mordkommission aus Flensburg erhalten.«

»Gehören Sie nicht dazu?«, wollte Gerber wissen.

»Nein, wir sind von der Dienststelle in Westerland. Kriminalpolizei. In einem Fall wie diesem wird die Mordkommission hinzugezogen. Die ist ab sofort verantwortlich und arbeitet mit uns, sofern nötig, im Team zusammen.«

»Okay.«

»Sie haben die Leiche heute früh beim Spaziergang mit Ihrem Hund entdeckt«, sagte Mattes.

»Ja. Ganz genau.« Er nickte heftig.

»Gehen Sie immer mit Ihrem Hund spazieren, oder wechseln Sie sich mit Ihrer Frau ab?«

»Wir wechseln, aber in den frühen Morgenstunden bin meistens ich es.« Er schaute mit einem Schmunzeln auf den Lippen zu seiner Frau auf, die in diesem Augenblick mit einer Kanne Tee und Tassen auf einem Tablett den Raum betrat.

»Täglich diesen Weg?«

»Oft.«

»Wann das letzte Mal?«

»Gestern Abend gegen acht sind wir zu zweit noch einmal los. Wir sind zum Strand runter, es hat aber schon ganz schön geweht, weshalb wir am nächsten Aufgang Richtung Leuchtturm wieder hoch sind.«

»Da war es dunkel«, bemerkte Mattes.

»Das habe ich meinem Mann auch gesagt«, erwiderte Linda Gerber und griff nach dem Arm ihres Gatten.

»Ich habe eine Stirnlampe. Die ist sehr hell. Ist nur nichts für Angsthasen wie meine Frau. Man fühlt sich damit wie auf dem Präsentierteller. Sieht nur das, was vor einem ist. Nichts aus den Augenwinkeln.«

»Glauben Sie, die Leiche wäre Ihnen gestern Abend aufgefallen, wenn sie schon dort gelegen hätte?«

»Da war nichts. Die muss in der Nacht angespült worden sein, da bin ich mir sicher. Gestern Abend war der Strandabschnitt auch deutlich länger. Die Sturmflut hat heute Nacht mehr als die Hälfte weggerissen.«

KAPITEL 4

Sylt, zwei Wochen später

»Herzlich willkommen im ›Fährhaus‹. Hatten Sie eine gute Anreise?«

Greta Kaiser fühlte sich wie nach Hause zurückgekehrt. Seit über fünf Jahren hatte sie keinen Fuß auf die Nordseeinsel gesetzt. Davor waren Thomas und sie fast jedes Jahr dort gewesen. Meistens im Herbst. Wenn es langsam stürmisch wurde. Sie konnte es kaum erwarten, ihren heiß geliebten Krabbencocktail zu essen. Ein Ritual, das sie sich immer für den Urlaub auf der Insel aufgespart hatte. Etwas Besonderes. Niemals bestellte sie einen außerhalb von Sylt. Doch nachdem Thomas nun für immer fort war, schmerzten sie die Erinnerungen an diese gemeinsamen Urlaube. Ihre Nichte Nele hatte sie schließlich überredet, der Insel noch eine Chance zu geben. »Du hast es so geliebt, Tante Greta. Warum willst du nicht hinfahren? Du warst so glücklich dort.« Und sie hatte recht. Die Gezeiten. Das raue Wetter. Greta hielt gern die Nase in den Wind. Zwei Wochen später war sie hier. Sie hatte sich aber vorgenommen, dem eigenen Schmerz ins Auge zu sehen, indem sie an alte Rituale und Verhaltensweisen anknüpfte. Sie wollte nicht mehr fliehen, sondern den Stachel der Trauer ziehen, der ihr schmerzend im Fleisch steckte. Jetzt stand sie nach knapp fünf Jahren wieder an der Rezeption des Hotels, in dem sie mit ihrem Mann traumhafte Urlaube verbracht hatte, und man erinnerte sich an sie. Das Zimmer, das sie gebucht hatte, war nicht dasselbe. Nur ein kleines Doppelzimmer, nicht wie einst die Suite. So viel Platz brauchte sie nicht für sich allein.

Sie betrachtete ein Ölgemälde an der Wand neben dem Tresen der Rezeption, während die Empfangsdame ihre Unterlagen aus einem Register suchte. Es fesselte sie. Kräftige, temperamentvolle Pinselstriche – die Gewalt der Natur in einer einzigen Welle, die sich gegen einen stürmischen Himmel emporhob. Beeindruckend. Das war neu. Sie kannte es nicht.

Ein paar Minuten später hatte man sie in ihr Zimmer gebracht. Erdgeschoss, mit Blick auf den Garten. Die schneeweißen Federkissen versprachen entspannte Nächte. Greta hörte den Wind vor den Scheiben heulen. Hier drinnen fühlte sie sich behaglich aufgehoben. Auf einer Anrichte fand sie einen Wasserkocher. Mehr brauchte sie nicht.

Sie nahm die Mütze vom Kopf, hängte ihren Mantel in den Schrank, schob den Koffer neben das Bett und schaute befriedigt nach draußen. Zwei Wildkaninchen hoppelten über die Wiese der kleinen Parkanlage hinter dem Hotel, die sich bis zu einem Wäldchen erstreckte. Um die Ecke erahnte sie das Wattenmeer. Von ihrem Zimmer aus konnte sie es jedoch nicht sehen. Erleichtert musste sie lächeln. Ihr wurde bewusst, dass ihre Angst davor, zurückzukehren, unbegründet gewesen war. Die

Erinnerungen, die sie an ihren Mann und diesen Ort hatte, waren schön. Sie brachten ihn ein Stück zurück zu ihr. Kein Schmerz, nur Nostalgie. Vor einem großen Spiegel an ihrem Schrank machte sie halt. Energisch wuschelte sie ihren Bubikopf zurecht, entfernte mit dem kleinen Finger eine Spur Mascara aus dem Augenwinkel und betrachtete das Ergebnis. Sie hatte schon einmal besser ausgesehen, fand sie. Ihre Haut wirkte grau, die Augen müde. Die Falten drum herum kamen ihr heute besonders tief vor. Ihr Mann hatte sie einst für ihre Augen geliebt. Groß und strahlend – heute sah man an ihnen deutlich ihr Alter. Ein bisschen Rouge konnte nicht schaden, bevor sie wieder unter Leute ging.

Greta entschied sich gegen einen Tee und nahm sich ein Mineralwasser aus der Minibar. In einer halben Stunde gab es Kaffee und Kuchen im Restaurant. So lange konnte sie warten.

Nachdem sie ein Glas getrunken hatte, widmete sie sich ihrer Garderobe. Der Schrank war schnell eingeräumt und der Koffer neben dem alten Schreibtisch verstaut – ein schönes antikes Stück, das sie an die Möbel ihrer Großmutter erinnerte. Sie machte sich frisch, legte dezentes Make-up auf, korrigierte erneut den Sitz ihrer Haare und verließ das Zimmer.

Auf dem Gang zum Restaurant begegnete ihr niemand. Das war nicht weiter verwunderlich im späten Januar. Momentan war keine Saison. Nur die echten Sylt-Liebhaber kamen auf die Insel. Die, die es liebten bei ordentlich Wind, dick eingepackt am Wasser entlangzulaufen. Die die tosende Brandung brauchten, um sich zu entspannen, die sich von Menschenmassen fernhielten. Greta war eine von ihnen.

Sie nickte der Dame am Empfang freundlich zu und freute sich auf ein großes Stück Streuselkuchen, an das sie seltsamerweise seit der Fahrt mit dem Autozug denken musste. Mit einem ordentlichen Klecks Schlagsahne.

Im Restaurant waren einige wenige Tische besetzt. Greta strebte zum Fenster. Sie schaute raus auf den Hafen, in dem keinerlei Schiffe waren, und ließ sich Tee aus einem heimischen Teekontor schmecken. Genießerisch atmete sie seinen Duft ein, nahm die Geräusche der Natur hinter der Scheibe wie Entspannungsmusik wahr, beglückwünschte sich zu der Entscheidung, diesen Urlaub angetreten zu haben, und steckte unauffällig die kleine Sanduhr ein, die ihr das Hotel für den Tee zur Verfügung gestellt hatte. Im Anschluss an den Restaurantbesuch würde sie einen Spaziergang unternehmen. Ganz gleich, ob es dann schon dunkel wäre oder nicht.

Zehn Minuten später langweilte sie sich wie nie zuvor in ihrem Leben. Was hatte sie sich nur dabei gedacht?

Obwohl sie es bei anderen Restaurantgästen verabscheute, nahm sie nun selbst ihr Mobiltelefon in die Hand und surfte durch die News des heutigen Tages. Die App wusste, wo sie sich aufhielt, deshalb bekam sie jede Menge Lokalnachrichten. Normalerweise lehnte sie diese Begrenzung durch künstliche Intelligenz ab, doch heute kam es ihr gerade recht.

Wollen wir doch mal sehen, was auf dieser Insel so passiert.

Sturmschäden, Schließung einer Apotheke in Westerland, Glasfaserausbau für 50 Haushalte auf der Insel, Identität der Wasserleiche vom Strand »Rotes Kliff« endlich geklärt …

Greta zog die dünnen Augenbrauen nach oben. Das klang vielversprechend. Sie überflog den Artikel. Vor zwei Wochen war ein Mann in der Nacht der Sturmflut am Strand hinter der »Sturmhaube« angespült worden. Ein Urlauber hatte die Leiche bei einem Morgenspaziergang entdeckt. Lange Zeit hatte man gegrübelt, um wen es sich handelte. Inzwischen war die Identität geklärt worden. Wer der Tote war, stand nicht in dem Artikel. Man wüsste jedoch aus zuverlässiger Quelle, dass es sich nicht um einen Einheimischen handelte.

Hmm. Wie mochte es wohl sein, beim Spazierengehen über eine Leiche zu stolpern? Eine Urlaubserinnerung, die man sicher nicht vergisst. Wäre sie zwei Wochen früher gekommen, hätte ihr diese Erfahrung zuteilwerden können. Nicht auszudenken! Das war sicherlich um einiges aufregender als das Stehlen unnützer Dinge. Der Gedanke reizte sie, und schon schämte sie sich dafür.

Die Mordkommission Flensburg ermittelte. Also war der Tote niemand, der mit seinem Boot rausgefahren und über Bord gegangen war. Sie suchte im Netz nach weiteren Artikeln und fand einen im Hamburger Abendblatt. Selber Text, keine neuen Infos.

In diesem Moment kam ein Kellner an ihr vorbei, der das Geschirr anderer Kaffeegäste abräumte. »Entschuldigen Sie bitte? Sagen Sie … Es gab eine Sturmflut vor zwei Wochen«, begann sie langsam.

»Völlig richtig. Wir mussten die Wagen vor dem Hotel alle auf höher gelegenes Gelände fahren. Das Wasser wurde aus dem Hafenbecken bis an die Treppe herangedrückt.«

»Das passiert wahrscheinlich jedes Jahr.«

»Ja. Wir sind es gewöhnt.« Er lächelte sie an.

»Ich habe gelesen, dass am nächsten Tag eine Leiche am Strand ›Rotes Kliff‹ gefunden wurde.«

Seine Augen leuchteten auf. Er stellte sich etwas bequemer hin. »Angespült. Eine Wasserleiche. Ein alter Mann. Rentner, soviel ich gehört habe.« Er kam kurz aus dem Konzept, als ihm bewusst wurde, dass Greta selbst nicht mehr so taufrisch war.

»Aber niemand von der Insel, habe ich gelesen?« Neugierig reckte sie sich ein wenig dichter an ihn heran. Hätte sie sich in diesem Moment sehen können – ihre Augen hatten seit Langem nicht so gefunkelt.

»Keine Ahnung. Bisher hat man noch nicht gehört, wer es war. Doch ich vermute, wenn es jemand von der Insel wäre, wüssten wir es längst.«

»Also ein Tourist?«

»Das denke ich.«

»Klingt alles sehr mysteriös. In dem Artikel stand außerdem, dass die Mordkommission ermittelt.« Greta bemühte sich, nicht zu erfreut zu klingen. Hier ging es um einen Menschen, Herrgott noch mal. Auch wenn es zu ihrer Unterhaltung beitrug, über die Hintergründe zu spekulieren. Immerhin hatte sie den Mann nicht umgebracht und konnte nichts für seinen Tod.

»Man hatte ihm die Kehle aufgeschnitten.« Der Kellner beugte sich vertrauensvoll zu ihr hinunter, als er diese Information preisgab. »Es gab ein Foto von der Leiche im Internet. Jemand hatte ein Bild geschossen, bevor die Polizei den Bereich vollständig abriegeln konnte.«

»Grausig.« Dafür fehlte Greta dann doch jedes Verständnis. »Also Mord.«

»Ganz genau.«

»Ich hätte nie gedacht, dass an diesem friedlichen Ort Menschen ermordet werden«, sagte sie.

»Bei uns gibt es Kriminalität wie überall anders auch. Doch er muss ja nicht hier gestorben sein. Er wurde angeschwemmt. Das heißt nicht, dass man ihn auf Sylt ermordet hat.«

»Sie klingen ja wie ein Profi, junger Mann.« Greta lächelte ihn an und konnte sehen, wie er sich stolz aufrichtete.

In diesem Augenblick wurde Gretas Kuchen serviert – ein großes, quadratisches Stück Kirschstreusel. Unbewusst leckte sie sich über die Lippen. Beide Kellner wünschten ihr guten Appetit und verließen sie synchron, sodass sie sich auf das Objekt ihrer Begierde stürzen konnte.

Ein Mord auf der Insel! Direkt nach dem Tee würde sie in das Lesezimmer des Hotels gehen und das nachholen, was sie zu Hause vergessen hatte – einen Krimi zu besorgen, statt ihren Spaziergang zu machen. Mit dem konnte sie die leere Zeit ausfüllen, die sich plötzlich vor ihr auftat. Zeit, in der sie allein am Schreibtisch ihres Zimmers sitzen und in den Garten rausblicken würde. Zeit, allein in der Badewanne oder im Bett vor dem Einschlafen. Zeit, in der sie an Thomas denken und ihn vermissen würde.

Ihr wurde schlecht bei dem Gedanken an die ganze Langeweile. Sie hätte ihre Nichte mitnehmen müssen. Warum sollte es ihr hier besser gehen als zu Hause? Auf Sylt hatte sie nichts zu tun. Strandspaziergänge konnte man nicht ewig in die Länge ziehen.

Mit der Gabel bugsierte sie die letzten Krümel dieses göttlichen Kuchens in ihren Mund. In der Kanne war Tee für eine Tasse übrig. Die würde sie genießen, bevor sie in die Bibliothek aufbrach. Sie sah sich um. Am Nachbartisch saß ein Mann. Sie schätzte ihn ein paar Jahre älter als sich selbst. Kurzes silbernes Haar, drahtig, sportlich sogar. Sein Lächeln machte ihn unglaublich sympathisch, gebräunte Haut, glatt rasiertes Kinn. Offensichtlich hielt er sich trotz seines Alters fit. Das könnte ihr auch nicht schaden. Nun ja. Ein Spaziergang wartete noch auf sie. Das schlechte Gewissen war nicht gerechtfertigt. Und ein bisschen Körperfülle sollte von Vorteil sein, wenn man die 60 überschritten hatte – als Reserve für schwerere Krankheiten. Das hatte sie mal gelesen.

Der Mann warf ihr über seine Zeitung einen neugierigen Blick zu. Der zweite, seit er ihr aufgefallen war. Dann lächelte er und in seinen Gesichtsausdruck schlich sich etwas Schelmisches. Greta bemühte ihr Handy für weitere Ablenkung. Eine Seite warb mit einem Foto des Toten vom Strand. Das klickte sie nicht an. So etwas sollte man nicht belohnen.

Der Mann am Tisch gegenüber legte seine Zeitung nieder und schaute sie unverhohlen an. »Sie würden nicht glauben, über wie viele Leichen ich in meiner Karriere auf Sylt gestolpert bin.« Er zwinkerte ihr zu. Greta sah mit großen Augen von ihrem Handy auf. Er hatte ihr Gespräch mit dem Kellner also belauscht.

»Wie bitte?«

»Entschuldigen Sie. Ich habe mitbekommen, was Sie eben gesagt haben. Dass man kaum glauben mag, dass hier jemand ermordet wird.«

»Sie sind aus der Gegend?«, fragte sie.

»Ja. Ich bin auf der Insel geboren und aufgewachsen. Mittlerweile reise ich viel und habe keinen festen Wohnsitz, wenn man so will.«

Das verblüffte Greta. »Wo lassen Sie Ihr Zeug? Verzeihung – Ihre Sachen, Möbel und so weiter.«

Er stand auf, klappte seine Zeitung zusammen und kam an ihren Tisch. »Joost Thomsen. Darf ich?« Mit der Zeitung zeigte er auf den leeren Platz ihr gegenüber.

»Sehr gern. Ich bin Greta Kaiser. Nennen Sie mich Greta.« Sie schüttelten sich die Hände.

»Es freut mich, Greta.« Er zog den Stuhl zurück und setzte sich. »Ich hoffe, ich störe Sie nicht.«

Greta hob die Hände. »Ich reise allein und freue mich über jede Gesellschaft.«

Er schmunzelte. »Sie wollten wissen, wo ich mein Zeug lagere. Meine Möbel habe ich den Kindern vermacht, alles, was mir wichtig ist, Papiere et cetera sind sie so nett für mich aufzubewahren. Von dem Rest habe ich mich getrennt.«

»Ich bin beeindruckt. Wie fühlt sich das an?«

»Als hätte ich einen Berg hinter mir gelassen. Einen unbeweglichen, hinderlichen, beschwerenden Felsbrocken, der mir die Luft zum Atmen nimmt.«

Ein faszinierender Mann. Laut sagte Greta: »Wie lange leben Sie schon so?«

»Seit zwei Jahren. Seit meine Frau gestorben ist.«

Der Stich traf sie unvorbereitet. Sie schlug die Augen nieder.

»Ich sehe, Sie haben diesbezüglich Ihre eigenen Erfahrungen gemacht«, sagte er sanft.

»Vor einem knappen Jahr. Mein Mann Thomas und ich sind früher jedes Jahr in dieses Hotel gefahren. Doch jetzt ... Nun, ich war lange nicht hier.«

»Verstehe. Wie gefällt es Ihnen bisher?«

Greta suchte nach den richtigen Worten. »Ich würde sagen, ich sehne mich nach Abwechslung.«

»Sie denken an ihn.« Er nickte verständnisvoll.

»Schon, aber das ist es nicht. Wir waren immer zu zweit hier und haben die Ruhe genossen. Doch allein ... Wissen Sie, das ist mir ein bisschen zu ruhig. Ich vermisse Gesellschaft.«

Er lachte. »Ich verstehe Sie vollkommen. Das war auch der Grund, weshalb ich mein Leben völlig umgekrempelt habe. Ich bin 70 Jahre alt und wollte nicht mehr zu Hause hocken und auf das Ende warten. Ich war nur allein und habe meine Frau vermisst. Das hätte sie so nicht gewollt. Das weiß ich.«

Wie erfrischend, dachte Greta. »Und jetzt reisen Sie durch die Welt?«

»Ja. Ich habe mit den Orten angefangen, die wir noch gemeinsam besuchen wollten.«

»Das klingt schön.«

»Inzwischen sind viele weitere dazugekommen.«

»Was bringt Sie zurück auf die Insel?«

»Mein Sohn und seine junge Familie leben auf Sylt.«

»Sie besuchen sie?«

»Ja. Ich habe ihm mein Haus in Keitum vermacht. Ich brauche es nicht mehr. Er arbeitet hier als Polizist, und es ist nicht leicht, Wohnraum zu finden, geschweige denn ein Eigenheim zu kaufen. Das Haus ist seit einem halben Jahrhundert in Familienbesitz. Es wäre schade darum. Er braucht es, ich nicht. Die letzten zwei Wochen habe ich bei Ihnen gewohnt, aber wissen Sie …« Er lehnte sich zurück und nahm einen Schluck Tee, den man ihm von seinem Tisch freundlicherweise rübergebracht hatte. »Die drei sind ein eingespieltes Team und ich nur im Weg. Das wollen sie natürlich nicht hören, doch ich halte nichts davon, zur Last zu fallen. Deshalb bin ich in dieses Hotel gezogen. Das entspricht meiner Bequemlichkeit und gibt den dreien ihren Raum.«

»Was hat Ihr Sohn dazu gesagt?«

»Er hat geschimpft. Doch letztlich versteht er es. Er weiß, dass ich ein schwieriger Mensch bin. Außerdem kann ich ihre Gastfreundschaft nicht für mehrere Wochen überstrapazieren. Ich möchte aber noch eine Weile bleiben. Wir sehen uns so selten, und ich genieße die gemeinsame Zeit mit meinem Enkelkind.«

»Ihr Verlust ist mein Gewinn.« Greta schickte ihm ein charmantes Lächeln.

»Freut mich.«

»Wie lange bleiben Sie?«, fragte Greta.

»Ich denke noch eine Woche oder ein paar Tage mehr.«

Greta räusperte sich. »Wenn Sie schon eine Weile auf der Insel sind, bedeutet das ja, Sie waren bereits hier, als die Leiche am Strand bei Kampen gefunden wurde, oder?«

Seine Augen wurden größer. Sie konnte sehen, dass er sie plötzlich abschätzte. Ihr neuer Bekannter wirkte mit einem Male wacher und sein Körper gestraffter.

KAPITEL 5

»Richtig. Die Leiche. Sie interessierten sich dafür.«

»Verstehen Sie mich nicht falsch. Das soll nicht den Eindruck erwecken, als hätte ich eine morbide Freude daran, mich mit dem Tod anderer Menschen zu beschäftigen.«

Er schmunzelte.

»Nein, tatsächlich. Ich hatte mit einer derartigen Schlagzeile nicht gerechnet. Nicht an diesem Ort«, sagte sie.

»An einem Urlaubsort?«

»Möglicherweise suchte ich nach Abwechslung, doch die Tatsache, dass es sich um niemanden handelt, der hier vermisst wurde, hat mich neugierig gemacht. Also war es wohl ein Tourist, der ermordet wurde.«

»Das ist nicht gesagt. Es gibt jede Menge Menschen, die nur zum Arbeiten auf die Insel kommen.«

»Aber nicht er, richtig? Der Kellner meinte, er wäre im Rentenalter gewesen.«

»Wie wir. Entschuldigung. Ich wollte Ihnen nicht zu nahe treten, Greta.«

»Keine Sorge. Sie liegen richtig. Ich bin 65 Jahre alt.«

»Im Ruhestand?«

»Nicht wirklich. Ich war früher Kunstlehrerin am Gymnasium, in jungen Jahren, habe dann aber schnell etwas anderes gemacht. Um genau zu sein, beschäftige ich mich ziemlich intensiv mit dem Aktienmarkt, und durch einige glückliche Investitionen in meiner Jugend bin ich seitdem imstande, davon zu leben.«

»Warum sollten Sie damit aufhören, nur weil Sie die 65 erreicht haben?«

»Ganz genau. Später habe ich für ein Frauenmagazin Artikel geschrieben. Doch das war mehr ein Hobby – ein Zeitvertreib. Damit habe ich vor einigen Wochen aufgehört.«

»Warum? Bitte entschuldigen Sie, wenn ich zu direkt bin. Doch schreiben kann man in jedem Alter«, sagte er.

»Mag sein, aber ich verfehle mittlerweile die gewünschte Zielgruppe. Ich bin nicht mehr auf dem neuesten Stand, was Trends angeht. Damit ist Schluss.«

»Verstehe. Also keine Reporterin in Krisengebieten?« Sein Blick war herausfordernd. Das reizte sie. Dafür, dass sie sich nicht kannten, war er persönlich. Greta bemerkte, dass er ihr geschickt ausgewichen war. Sie versuchte eine andere Taktik.

»Sie sprachen vorhin von Ihrer Karriere und den vielen Toten.«

Er lachte laut auf. »Ich habe mein ganzes Leben als Polizist auf Sylt gearbeitet. Da ist mir der ein oder andere Tote untergekommen. Ich war Kriminalhauptkommissar in Westerland. Viele Jahre.«

»Das klingt nach vielen spannenden Geschichten.« Daher seine Angewohnheit, klare Worte zu finden.

»Darauf können Sie sich verlassen, Greta.«

»Und Ihr Sohn ist in Ihre Fußstapfen getreten?«

»Ja. Vermutlich ist das meine Schuld. Er ist richtig gut in seinem Job. Hat den richtigen Riecher, Feingefühl und ein Gespür für Menschen. Natürlich passiert hier nicht regelmäßig ein Mord, doch es kommt vor. Genau wie auf dem Festland auch.«

»Verstehe. Ich gehe davon aus, dass Ihr Sohn in die Ermittlungen involviert ist?«

Sie konnte sehen, wie Joost sich ein Stück zurücklehnte. Er schaffte Distanz. Das enttäuschte sie. Wem wollte sie etwas vormachen? Er hatte den Braten gerochen.

»Nicht direkt. Zuständig ist die Mordkommission aus Flensburg. Mein Sohn wird hinzugezogen, wenn sie Unterstützung auf der Insel benötigen.«

»Aber Sie zwei haben sicherlich über den Fall gesprochen. Ich meine, er wird den Stand der Ermittlungen kennen.«

Jetzt schickte er ihr ein verschwörerisches Lächeln. »Ts, ts. Greta. Sie wollen doch nicht, dass ich über solche Interna rede. Am Ende gebe ich noch Täterwissen preis und behindere die Ermittlungen.«

»Das verlangt überhaupt niemand, Sie Spielverderber. Es interessierte mich einfach, ob Sie im Bilde sind.«

»Ich bin im Bilde, denke ich.«

»Schön.« Greta lehnte sich zurück und trank ihren letzten Schluck Tee. Sie fand es schade, dass die Kanne schon leer war. Das Gespräch und der Nachmittag begannen langsam, interessant zu werden. In Joosts Rücken tauchte der Kellner auf, Greta hob den Zeigefinger und deutete auf die Kanne. Der junge Mann nickte verständig und verschwand durch die Schwingtür.

»Wie lange werden Sie bleiben?«, fragte er.

»Ich habe für zehn Tage gebucht.«

»Das trifft sich doch wunderbar. Vielleicht könnten wir hin und wieder zusammen essen«, schlug er vor.

»Sie werden viel Zeit mit Ihrer Familie verbringen wollen.« Greta wurde nervös, weil sie das Gefühl bekam, dass Joost seinen Aufbruch einläutete. Dabei wurde es gerade spannend.

»Wir halten es zwanglos. Ich würde mich freuen, wenn wir beide das ein oder andere Mal in diesem Restaurant aufeinandertreffen würden.«

»Sehr gern. Möchten Sie vielleicht noch einen Kaffee trinken? Ich kann Ihnen den Kuchen empfehlen.«

»Nein, danke.« Er tupfte mit einer Serviette über seinen Mund und legte sie auf den Tisch, bereit aufzustehen. In diesem Moment wurde Gretas Tee serviert. Joost lehnte sich zurück.

»Wo sind meine Manieren geblieben? Ich hätte gern einen Cappuccino.« Der letzte Satz ging an den Kellner, der ihn abwartend angesehen hatte. Erleichtert stellte Greta fest, dass ihre unterhaltsame Teestunde noch nicht auf das Ende zusteuerte.

»Wissen Sie, was ich mich gefragt habe?«, fuhr sie fort.

»Nein.«

»Wie lange so eine Leiche im Wasser liegen kann, bevor sie die Fische fressen.«

»Das haben Sie sich beim Tee gefragt?« Er grinste. »Das kann sehr verschieden sein. Im Starnberger See sind Leichen erst nach 20 Jahren wieder aufgetaucht.«

»Das ist nicht Ihr Ernst? Sie meinen, der Tote könnte vor zwei Jahrzehnten getötet worden sein?«

»Nein, das wohl eher nicht. Es hängt von vielen Faktoren ab. Sind Fische in der Nähe, die freiliegende Körperstellen fressen? Wie warm ist das Wasser? Beginnt ein Verwesungsprozess und treiben die Gase den Körper nach oben? Wird er daraufhin gefunden oder taucht er für immer in die dunklen Fluten hinab? Wie tief ist das Wasser? Wir hatten eine Sturmflut in der Nacht, bei der die Leiche angespült wurde.«

»Schicksal?«

»Wenn Sie so wollen.«

»Also war die Leiche nicht taufrisch?«

»Nicht wirklich. Den Mann hatte man seit einem Monat vermisst.«

»Ich dachte, es wäre niemand vermisst worden.«

»Nicht auf der Insel. Greta, Sie sind raffinierter, als ich gedacht habe.«

»Joost, Sie möchten mit mir darüber sprechen. Ich bezweifle, dass es mir sonst möglich gewesen wäre, einem Mann mit Ihrer Erfahrung derartige Informationen zu entlocken.«

»Sehr charmant. Das muss ich Ihnen lassen.«

Greta schmunzelte.

»Gut. Sie werden bald alles in der Presse lesen, aber seien Sie sich sicher, es geht weiter. Die Ermittlungen laufen und man weiß, wer der Tote ist«, sagte er.

»Niemand von der Insel, wie Sie sagten?«

»Nein.«

»Weiß man woher?«

»Ja.«

»Aber Sie wollen es mir nicht sagen?«

»Nein.«

»Ihnen muss man alles aus der Nase ziehen«, stellte sie empört fest.

»Sie genießen es doch«, neckte er sie.

Greta verschluckte sich an ihrem Tee.

»Wird bekannt gegeben werden, wer er ist?«

»Ja. Zunächst muss allerdings die Familie informiert werden.«

»Er hatte also Familie.« Betreten schaute sie auf den Grund ihrer Tasse.

»Ja.«

»Ich vermute, die steht auch auf der Liste der Verdächtigen.«

»Bisher steht dort jeder aus seinem Dunstkreis.«

»Verstehe.«

Der Kellner brachte den Cappuccino, und Joost nahm einen großen Schluck. »Wieso interessieren Sie sich so dafür?«

»Ich bin ein neugieriger Mensch und begeisterte Krimileserin.«

»Oh nein! Nicht so eine!« Er rollte gespielt mit den Augen.

Greta musste lächeln. »Ich hatte noch nie mit einem echten Mord zu tun.«

»Es ist nicht unbedingt so wie in Ihren Büchern.«

»Das glaube ich.«

»Keine abschließende Runde mit der Familie auf einem großen Anwesen, in der der Mörder enttarnt wird.«

»Jetzt machen Sie sich lustig über mich.«

»Ein kleines bisschen vielleicht.«

»Was kann es schaden, wenn Sie mir einige wenige Details verraten? Halten Sie mich für die Täterin?«

»Nun, Sie sind zwar gerade erst angereist, doch ich weiß nicht, wo Sie vor zwei Wochen waren.«

»Das ist nicht Ihr Ernst!«, rief sie schockiert aus.

»Nein, ist es nicht. Aber Spaß beiseite: Es könnte meinem Jungen schaden. Immerhin hat er mit mir über diese Details gesprochen.«

»Und Sie wissen nicht, wie vertrauenswürdig ich bin.«

Er deutete ein Schulterzucken an. »Seien Sie nicht böse.«

»Bin ich nicht. Ich verstehe Sie sehr gut.«

»Haben Sie Kinder? Darf ich Ihnen diese direkte Frage stellen?«, schob er hinterher.

»Nein. Habe ich nicht.«

Eine Weile tranken sie schweigend. Greta blickte raus aufs Watt. Die Dämmerung hatte längst eingesetzt, und die Straßenlaternen vor dem Hotel verbreiteten angenehmes Licht.

»Werden Sie Ihrem Sohn helfen? Bei dem Fall meine ich.«

»Es ist nicht sein Fall. Wir haben ein wenig darüber geplaudert, das war auch schon alles. Es ereignete sich kurz, nachdem ich ankam. Dass die Leiche angespült wurde. Nicht der Mord.«

»Verstehe«, sagte Greta.

»Wir haben ein bisschen gefachsimpelt. Mehr nicht.«

»Er weiß Ihre Erfahrung bestimmt zu schätzen.«

»Mag sein. Trotzdem würde ich mich nicht einmischen. Ich bin im Ruhestand. Es war Zeit für die Jugend, das Steuer zu übernehmen.«

»Wir sind aber auch noch nicht tot.«

»Ich sehe es Ihnen an, es juckt Ihnen in den Fingern. Wie gesagt, wenn Sie ein wenig warten, erfahren Sie aus der Presse weitere Details. Dann muss ich mir nichts vorwerfen, und mein Junge bekommt keinen Ärger.«

»Schon gut. Ich lasse Sie damit in Ruhe.«

»Ich hoffe, Sie haben trotzdem Lust, mit mir zu Abend zu essen. Auch wenn Sie keine Neuigkeiten zum Fall erfahren werden. Sagen wir, morgen Abend?« Er klang hoffnungsvoll. Das schmeichelte Greta. Sie konnte sich kaum erinnern, wann sie das letzte Mal so ein nettes, anregendes Gespräch geführt hatte.

»Sehr gern. Hier im Hotel?«

»Natürlich.«

»Abgemacht.«

KAPITEL 6

Hamburg, am selben Abend

Im Stadtteil Eppendorf goss Milena Nowak einen alten knorrigen Ficus, der schon seit Jahren vor ihrer Terrassentür im Wohnzimmer stand. Nachdenklich beobachtete sie die vorbeifahrenden Autos vor ihrem Fenster, drei Stockwerke über einer sechsspurigen Verkehrsader. Der trübe Wintertag neigte sich dem Ende entgegen. Das Mausgrau des Himmels ging mehr und mehr in ein dunkles Anthrazit über. Sie starrte auf die Rücklichter der Autos und hoffte, dass man sie bald erlösen würde.

Dieser Zustand war unerträglich. Wie ein Tiger im Käfig fühlte sie sich, und sie konnte nichts dagegen tun.

Es klingelte. Das Telefon. Sicher ein vollkommen unnötiges Gespräch. Kein Grund, Herzklopfen zu bekommen, schalt sie sich. Bemüht langsam ging sie zu ihrem Handy, das auf dem Küchentisch lag.

Die Nummer war ihr unbekannt.

»Hallo?«

»Spreche ich mit Milena Nowak?«

»Am Apparat. Wie kann ich Ihnen helfen?«

»Mein Name ist Kriminalhauptkommissar Friedrich Jorgensen, Bezirkskriminalinspektion Flensburg, Kommissariat 1.«

»Ja?« Sie war wach. Das war kein unnötiges Gespräch. Es war das Gespräch, auf das sie ängstlich gewartet hatte.

»Ich denke, ich habe Neuigkeiten über Ihren Vater.«

Sie schluckte.

»Frau Nowak …« Er machte eine Pause, die für Milena alles veränderte. Sie biss die Backenzähne aufeinander und hielt die Luft an. »Es besteht der Verdacht, dass Ihr Vater Opfer eines Verbrechens geworden ist. Wir haben eine Leiche gefunden und möchten Sie bitten, sie zu identifizieren. Es tut mir sehr leid.«

Milena stöhnte laut. Die Luft entwich aus ihren Lungen. Ihr Hals zog sich schmerzhaft zusammen. Sie hatte mit so etwas gerechnet. Bereit war sie nicht dafür. Ihre Augen füllten sich mit Tränen.

»Frau Nowak?«, fragte der Kommissar sanft.

»Ja.« Sie riss sich zusammen. »Ich bin noch dran. Flensburg, sagten Sie?«

»Ja. Nein. Der Tote wurde auf Sylt gefunden. Die Insel fällt in unseren Zuständigkeitsbereich.«

»Welche Abteilung, sagten Sie?«

»Mordkommission.« Das hatte er bisher nicht erwähnt. Da war sie sicher.

»Auf Sylt? Das kann ich nicht glauben. Da ist er nicht.« Erleichtert erkannte sie, dass ein Fehler vorliegen musste. Das bedeutete zwar, dass es nach wie vor keine Information zu dem Verschwinden ihres Vaters gab, doch das war besser als die Gewissheit, dass er tot war. »Sie müssen sich irren.«

»Wir wollen ganz sichergehen. Der Mann, den wir

gefunden haben, entspricht sehr genau der Beschreibung Ihres Vaters. Die Kleidung liefert eindeutige Hinweise, die unsere Annahme unterstreichen. Natürlich kann ein Irrtum vorliegen. Ich verstehe, dass Sie das hoffen. Ich wünsche es Ihnen. Bisher sieht es jedoch so aus, dass es sich um Karol Nowak handelt. Wir müssen Sie bitten, ihn zu identifizieren. Sie oder ein anderer Angehöriger. Ihr Bruder beispielsweise.«

»Jan?«

»Ja. Ich kann ihn anrufen, wenn Ihnen das lieber ist.«

»Nein, das … das erledige ich.« Milena war geschockt. In diesem Moment spürte sie nichts. Identifizieren? Dieser Mann war nicht ihr Vater. Er konnte es nicht sein. Er war vor sechs Wochen in Hamburg verschwunden. Nicht auf Sylt. Das war er nicht. »Ich kann es einfach nicht glauben, wissen Sie?«

»Verständlich. Das kann niemand, insbesondere, wenn es sich um ein Gewaltverbrechen handelt.«

»Ein Verbrechen?« Milena merkte, dass sie einige Gesprächsfetzen bislang ignoriert hatte.

Opfer eines Verbrechens, Mordkommission – die Wörter hallten in ihrem Kopf nach.

»Was ist passiert? Mein Vater soll umgebracht worden sein? Auf Sylt?« Das war unmöglich. Dieser Mann sprach nicht über Karol Nowak. Ihr Herz machte einige unschöne Stolperer. Sie hustete kräftig, um es wieder in den gewohnten Gang zu bringen. Bleib ruhig, Milena, sagte sie sich.

»Der Mann, den wir gefunden haben, wurde ermordet. So viel steht inzwischen fest. Man hat ihm die Kehle durchgeschnitten und ihn post mortem ins Meer geworfen.«

Milena wurde schlecht. Schonungslos hämmerten die Worte auf sie ein und zerrten an ihrer Seele.

»Er wurde angespült. Vor zwei Wochen. Am Strand von Kampen, während einer Sturmflut.«

»Vor zwei Wochen?«

»Ja.«

»Sie glauben wirklich, dass es mein Vater ist? Wieso haben Sie sich nicht früher gemeldet?«

»Es hat Zeit gekostet, die Spuren auszuwerten. Der Tote hatte etwa vier Wochen im Wasser gelegen. Das erschwerte die Identifizierung. Auf der Insel ist niemand als vermisst gemeldet worden. Es hat ein wenig gedauert, bis wir auf die Daten Ihres Vaters gestoßen sind.«

»Sie sagen, Sie haben eindeutige Hinweise?«

»Ihr Vater war Maler, richtig?«

»Ja. Er hat eine Ausstellung in Westerland.« Milena war nicht entgangen, dass dieser Mann hartnäckig von ihrem Vater im Präteritum sprach.

»Somit gibt es doch eine Verbindung nach Sylt.«

»Schon, aber er war nicht mehr dort. Er war in Hamburg, als er verschwand.«

»Das sollten wir alles ganz genau besprechen. Ich möchte Sie bitten vorbeizukommen. Um genau zu sein, nach Kiel in die Rechtsmedizin. Danach würde ich mich gern mit Ihnen unterhalten.«

»Ja. Okay. Wann soll ich da sein?«

»So schnell Sie können. Ist Ihnen morgen recht?«

Milena nickte, starr vor Angst. »Ja«, sagte sie leise. »Ich werde mit meinem Bruder reden. Wahrscheinlich will er auch mit. Ist das möglich?«

»Selbstverständlich. Ich würde sehr gern mit Ihnen beiden sprechen. Passt Ihnen 10 Uhr?«

»Ja.« Milena überlegte. Zumindest bemühte sie sich. Die Gedanken, die sie hatte, ließen sich kaum abschließen. Sie hingen wie loses Garn in ihrem Kopf. »Jetzt weiß ich wieder, was ich Sie fragen wollte. Sie hatten angesprochen, dass er Maler war. Wieso spielt das eine Rolle?« Sie hoffte, etwas zu hören, das von ihrem Vater wegführte. Eine Schlussfolgerung, die wenig Sinn ergab. Schließlich ergab das alles keinen Sinn. Ihr Vater war nicht tot. Er war nicht ermordet worden und ganz sicher nicht auf Sylt.

»Wir haben Ölfarbe gefunden, an seiner Kleidung und unter seinen Fingernägeln. Farbe, die das Meer nicht wegspülen konnte. Winzige Spuren.«

»Ölfarbe.« Sie wiederholte dieses eine Wort, das ihr vorkam wie eine düstere Prophezeiung. Tränen liefen ihr die Wangen herunter. »Wir sind morgen um zehn da.«

»Ich danke Ihnen. Ich gebe Ihnen die Adresse. Fragen Sie nach mir. Mein Name ist Jorgensen.« Er sagte es ruhig – beruhigend – und ganz langsam. Sie war ihm dankbar dafür.

Als er aufgelegt hatte, wählte sie hektisch Jans Nummer. Ihr älterer Bruder hatte noch nicht einmal abgenommen, da heulte sie bereits ins Telefon.

»Was ist passiert?«, sagte er ernst, als sich die Verbindung aufgebaut hatte.

»Sie haben ihn gefunden, Janni.«

»Bist du sicher? Wo?«

»Auf Sylt.«

»Sylt?«

»Ja.«

»Das kann nicht sein.«

»Doch. Sie wollen, dass wir ihn identifizieren.«

»Sylt? Da haben wir an der völlig falschen Stelle gesucht.«

Milena brach zusammen. Die Tränen flossen sturzbachartig. Schleim verklebte ihr die Kehle. Eine heftige Hustenattacke schüttelte sie.

»Lena, nicht. Alles wird gut. Beruhige dich. Soll ich vorbeikommen?«

»Ja, bitte«, schluchzte sie.

»Gib mir 30 Minuten. Anna hat das Auto und ist nach Elmshorn zu einer Freundin gefahren. Ich muss den Bus nehmen.«

»Bitte beeile dich.«

»Das mache ich. Versprochen. Ich bin gleich da.« Er legte auf.

40 Minuten später saß er neben seiner Schwester auf der Couch, hatte den Arm um ihre Schulter gelegt und ließ sie sich ausheulen.

»Möglicherweise ist er es nicht. Hast du dir das mal überlegt?«, fragte er leise.

»Das war auch meine erste Reaktion, doch die Polizei ist sich ziemlich sicher.«

»Die können sich auch irren.«

»Sie haben Farbe unter seinen Fingernägeln gefunden, Janni.« Sie war verzweifelt.

»Na und? Viele Menschen haben mit Farbe zu tun. Haben sie sie analysiert? Ist es seine Farbe oder am Ende nur Bootslack?«

»Ölfarbe, sagte der Kommissar. Ich vermute, dass Sie das ganz genau prüfen können.«

»Trotzdem. Das klingt alles zu obskur. Lass uns keine voreiligen Schlüsse ziehen. Wir müssten ihn nicht identifizieren, wenn Sie sich hundertprozentig sicher wären.«

»Das glaube ich nicht. Das ist eine Standardprozedur«, sagte sie.

»Ich würde trotzdem nicht gleich die Hoffnung aufgeben. Reg dich nicht zu sehr auf. Wir fahren da morgen früh hin und danach sehen wir, wie es weitergeht.«

Milena schluchzte bitter. »Ich weiß nicht, Janni. Ich habe so ein Gefühl, dass er es ist. Sie haben sicherlich Fotos verglichen. Die Farbe. Er wurde auf Sylt gefunden!«

»Na und? Was sagt das schon aus? Er war nicht einmal auf Sylt, als er verschwand.«

»Nein, aber kurz davor war er dort. Das ist doch kein Zufall.«

»Wo genau haben sie ihn gefunden?«

»Am Strand, sagte er. Er wurde angespült.«

»Angespült?«

»Ja.«

»Papa geht doch auf kein Boot.«

»Seine Leiche hat zumindest im Wasser gelegen. Aber du hast recht. Ich frage nach, wie sie darauf kommen.«

»Na ja.« Jan räusperte sich. »Ich habe zwar keine Ahnung, aber soweit ich weiß, sieht man einer Leiche an, ob sie lange im Wasser gelegen hat oder derjenige einfach am Strand gestorben ist und neben dem Wasser gefunden wurde.«

»Hast recht.« Sie schluchzte lauter.

»Es muss eine Erklärung dafür geben, dass er erst jetzt auftaucht. Immerhin ist er seit sechs Wochen verschwunden. In der Zeit hat er sich ja nicht irgendwo verkrochen.«

»Er würde uns das niemals antun, uns freiwillig so lange im Ungewissen zu lassen. Deshalb glaube ich auch, dass ihm etwas zugestoßen ist.« Ihre dicken Tränen durchnässten Jannis Hemd an der Schulter.

»Da hast du recht.«

»Du siehst es also auch so.«

»Schon. Aber ich will mich nicht damit abfinden, dass der Tote Papa ist, bevor ich ihn nicht mit meinen eigenen Augen gesehen habe.«

Als sie beide am nächsten Tag die Rechtsmedizin in Kiel verließen, war Milena still. Jan ging ebenso stumm neben ihr her und starrte düster geradeaus. Er hatte wenig gesagt während der Identifizierung. Nur genickt und dann die Augen gesenkt. Sie selbst war nicht vorbereitet gewesen auf das, was sie dort erwartete. Sie hatte endlich Antworten erhalten – einige, wenige. Sie wusste, wo ihr Vater war, und kannte sein Schicksal. Warum, das wusste sie nicht. Das Wer und das Wie konnte sie ebenso wenig beantworten. Doch sie wusste, wo er war.

Dieses Kapitel war beendet. Eine Mischung aus Wut, Ohnmacht und Endgültigkeit hatte sie überrollt. Seither hing sie verloren in einem Schwebezustand zwischen dem weiterlaufenden Leben und der ungeklärten Vergangenheit.

An einer großen Eiche auf dem Weg zum Auto blieb sie stehen. »Was machen wir jetzt?«

Janni drehte sich um. Sein Gesichtsausdruck schmerzte sie. Er litt Höllenqualen, und sie konnte ihm nicht helfen. Sie konnte sich selbst nicht einmal helfen.

»Was meinst du?«, fragte er.

»Du sagtest, wir sehen weiter, wenn wir in Kiel waren.«

»Ja.« Er trat mit der Schuhspitze einen Stein in eine Pfütze. »Ich weiß es nicht. Die Polizei ermittelt. Vielleicht können wir irgendwie helfen.«

»Was können wir schon tun?«

»Ich weiß nicht. Seine Sachen in seiner Wohnung durchgehen. Bisher war es nur ein Vermisstenfall. Inzwischen ist das etwas anderes. Vielleicht finden wir was.«

»Dürfen wir überhaupt in die Wohnung?«

»Keine Ahnung. Lass es uns einfach versuchen.«

»Dieser Jorgensen hat überhaupt nichts durchblicken lassen«, sagte sie frustriert. Der Kriminalhauptkommissar hatte ihnen viele Fragen gestellt, doch Milena war nicht in der Lage gewesen, etwas über die Hintergründe zu erfahren. Die einzige Information, die sie erhielten, war, dass ihr Vater vier Wochen im Wasser gelegen haben musste, bevor man ihn gefunden hatte.

»Ich verstehe das nicht«, sagte Milena. »Was hat er auf der Insel gemacht? Er kam doch gerade von dort.«

»Das sollten wir herausfinden. Geh du zu seiner Wohnung. Ich werde nach Sylt fahren.«

»Du willst da hin?«, rief sie erstaunt aus.

»Ja. Ich will wissen, weshalb er zurückgefahren ist und mit wem.«

»Wieso denkst du, dass er nicht allein war?«, fragte sie.

»Ich denke, es hat ihn jemand mitgenommen. Sein Wagen ist noch zu Hause. Wir wären von allein doch nie auf den Gedanken gekommen, dass er Hamburg verlassen hat, weil sein Auto in der Straße vor seinem Haus parkt. Wie hat er Sylt erreicht?«

»Mit dem Zug?«

»Nach all den Jahren? Er nimmt immer den Wagen.«

»Ich weiß nicht, was er sich dabei gedacht hat. Meinst du, er ist vielleicht nicht freiwillig mitgefahren?«

»Möglich. Ich frage mich nur, wieso ihn jemand nach Sylt verschleppt, um ihn dann dort zu töten und ins Wasser zu schmeißen.«

Milena schlug die Hand vor die Augen.

»Bitte entschuldige«, sagte er.

Sie benötigte ein paar Atemzüge, um sich zu sammeln. Dann riss sie sich zusammen und sah ihren Bruder an. »Schon gut. Was ich mich eher frage, ist: Wieso? Papa ist … war kein Mitglied der Mafia, verdammt noch mal! Wer sollte einen Grund haben, ihn zu ermorden?«

Er schüttelte leicht den Kopf. »Ich weiß es wirklich nicht, aber ich bete dafür, dass ich den Scheißkerl vor der Polizei finde.«

»Halt dich lieber zurück. Anna ist schwanger. Sie braucht keinen Mann, der hinter Gittern sitzt.«

»Sie würde es verstehen«, sagte er knapp und ging langsam weiter. Milena folgte ihm.

»Sicher. Ich wollte dich nur gewarnt haben.«

»Danke, Schwesterherz.«

»Im Ernst, Janni, sei bitte vorsichtig.«

»Das bin ich. Ich bringe dich nach Hause, kläre alles Nötige mit Anna und mache mich dann auf den Weg.«

Sie nickte. »Melde dich, wenn du was hast. Wo wirst du wohnen?«

»Ich schaue, wo etwas frei ist.«

Sie schniefte. Er drehte sich zu ihr um und sah ihr eindringlich in die Augen. »Ich werde herausfinden, wer das war. Das verspreche ich dir.«

KAPITEL 7

Sylt, drei Tage später

Als Greta am Abend das Restaurant betrat, war es genau acht. Joost wartete an ihrem Tisch auf sie. Er erhob sich, als sie sich näherte, begrüßte sie fröhlich mit einer angedeuteten Verbeugung und zog einen Stuhl für sie zurück. Greta genoss seine Aufmerksamkeit. Die letzten drei Tage hatten sie sich jeden Abend zum Essen getroffen, über die Insel geredet, ihre Erlebnisse des Tages besprochen und sich immer besser kennengelernt.

Die Kerze in der Mitte des Tisches flackerte, während sie sich setzte. Draußen vor den Fenstern hatte der Wind aufgefrischt, und Regen trommelte gegen die Scheiben.

»Sie sehen großartig aus. Hatten Sie einen schönen Tag?«

»Herzlichen Dank, Joost. Tatsächlich. Ich war am Vormittag am Strand, doch als es gegen Mittag anfing zu regnen, habe ich mich in die Bibliothek zurückgezogen und weiter in meinem Krimi geschmökert. Und Sie?«

»Ja, das Wetter. Ich bin regenfest auf Recherchetour gegangen.«

»Wie läuft es mit Ihrem Buch?«

»Ich sammle noch. So langsam verdichten sich die kleinen Puzzlestücke zu einer Idee.« Joost hatte ihr vor zwei Abenden erzählt, dass er sich mit dem Gedanken trug, ein Buch zu schreiben – ein historisches Familiendrama, das auf Sylt spielen sollte oder bei dem Sylt eine tragende Rolle einnehmen würde.

»Erzählen Sie.«

»Sie kennen die Insel ja auch ganz gut. Ich war heute beim ›Friedhof der Heimatlosen‹ in Westerland.«

»Wir sind ein Volk vom Strom der Zeit. Gespült zum Erdeneiland …«, zitierte Greta den Beginn der Aufschrift auf einer alten Steintafel, die auf dem Friedhof zu finden war.

»Ganz genau.« Joost lächelte und trank einen Schluck von seinem Aperitif. Der Kellner trat mit der Speisekarte an den Tisch, und sie bestellten Wasser und eine Flasche Chardonnay.

»Ich war dort vor einigen Jahren mit meinem Mann. Er ist so winzig, der Friedhof. Ich hatte ihn mir größer vorgestellt.«

»Momentan lasse ich mich noch inspirieren und treibe so über die Insel, doch ich könnte mir vorstellen, dem Friedhof ein Kapitel in meinem Buch zu widmen. Diese Mischung aus verlorenen Seelen – gestrandete Fremde, die anonym beerdigt wurden, deren Familien nicht wussten, wo sie verblieben sind – und einem Hafen, den man ihnen gibt, eine letzte Ruhestätte für ihre Gebeine in geweihter Erde. Zumindest nehme ich das an. Das finde ich faszinierend. Das hat Potenzial. Denken Sie nicht auch?«

»Ich bin völlig Ihrer Meinung. Wie so oft.« Sie lächelte. »Für Sie sollte dieses Buchprojekt kein Problem sein, Sie sind doch hier aufgewachsen. Sie kennen die Insel sicher in- und auswendig.«

»Schon, aber die Spaziergänge helfen mir, auf Ideen zu kommen. Es ist wie so oft: Das, was man immer vor Augen hat, schaut man sich nicht so genau an.«

»Es gibt zu dem Friedhof sicher jede Menge Geschichten, die niemand kennt und erzählen kann. Und Sie könnten in Ihrem Buch eine davon zum Leben erwecken.«

»Ja, das ist eine gute Idee.«

»Wissen Sie, woran mich das erinnert?«

»Natürlich weiß ich es. Ich hatte mich längst gefragt, wann Sie wieder darauf zu sprechen kommen. Hut ab. Sie haben mich seit einigen Tagen nicht nach dem Toten vom Strand gefragt.«

»Sehen Sie, ich respektiere Ihr Schweigen.« Sie streckte ihren Zeigefinger in die Luft.

»Das rechne ich Ihnen hoch an.«

»Witzbold.« Greta verzog das Gesicht. »Aber im Ernst – die Zeitungen berichten, dass der Tote als hiesiger Maler identifiziert wurde.«

»Nicht hiesig. Er stellte hier aus. Tut er noch. Zumindest kann man seine Bilder in einer kleinen Galerie kurz vor Kampen kaufen. Karol Nowak.«

»Er war nicht von hier?«, tastete Greta sich vorsichtig heran.

»Nein. So viel kann ich Ihnen sagen. Er ist … er war ein Künstler aus Danzig, hat aber seit rund 20 Jahren in Hamburg gelebt. Seine Familie hat ihn vor ein paar Tagen identifiziert.«

»Oh, wie schrecklich. War er verheiratet?«

»Nicht mehr. Doch er hatte zwei Kinder. Beide in ihren Vierzigern.«

»Er hatte schon ein recht hohes Alter?«

»Wie man es nimmt. Er war 75. Fit und gesund. Seine Familie hätte sicherlich noch viele Jahre etwas von ihm gehabt.«

Greta nickte. Der Kellner erschien mit ihren Getränken und nahm die weitere Bestellung auf. Greta entschied sich für das Menü der Halbpension, bat den Kellner jedoch, statt der Vorspeise einen Krabbencocktail zu bringen. Sie leckte sich unbemerkt über die Lippen bei dem Gedanken an ihre Leibspeise. Joost schloss sich ihr an. Sie war freudig überrascht, dass er so viele Informationen zu dem Fall preisgab. Vermutlich verfügte die Presse bereits über diese Details, sodass er es ihr erzählen konnte, ohne sich zu weit aus dem Fenster zu lehnen.

»Und die Todesursache?« Die Frage war gewagt.

»Das, was die Zeitungen berichtet haben, stimmt. Ihm wurde die Kehle aufgeschnitten.« Sie merkte, dass Joost sie bei diesen Worten genau beobachtete. Seine klugen blauen Augen schienen ihr bis hinter die Stirn zu blicken. Wenn er dachte, dass sie diese Information abschreckte, hatte er sich jedoch verkalkuliert.

»Als er ins Wasser geworfen wurde, war er also schon tot?«, fuhr sie fort.

»Ja.« Joost lehnte sich gegen die Stuhllehne. »Greta, ich komme mir vor wie in einer meiner eigenen Befragungen. Sie hätten durchaus über eine Karriere bei der Polizei nachdenken können.«

Greta verschluckte sich und hustete. »Ich bin neugierig«, sagte sie entschuldigend.

»Das sind Sie. Möglicherweise war die knallharte, recherchierende Reporterin doch keine so schlechte Idee von mir. Sie haben sich unter Wert verkauft, als Sie sich auf Modetrends verlegt haben.« Er grinste sie an.

Sie ignorierte den Seitenhieb. »Juckt es Sie nicht manchmal in den Fingern?«

»Wie meinen Sie das?«

»Haben Sie nicht das Gefühl, hin und wieder, am Spielfeldrand zu stehen und nicht mitmachen zu dürfen, wenn Ihr Sohn Ihnen von seiner Arbeit berichtet?«

»Nie.«

»Ach, kommen Sie! Das kaufe ich Ihnen nicht ab. Da hatten Sie diesen interessanten Job, und ich wette, Sie haben ihn geliebt und waren mit Herzblut bei der Sache, und jetzt soll auf einmal alles vorbei sein?«

»Ganz genau. Das ist der Lauf der Dinge. Außerdem stehe ich nicht am Spielfeldrand. Wenn mein Sohn einen Rat braucht, kann er jederzeit zu mir kommen. Sie haben sicherlich gemerkt, dass ich wenig über meinen alten Job rede – ich korrigiere mich: gar nicht. Ich will es so. Ich habe meine Gründe dafür, den Polizisten in mir im Ruhestand zu lassen.«

Greta ignorierte diesen Monolog. »Tut er das auch?«

»Wer?«

»Ihr Sohn. Ihren Rat einholen, meine ich.«

»Manchmal.« Joost hatte gezögert. Greta war es nicht entgangen.

»Was ist mit diesem Fall?«

»Ich kenne die Details, oder?«

»Was bedeutet das schon? Das sind Informationen, die die Presse auch hat. Das haben Sie selbst gesagt, sonst hätten Sie mir nichts davon erzählt.«

»Mag sein«, gab er knurrig zu.

Der Krabbencocktail wurde serviert. Greta konnte es kaum erwarten, den ersten Happen davon zu genießen. »Joost, Sie verschweigen mir was«, sagte sie, ohne das Objekt ihrer Begierde aus den Augen zu lassen.

»Wie bitte?« Seine Gabel landete mit Schwung im Glas.

Greta blickte auf. »Sie sind nicht ehrlich. Sie haben mir erzählt, dass Sie Ihre Familie selten sehen, weil Sie durch die Weltgeschichte reisen. Nun gut. Das kann jeder halten, wie er es mag. Doch jetzt sind Sie hier vor Ort, es ist eine dieser seltenen Gelegenheiten, und Sie streifen tagsüber über die Insel und essen abends mit mir im Restaurant.«

»Na und?« Er klang einsilbig, zurückgezogen und eine Spur bockig.

»Warum sind Sie nicht bei Ihrer Familie? Bei Ihrem Sohn, seiner Frau und Ihrer Enkelin, von der Sie mir erzählt haben.«

»Ich bin ja dort. Immer wieder zwischendrin. Aber es ist nicht ganz so einfach.«

»Wie meinen Sie das?« Sie schaute ihn tadelnd an.

»Fred und seine Frau müssen arbeiten. Da passt es eben nicht immer. Ich möchte Ihnen am Abend nicht zur Last fallen. Sie brauchen auch Zeit für sich allein, als Paar.« Er zog sich zurück. Das spürte Greta. Allerdings hatte sie das noch nie davon abgehalten, ihre Meinung zu sagen.

»Während Ihres Besuches? Sie werden sie doch sicher nicht nur am Wochenende mit Ihrer Anwesenheit beehren. Sie könnten die Kleine nachmittags betreuen, bis die Eltern nach Hause kommen? Ich gäbe alles für ein Enkelkind.«

Sie erkannte die Sehnsucht in seinen Augen, und ihr Vorpreschen tat ihr augenblicklich leid. »Entschuldigung. Bin ich Ihnen damit zu nahe getreten?«

Er aß eine Weile und schluckte umständlich. Dann schüttelte er leicht den Kopf. »Schon gut. Ich sehe es im Grunde genauso. Aber meine Schwiegertochter wünscht sich keine Störung in ihrem Alltag.«

»Sie meinen durch Sie? Hat sie das so gesagt?« Greta wurde sofort von Kampfeslust gepackt.

»Nein. Hat sie nicht.«

Sie wartete ab und schickte ihm einen freundlichen Blick mit ihren blassblauen Augen.

»Sie erweckt allerdings den Eindruck, dass ich ihren Alltag durcheinanderbringe.«

»Sie mögen sie nicht besonders, oder?«

»Nein! So ein Blödsinn. Entschuldigung. Nein, das kann man so nicht sagen. Ich akzeptiere, dass wir unsere Differenzen haben. Die Kinder sind erwachsen. Ich passe mich dem an.«

»Was sagt Ihr Sohn dazu? Fred?«

»Er hält sich raus.«

»Typisch Mann.«

»Wie bitte?«

»Ach, nichts. Sie sollten mit ihm sprechen.«

»Das könnte alles komplizierter gestalten.«

»Muss es nicht. Möglicherweise weiß er nicht, wie es Ihnen geht, und Ihre Schwiegertochter auch nicht. Was macht sie beruflich? Ist sie ebenfalls bei der Polizei?«

»Sie ist Dermatologin in der Nordseeklinik in Westerland.«

»Beeindruckend. Sie ist eine selbstbewusste Frau?«

»Ja.«

»Was stört Sie?«

»Mich?«

»Irgendwas muss es doch sein.«

»Ich weiß nicht genau. Wir geraten ständig aneinander.«

»Nun gut. Im Grunde geht es mich nichts an«, erwiderte Greta, um etwas die Luft aus ihrem Gespräch zu nehmen.

Joost schnaubte. »Dass Sie eine neugierige Person sind, haben wir ja schon festgestellt.«

»Sehen Sie?« Sie lachte.

Er stimmte erleichtert ein. »Sie haben ja recht. Es ist eine unausgegorene Sache mit uns zweien, und Fred und die kleine Sanni sitzen zwischen den Stühlen. Jedes Mal, wenn ich zu Besuch bin, führt ein x-beliebiges Thema zum Streit. Ich reize sie und sie reizt mich. Woran das liegt, weiß ich nicht. Dabei habe ich ihnen das Haus vermacht! Zu Lebzeiten. Sollte man da nicht ein wenig Dankbarkeit erwarten?«

»Aha!« Greta schlug mit der flachen Hand auf den Tisch und lehnte sich wissend nach hinten. Sie verschränkte beide Arme.

»Was heißt das?«

»Sie finden, dass sie in Ihrer Schuld steht, und erwarten, dass sie sich auch so verhält. War es der Wunsch Ihrer Schwiegertochter oder Ihres Sohnes, dass Sie ihnen das Haus vermachen?«

»Nein, das war natürlich meine Idee.«

»Und Ihre Schwiegertochter hat sich bedankt?«

»Natürlich.«

»Und jetzt setzt sie in dem Haus ihre eigenen Ideen um?«

Joost trank einen Schluck Wein. »Wollen Sie behaupten, ich mische mich ein?«

»Nein, nur dass es Sie möglicherweise stört, wenn Sie nicht mehr gefragt werden. Klingt das vertraut? Könnten die Streitthemen etwas mit Entscheidungen zu tun haben, die sie getroffen hat, ohne Ihre Meinung einzuholen?«

Er beantwortete die Frage nicht. »Wissen Sie, sie ist so ganz anders als meine Frau war. Ich habe nie verstanden, was mein Sohn … Ach, schon gut.«

»Da fahren Sie aber schwere Geschütze auf, meinen Sie nicht? Seien Sie froh, dass Ihr Sohn eine selbstständige, selbstbewusste Frau gefunden hat, die sich durchsetzt.«

»Das bin ich ja«, brummte er. »Greta, jetzt kommen Sie in Fahrt. Ich habe das Gefühl, das Thema hat eher einen Nerv bei Ihnen getroffen.«

»Ach was. Schauen wir uns doch das eigentliche Problem einmal an.«

»Da bin ich aber gespannt.«

»Diese Weigerung, zum alten Eisen gehören zu wollen. Nicht ersetzt werden zu wollen, ist das nicht ein Thema, das durch Ihren Ruhestand entstanden ist? Ich formuliere es klarer: Ich denke, Sie brauchen eine Aufgabe. So sieht das aus. Nirgends werden Sie mehr nach Ihrer Meinung gefragt. Ihre Frau ist nicht mehr da, das Haus haben Sie leichtfertig aufgegeben, und das Kapitel Job ist abgeschlossen. Momentan gibt es diese Idee mit dem Buch. Mag sein, dass Sie ein später, unterschätzter Schriftsteller sind. Doch für mich sieht es aus, als bräuchten Sie schnellstens eine Aufgabe.«

»Puhh!« Joost legte seine Gabel beiseite, tupfte sich mit der Serviette die Lippen sauber und lehnte sich zurück. »Sie machen keine Gefangenen, oder, Greta?«

»Sind Sie mir böse?«

»Nein, woher? Nur überrascht. Ich habe nicht vermutet, dass ich diesen Eindruck auf andere Menschen mache.«

»Liege ich richtig?«

»Nein.«

»Joost, ich weiß genau, wie es Ihnen geht. Ich kenne das Gefühl, ein Kapitel abgeschlossen zu haben. Nicht irgendein Kapitel. Es fühlt sich an, als wäre es das letzte und jemand würde gleich das Buch zuklappen. Man überlegt verzweifelt, was man tun könnte, damit das nicht geschieht. Manchmal springt man dann zurück zu einem alten, längst gelesenen Teil in der Geschichte, doch das ist nur Augenwischerei.«

»Und was ist Ihr Rat? Das Buch zuklappen? Akzeptieren, dass alles mal ein Ende hat?«

»Ganz und gar nicht. Bis wir unser letztes Kapitel beginnen, fließt viel Wasser den Fluss hinunter. Nein! Mein Rat ist, eine neue Seite aufzuschlagen. Eine, die zu denen davor passt.«

Ein Kellner erschien und räumte die leeren Teller ab.

»Was ich sage, klingt hart. Doch mir musste man das auch in aller Deutlichkeit klarmachen.«

»Wer hat das gewagt?«, fragte er augenzwinkernd.

Greta merkte erst jetzt, dass er bereits die ganze Zeit schmunzelte. Er hatte sie reden und spekulieren lassen, ohne sich angegriffen zu fühlen, aber auch ohne seine Deckung zu verlassen. Ein wenig verunsichert redete sie weiter. »Meine Nichte hat mir vor einiger Zeit den Kopf gewaschen. Sie hat mir vor Augen geführt, dass ich noch sehr viele Jahre vor mir habe, für die ich mir besser einen Plan mache. Sonst würden sie sehr lang und langweilig werden.« Greta dachte an ihre Nachbarin in alten, abgetragenen Klamotten, deren Höhepunkt des Tages der Plausch mit dem Briefträger ist.

Er lachte herzhaft. »Über Langeweile kann ich nun wirklich nicht klagen.«

»Das ist wohl wahr. Sie haben das andere Extrem gewählt.«

Er schnaubte bitter.

»Ich habe Sie verärgert. Das tut mir leid. Wir kennen uns noch nicht so lange. Vermutlich hätte ich mich zurückhalten sollen. Doch gerade, weil wir im Grunde Fremde sind, können wir offen miteinander reden, oder nicht? Wir haben einen frischen Blick auf den jeweils anderen.«

»Der nicht stimmen muss.«

»Das ist möglich.«

»Aber Sie ziehen es nicht in Betracht.« Er lachte wieder.

»Ich irre mich selten in Menschen«, gab Greta offen zu.

»Sie sind eine interessante Persönlichkeit.«

»Danke. Und Sie waren zweifellos ein hervorragender Kommissar – Pardon, Kriminalhauptkommissar.«

»Bei Gott, das war ich!« Er erhob sein Glas.

Greta vermutete, dass es nicht das erste war. Sie hatte nicht darauf geachtet. Dann holte sie zum eigentlichen Schlag aus. »Warum wehren Sie sich so gegen diese Begabung? Wir könnten unsere letzten Tage auf Sylt viel interessanter gestalten, wenn wir …«

»Nein.« So beschwipst war er wohl doch nicht.

»Warten Sie erst mal ab, was ich sagen will.«

»Schießen Sie los, doch die Antwort ist ›Nein‹.«

»Sie müssen ja keine Interna verraten. Im Grunde wissen wir beide zum jetzigen Zeitpunkt dasselbe. Vermutlich.«

»Hmm«, brummte er.

»Wir könnten unsere eigenen Ermittlungen anstellen.«

»Wie bitte?«

»Ein Abenteuer erleben. Ich nutze meine Spürnase und Sie Ihr Fachwissen.«

»Wer sagt Ihnen, dass ich keine Spürnase besitze?«

»Ist das ein Ja?«

»Nein. Aber ich genieße das Gespräch mit Ihnen darüber. Ich denke, solange Sie die Ermittlungen nicht behindern und sich selbst nicht in Gefahr bringen, können Sie tun und lassen, was Sie wollen. Doch ich würde Sie gern warnen. Ein Mord hat nichts Romantisches an sich. Es ist eine Sache, bei einem guten Buch oder Film mitzufiebern, eine andere, ein abscheuliches Verbrechen mit eigenen Augen zu sehen. Auch, wenn Sie das vielleicht enttäuscht, hinter den wenigsten Verbrechen steckt ein Geheimnis, das ans Tageslicht will.« Er lächelte und prostete ihr zu.

KAPITEL 8

Der Regen klatschte heftig gegen die Scheibe ihres Fensters. Greta schlug die nächste Seite ihres Schmökers auf und gähnte. Vor einer halben Stunde hatte Joost sie aufs Zimmer gebracht. Der niedrige Luftdruck machte ihr zu schaffen. Bei diesem stürmischen Wetter fühlte sie sich irgendwie verdreht. Pfeifend zog der Wind an der Hauswand vorbei, bäumte sich heulend auf und ließ mit flatternden Geräuschen an den Außenjalousien wieder nach.

Das Buch fesselte sie, doch inzwischen zeigte ihre Armbanduhr 23 Uhr an, und es wurde Zeit, schlafen zu gehen. Greta klappte das Taschenbuch zu und legte es auf den Couchtisch, an dem sie saß. Die Stehlampe hinter ihr flackerte, erst langsam, dann schnell. Sollte es zu einem Stromausfall kommen, wollte sie vorher bettfertig sein. Sie ging ins Badezimmer, kleidete sich um und schloss die Zimmertür nach draußen ab. Auf dem hüfthohen Schrank im Flur befanden sich ihre Handtasche und die Autoschlüssel. Kein Handy. Sie überlegte einen Moment, wann sie es zum letzten Mal gesehen hatte. Sie schaute durchs Zimmer, entdeckte es aber nirgends. Vermutlich lag es im Auto. Greta zögerte einen Moment. Wollte sie wirklich in die Garage hinunter, um diese Zeit? Sie sah an sich herunter. Den Pyjama trug sie schon. Doch ganz ohne Handy? Das missfiel ihr. Was, wenn ihre Nichte versuchen würde, sie zu erreichen. Sie war ein Gewohnheitstier, der morgendliche Blick auf die Nachrichten im Handy obligatorisch. Es im Auto zu lassen, störte ihren Rhythmus. Mürrisch entschied sie sich, es zu holen.

Nach einem kurzen Blick auf den flauschigen Hotelbademantel im Badezimmer nahm sie schließlich ihre lange Daunenjacke vom Haken der Garderobe. Sie schlüpfte in ein Paar Stiefel und verließ ihr Zimmer. Wenn sie sich beeilte, war es insgesamt ein Weg von fünf Minuten. Nicht weiter wild. Sie musste nur den Flur hinuntereilen, den Fahrstuhl oder die Treppe ein Stockwerk nach unten nehmen, am Eingang zum Spa vorbei durch eine Glastür gehen, dann trennte sie nur noch ein kleiner Flur und eine Feuerschutztür von der Garage. Diese war durch ein Gitter vor der Einfahrt nach draußen verschlossen, konnte aber zu jeder Tages- und Nachtzeit von den Gästen betreten werden. Greta betete, dass sich bei diesem Wetter niemand mehr draußen herumtrieb, dem sie gleich in der Garage über den Weg laufen würde. In diesem Aufzug wäre ihr das peinlich.

Schnellen Schrittes tigerte sie los. Die Gänge im Hotel waren hell erleuchtet.

Keine Menschenseele war unterwegs. Sie nahm die Treppe. Eilig hüpfte sie die Stufen hinunter. Der Wellnessbereich schloss um 22 Uhr. Der Flur hinter der Glastür zur Garage lag im Dunkeln. Sie öffnete sie vorsichtig und schlüpfte hindurch. Üblicherweise würde jetzt der Bewegungsmelder die Lampen anschalten, doch es tat sich nichts. Das Flurlicht hinter ihr flackerte. Das musste am Sturm liegen. Ein leises, elektrisches Summen drang an ihre Ohren. Sie erreichte die Feuerschutztür, drückte die Klinke herunter und zog kräftig mit beiden Armen daran. Die Stahltür zuckte zunächst nur, ließ sich dann aber problemlos öffnen. Neonlicht schlug ihr entgegen, als Greta die Betonstufe nach unten trat. Sie benötigte einen Moment, um sich an die neuen Lichtverhältnisse zu gewöhnen. Ein Windhauch streifte sie, und sie glaubte, etwas in ihrem Rücken zu spüren. Als sie sich umdrehte, konnte sie nur noch die graue Stahltür sehen, wie sie ins Schloss fiel. Klong. Sie drehte sich wieder um, und während sie in die Garage hineinging, hörte sie hinter sich eine weitere Tür schlagen. Ein Duft nach Tabac, dem Eau de Toilette, hing in der Luft, und sie rümpfte die Nase. Nun aber schnell. Anscheinend war ein Hotelgast auf dem Weg zu ihr. Dem wollte sie nicht in ihrem Schlafanzug begegnen.

Sie huschte auf die gelbe Betonwand zu, die die Garage in zwei Hälften teilte und die ihr die Sicht auf ihr eigenes Auto versperrte. Kurz davor bog sie rechts ab und schlüpfte durch einen schmalen Durchgang um die Wand herum. Ihr Wagen war zwei Meter davon entfernt geparkt, direkt neben der Einfahrt. Sie betätigte den Türöffner an ihrem Schlüssel. Merkwürdigerweise war niemand nach ihr in den Raum getreten. Sie war allein. Das elektrische Summen war hier deutlich lauter als vorhin im Flur. Es musste von den Neonröhren stammen, die eisiges Licht spendeten. Durch das Rollgitter an der Ausfahrt konnte sie in die Nacht sehen. Direkt hinter der Straße lag der Hafen und dahinter das

Wattenmeer. Auf dem Asphalt prasselte der Regen, und mit jeder einzelnen Böe fröstelte es sie an ihren Beinen, die in der dünnen Pyjamahose steckten.

Das Handy. Sie fummelte es aus der Mittelkonsole und beeilte sich, die Tür wieder zu schließen. Dann hetzte sie zurück.

Aus dem Augenwinkel nahm sie etwas wahr. Sie fuhr herum und ihr Blick fiel auf einen schwarzen Audi, der ganz am Ende der Reihe geparkt war. Mit einem Mal fühlte sie sich unwohl und hatte den Drang, sich wegzudrehen und loszulaufen. Doch sie zwang sich, ruhig zu bleiben und nachzusehen, was sie erschreckt hatte. Neben dem Auto lag ein Bündel Kleider – ein Haufen … Moment. Sie ging dichter heran. Das war … ein Mensch. Ein Mensch hockte gekrümmt, zusammengesunken neben dem Wagen.

Ein spitzer Schrei löste sich aus Gretas Kehle. Sie schlug die Hand vor den Mund. Hektisch sah sie sich um. Abgesehen von der Person am Boden war sie vollkommen allein, das Gitter vor der Ausfahrt blockierte diese. Vorsichtig wagte sie sich ein paar Schritte heran. Ihre Tritte hallten von den Betonwänden wider. Beim Näherkommen erkannte sie, dass es sich um einen Mann handeln musste. Breite Schultern, kurze dunkle Haare, maskuliner Kleidungsstil. Er kauerte neben der Beifahrertür, nach vorn gesunken, auf seinen Knien, mit dem Rücken zu Greta.

»Hallo?« Sie erkannte ihre Stimme selbst nicht wieder. Zaghaft, fast unhörbar. Etwas kräftiger fragte sie: »Hören Sie mich?«

Keine Reaktion. Greta streckte einen Arm aus und griff nach seiner Schulter. Der Mann trug eine warme Wetterjacke. Sie spürte die Daunen, bevor ihre Finger seinen Körper wahrnahmen. Langsam zog sie daran. Er ließ sich nicht bewegen. Reglos verharrte er in der Position. Sie nahm nicht die kleinste Bewegung wahr, auch kein Atemgeräusch. Der Mann war nicht ohnmächtig. Er war tot.

Sie ging einen Schritt zurück und erkannte eine blutrote Pfütze unter ihm. Der Anblick raubte ihr den Atem. Ohne länger darüber nachzudenken, trat sie den Rückzug an. Schnellen Schrittes erreichte sie die Tür zum Hotel und kramte in ihrer Manteltasche nach der Zimmerkarte. Das war die einzige Möglichkeit, die Tür von dieser Seite aus zu öffnen. Ein Klicken verriet ihr, dass sie erfolgreich war. Die Tür sprang auf und entließ sie in den kleinen, dunklen Flur, bevor sie nach ein paar Schritten die Glastür erreichte, die sie ins Hotel zurückbrachte.

Nachdem Greta völlig außer Atem die Treppe hinaufgehetzt war, eilte sie zur Rezeption. Dort saß ein älterer Herr, der mit einer Lesebrille und tief hängenden Augenlidern in eine Zeitschrift vertieft war.

»Sie … sofort … unten … Garage.«

Er stand augenblicklich auf und sah sie entgeistert an. »Kann ich Ihnen helfen? Was ist passiert?«

»Ich … Mann … unten … Garage … Hilfe!«

Er kam um den Tresen herum und nahm Greta am Arm. »Was fehlt Ihnen? Brauchen Sie einen Arzt?« Schon griff er zu dem schnurlosen Telefon, das auf dem

Tresen lag. Sie schüttelte heftig den Kopf und verfluchte ihre Unsportlichkeit. Der Weg hierher hatte sie ihrer ganzen Luft beraubt.

»Kommen Sie. Setzen Sie sich«, sagte er und führte sie zu einer Bank an der Wand im Eingangsbereich. Greta gehorchte. Er ging zu einem Tisch daneben und nahm eine der Wasserflaschen, die dort in größeren Mengen für die Gäste bereitstanden, die das Hotel durch den Haupteingang verlassen wollten.

»Trinken Sie.«

Greta nahm das Wasser dankbar entgegen und trank. Ihr Puls hatte sich inzwischen beruhigt. Sie wollte keine Zeit mehr verlieren. Nicht, dass noch jemand über den Toten stolperte.

»Ich komme aus der Garage. Sie müssen die Polizei verständigen. Dort liegt ein Mann. Er ist tot.«

Aus dem Gesicht des Rezeptionisten entwich jede Farbe.

»Sind Sie sicher? Ich prüfe das.«

»Nein. Rufen Sie erst die Polizei.«

»Und einen Krankenwagen«, sagte er.

»Das können Sie versuchen, aber ich denke, der kommt zu spät.«

Er verschwand, um das Telefon zu holen. Nach drei Minuten kehrte er zurück. »Sie sind unterwegs. Kann ich Sie einen Augenblick allein lassen? Ich will nachsehen, ob ich helfen kann. Vielleicht ist es noch nicht zu spät.«

Sie glaubte nicht daran, stand dann aber auf, um ihm zu folgen. Von dem Mann kamen keinerlei Einwände.

Mit dem Wasser in der Hand schlich sie hinter ihm die Treppe hinunter. Als sie die Garage betraten, wurde Greta erneut von den aufleuchtenden Neonröhren geblendet. In ihrem Rücken fiel die Tür zu. Klong.

»Hinter der Wand, ganz in der Ecke«, sagte sie.

»Wollen Sie hierbleiben?«

»Es geht schon. Ich begleite Sie.«

Sichtlich erleichtert nickte er. Greta fiel auf, dass er sein rechtes Bein leicht nachzog. Durch die Stille drang wieder das leichte Surren der Deckenleuchten. Draußen heulte weiter der Wind. Als sie um die Ecke bogen, deutete sie auf den schwarzen Audi, doch der Rezeptionist hatte den Menschen daneben bereits entdeckt und steuerte auf ihn zu. Bei dem Mann angekommen, kniete er sich umständlich neben ihn und rüttelte ein wenig an seinem Körper. »Ich fürchte, Sie haben recht.«

»Er ist tot.«

»Ja.« Er griff beherzt mit beiden Händen zu und richtete den Mann auf, um ihn mit Kopf und Rücken gegen die Wagentür zu lehnen. Greta konnte sehen, wie der Rezeptionist sich abmühte. Der Tote war schwer. Schließlich konnte er den leblosen Oberkörper unter Anstrengung nach hinten bewegen.

»Ohhh!« Greta stöhnte laut auf, als dessen Vorderseite sichtbar wurde. Ein langer Schnitt quer durch seine Kehle erklärte die Blutlache, die sie vorhin schon bemerkt hatte. Der Mann von der Rezeption sah etwas kränklich im Gesicht aus. Er ließ den Toten sofort los. Dessen Kopf sackte augenblicklich wieder nach unten und verdeckte die klaffende Wunde. Einzelne Blutstropfen fielen von dem Schnitt auf den hellblauen Wollpullover des Opfers.

In der Ferne hörte Greta Sirenen.

»Ich werde das Gitter öffnen gehen.«

»Ja, gut.«

Er stand auf und ließ sie zurück. Greta trat einen Schritt näher an den Toten heran.

»Was machen Sie denn da?«, ertönte die Stimme des Rezeptionisten vom Tor. Greta hatte die Hand ausgestreckt und die Wange des Toten berührt.

»Er ist noch warm.«

»Was?«

»Er ist noch ganz warm.«

»Haben Sie ihn wirklich angefasst?«

»Ich wollte wissen, ob es gerade erst passiert ist.«

Der Rezeptionist lief zu ihr zurück. »Lassen Sie uns hier weggehen. Die Polizei ist da.« Er deutete auf ein Fahrzeug, das oben an der Einfahrt zur Tiefgarage mit Blaulicht hielt. Es war der Krankenwagen. Dahinter wartete die Polizei. Zwei Streifenpolizisten stiegen aus. Einer ging gemeinsam mit den Rettungskräften die Einfahrt hinunter.

»Kommen Sie hier entlang«, sagte der Hotelangestellte und führte die Ankömmlinge zum Wagen in der Ecke. Als die vier zurückkehrten, hörte Greta, wie einer von ihnen seinem Kollegen zurief: »Verständige die Kripo und Flensburg. Sie können sich auf den Weg machen.«

Alle weiteren Worte konnte sie nicht verstehen, da er inzwischen draußen mit den Rettungskräften sprach.

»Sie sollten auf Ihr Zimmer zurückgehen. Es ist fast Mitternacht.« Der Mann von der Nachtschicht war von hinten an sie herangetreten.

»Ich glaube nicht, dass das eine gute Idee ist. Sie werden eine Aussage von mir haben wollen. Ich war die Erste am Tatort.«

Der Mann überlegte. »Wollen Sie nicht wenigstens oben warten?«

»Nein, schon gut.«

»Dann hole ich Ihnen wenigstens einen Stuhl und eine Decke aus dem Spa. Sie sehen durchgefroren aus.« Er schaute auf ihre schlotternden Beine.

»Machen Sie sich wegen mir keine Umstände.«

Doch da war er bereits weg. Zwei Minuten später kehrte er mit einem Korbstuhl und einer Decke zurück. Nachdem er ihn neben die Tür gestellt hatte, so weit wie möglich entfernt von der zugigen Einfahrt, verschwand er wieder. Greta setzte sich, war jedoch enttäuscht, dass sie so nichts von dem Geschehen auf der anderen Seite der Wand mitbekommen konnte. Diese besaß zwar einen kreisrunden Durchbruch – einem Bullauge ähnlich –, doch bis auf wandernde Oberkörper sah sie nichts.

Als der Mann von der Nachtschicht zurückkam, hatte er eine Kollegin dabei, die ein großes Tablett mit einer Kanne Kaffee und einer Kanne Tee sowie etlichen Tassen trug. Er selbst klappte neben Greta eine Art Campingtisch auf und nahm der Kollegin das Geschirr ab, um es auf dem Tisch anzuordnen. Die Frau reckte den Kopf. Greta konnte ihre Neugierde verstehen.

15 Minuten später betrat ein Mann von außen die Garage. Er sprach eine Weile mit den Polizisten, verschwand dann für geraume Zeit hinter dem Bereich der Wand, den Greta nicht einsehen konnte, und kam dann auf sie zu.

»Guten Abend. Mein Name ist Fred Thomsen. Ich bin Kriminaloberkommissar und würde gern mit Ihnen sprechen. Man sagte mir, Sie haben den Toten gefunden.«

Greta lächelte, weil sie im Begriff stand, Joosts Sohn kennenzulernen. Als sie seinen irritierten Gesichtsausdruck bemerkte, wurde sie sofort wieder ernst. »Das ist richtig. Ich war an meinem Wagen, als ich ihn entdeckt habe.« Sie war aufgestanden und hatte ihm die Hand entgegengestreckt, die er nun schüttelte. Sie folgte seinem Blick, der an ihrer ungewöhnlichen Kleidung herabwanderte. Jetzt wünschte sie, sie hätte sich umgezogen, als sie die Chance dazu gehabt hatte.

»Macht es Ihnen etwas aus? Ich weiß, es ist spät und meine Kollegen von der Mordkommission werden ebenfalls mit Ihnen sprechen wollen. Das wird aber vor morgen früh nichts.«

»Natürlich. Selbstverständlich helfe ich, sofern ich es kann.«

»Willst du mit der Dame nicht lieber hoch ins Restaurant gehen? Hier unten holt ihr euch nur den Tod.«

Erschrocken drehte sich Greta um. Hinter ihr war Joost durch die Tür getreten und grinste seinen Sohn verschwörerisch an.

KAPITEL 9

Greta nippte an ihrem Kaffee, der zwischen ihr und dem Kriminaloberkommissar stand. Die Nacht war ohnehin längst verkürzt worden. Da musste sie nicht noch mit Aufputschmitteln nachhelfen. Sie waren beide in das Restaurant des Hotels ausgewichen. Fünf Minuten, nachdem sie sich gesetzt hatten, war der Chef von Joosts Sohn erschienen und hatte sich dazugesellt. Ein gewisser Volker Mattes, Kriminalhauptkommissar. Er sah etwas derangiert aus, möglicherweise kam er direkt aus dem Bett, mutmaßte Greta. Es freute sie, denn an ihrem Aufzug hatte sich nach wie vor nichts geändert, und so saßen sie quasi im selben Boot. Das machte den Mann sympathisch. Joost hatte sich im Flur verabschiedet, was sie sehr bedauerte, doch ihr war klar gewesen, dass so eine Zeugenaussage unter vier beziehungsweise jetzt sechs Augen stattfinden musste.

»Frau Kaiser«, begann Mattes, »schildern Sie mir bitte ausführlich, was sich heute Abend ereignet hat.«

Greta räusperte sich und nickte. Sie strich mit der flachen Hand über das schneeweiße Tischtuch und zog es glatt. »Ich habe in meinem Zimmer gelesen. Es war etwa elf, als ich mich zum Schlafen umzog. Kurz bevor ich mich ins Bett legen wollte, stellte ich fest, dass mein Handy nirgends zu finden war. Also beschloss ich schweren Herzens, zum Auto zu gehen und es zu holen. Denn darin hatte ich es vergessen.«

Thomsen machte Notizen, während Mattes nur lauschte. Greta musterte Joosts Sohn unauffällig und suchte nach äußerlichen Ähnlichkeiten. Die Augen – eindeutig. Sie fuhr fort: »Ich habe mir schnell einen Mantel übergeworfen und bin die Treppe runtergelaufen.«

»Haben Sie jemanden gesehen?«, unterbrach sie der Kriminalhauptkommissar.

»Nein, weder auf der Treppe noch im gläsernen Fahrstuhl daneben. Ich war völlig allein.«

»Verstehe. Fahren Sie bitte fort.«

»Ich bin in die Garage und dann zum Wagen und …« Greta brach ab.

»Ja?«

»Nun, ich bin zu meinem Wagen, aber …«

»Was ist Ihnen eingefallen?«, hakte Mattes gefühlvoll nach.

»Da war etwas, über das ich mir vorhin keine Gedanken gemacht habe. Als ich die Garage betrat, war es zunächst dunkel. Das Licht wurde durch den Bewegungsmelder angeschaltet, als ich den ersten Schritt die Stufe hinuntersetzte. Ich war geblendet und musste mich orientieren. Hinter mir zog es irgendwie und dann fiel die schwere Tür ins Schloss.«

»Es zog?«

»Ja. Das dachte ich zumindest. Wissen Sie, kurz darauf hörte ich die zweite Tür, die ins Hotel hineinführt, zuknallen, aber niemand ist gekommen.«

»Sie glauben, jemand hat die Garage verlassen.«

»Ja.«

»Gesehen haben Sie aber niemanden, Sie spürten nur eine Art Windhauch in Ihrem Rücken?«

»Exakt.«

»Haben Sie nichts gehört? Schritte? Atemgeräusche?«

»Nein, gar nicht. Tut mir leid. Möglich, dass ich einfach nicht darauf geachtet habe, weil ich selbst so außer Atem war. Ich wollte mich beeilen und schnell wieder aufs Zimmer zurück.«

»Sie haben den Täter weder gehört noch gesehen und doch war er höchstwahrscheinlich da, als Sie kamen.«

»Es war gerade erst geschehen, richtig? Ich habe das Blut tropfen sehen, als der Mann von der Nachtschicht die Leiche aufgerichtet hat.«

»Er hat ihn angefasst?«, fragte Thomsen streng.

»Ja. Nur er. Er musste doch überprüfen, ob wir irgendwie helfen können.« Sie biss die Zähne fest aufeinander und hoffte, der Mann von der Nachtschicht würde nicht das Gleiche über sie aussagen. Sie hatten beide einen Tatort kontaminiert.

»Verstehe.«

»Ich war also mit dem Mörder allein?« Greta begriff erst jetzt das Ausmaß von Thomsens Worten.

»Das ist möglich. Es kann auch sein, dass jemand nach Ihnen in den Keller gekommen ist und es sich anders überlegt hat, nachdem er die erste Tür geöffnet hat. Er dreht wieder um und lässt sie zufallen«, sinnierte Mattes.

»Hmm.« Sie glaubte ihm kein Wort. Er wollte sie nur beruhigen.

»Wir prüfen das. Könnte jemand vom Personal gewesen sein. Der Spa-Bereich ist direkt nebenan. Das lässt sich klären.«

Greta nickte.

»Fahren Sie bitte fort.«

»Ich ging zu meinem Auto, holte das Handy heraus und wollte wieder verschwinden, als ich aus dem Augenwinkel etwas bemerkte. Den Toten.«

»Sie haben ihn nicht gesehen, als Sie auf Ihren Wagen zugegangen sind?«

»Nein.«

»Welcher ist Ihrer?«

»Der Mercedes. E-Klasse. Direkt der erste Parkplatz an der Ausfahrt.«

»Dann hätten Sie den Toten schon beim Kommen entdecken müssen.«

»Sie haben recht. Ich habe aber nur auf mein Auto geschaut und überlegt, wo das Telefon liegen könnte. Hinter mir hatte ich die Tür gehört und gedacht, dass ich gleich Gesellschaft bekommen würde. Ich habe nicht nach rechts und links geschaut.«

»In Ordnung. Sie haben also den Toten auf dem Rückweg bemerkt?«

»Ja. Ich bin hingegangen und habe ihn angesprochen. Als keine Reaktion kam, bin ich noch dichter heran und da fiel mir das Blut auf. Daraufhin habe ich die Beine in die Hand genommen und bin so schnell, wie ich konnte, zurück ins Hotel. Der Mann an der Rezeption hat mir geholfen. Er rief Sie an und ist mit mir wieder runter, um zu sehen, ob wir irgendetwas ausrichten könnten.«

Ein Angestellter des Hotels betrat das Restaurant. Greta erkannte ihn als einen Mitarbeiter der Rezeption. »Entschuldigen Sie bitte. Ihre Kollegen baten mich, Ihnen eine Zimmerkarte für das Zimmer des verstorbenen Herrn Nowak auszuhändigen. Es befindet sich im ersten Stock. Die ›Dünenschilf-Suite‹.« Er legte eine Karte auf den Tisch. Kriminalhauptkommissar Mattes nahm sie dankend entgegen.

»Nowak?«, fragte Greta.

Die beiden Polizisten schenkten ihr sofort wieder Aufmerksamkeit. »Kannten Sie ihn?«, hakte Mattes scharf nach.

»Nein.« Sie schüttelte den Kopf. »Aber es handelt sich hier um denselben Nachnamen, wie ihn der Tote vom Strand vor Kampen getragen hat, richtig? Möglicherweise ein Verwandter von ihm?«

Die Beamten wechselten einen Blick miteinander. »Sie werden verstehen, dass wir uns dazu nicht äußern können. Doch vermutlich erhalten Sie bald Informationen dazu aus der Presse.« Der letzte Satz von Mattes klang bitter.

Greta ließ sich davon nicht beeindrucken. »Der Mann könnte dem Alter nach der Sohn des ersten Opfers sein. Schreckliche Sache. Beide hier auf Sylt ermordet, der Sohn dazu noch in diesem Hotel. Da fragt man sich doch, ob sein Vater auch hier genächtigt hat.«

»Ich denke, wir sind für heute fertig, Frau Kaiser.« Mattes stand auf und bedeutete seinem Kollegen, es ihm gleichzutun. »Meine Kollegen von der Mordkommission werden sich sicherlich erst morgen früh bei Ihnen melden. Wir rechnen innerhalb der nächsten Stunden mit ihrem Eintreffen, doch Ihre Befragung kann bestimmt bis zum Morgen warten. Schlafen Sie sich aus. Das war eine aufregende Nacht für Sie.« Damit verabschiedeten sie Greta, die ihren Mantel vor dem Bauch zusammenraffte und stark gähnend den Rückzug in ihr Zimmer antrat.

Dieses lag im Erdgeschoss auf dem Gang zwischen Haupteingang zum Hotel und Treppe zur Tiefgarage. Die gesamte Nacht drangen Schritte aus dem Flur an Gretas Ohren und hinderten sie am Einschlafen. Sie hing zwischen Wachphasen und unruhigem Dämmerschlaf fest und fühlte sich entsprechend erschlagen, als sie am nächsten Morgen aufwachte.

Da sie und Joost vor zwei Tagen ihre Nummern ausgetauscht hatten, war sie beim Blick auf ihr Handy nicht weiter überrascht, eine Nachricht von ihm vorzufinden. Neugierig las sie die Worte.

KAPITEL 10

Wollen wir zusammen frühstücken? Sagen Sie kurz Bescheid, wenn Sie ins Restaurant gehen, dann schließe ich mich Ihnen an.

Greta freute sich unheimlich. Schön, einen Freund gefunden zu haben!

Als sie vor einigen Tagen in Hamburg aufgebrochen war, hatte sie nicht damit gerechnet, überhaupt Anschluss zu finden. In Zeiten wie diesen gingen die Leute ohnehin auf Distanz. Also schrieb sie Joost, dass sie es in 15 Minuten schaffen könnte, im Restaurant zu sein, und beeilte sich, aus dem Bett zu kommen.

Dieser Morgen war ganz anders als die Tage zuvor. Die Sonne schien kräftig in ihr Zimmer, und eine freudige Aufregung hatte Greta erfasst. Sie konnte es kaum erwarten, mit Joost die Ereignisse der gestrigen Nacht auszuwerten.

Als sie das Restaurant einige Minuten später betrat, sah er sie schon von Weitem, stand auf und schob ihr ihren Stuhl beiseite.

»Einen wunderschönen guten Morgen! Ich weiß, ein Mord wurde begangen, aber schauen Sie sich dieses Wetter an!« Er blinzelte ihr zu, während sie sich setzte. Offensichtlich hatte er sich genauso auf sie gefreut.

»Ich weiß!«, sagte sie überschwänglich.

»Ich wette, Sie können es kaum erwarten, mir alles genauestens zu erzählen. Bitte enttäuschen Sie mich nicht, indem sie alle Details für sich behalten.«

»Im Leben würde ich Sie nicht ausschließen! Ich habe mich extra beeilt«, sagte sie fröhlich.

»Sie erwecken den Eindruck, als hätten Sie keine Zeit vergeudet.« Er lachte.

»Wie bitte?«

»Ich konnte eben das Schild an Ihrer Bluse lesen, als Sie sich gesetzt haben. Sie haben sie verkehrt herum an.«

Gretas Augen weiteten sich, und sie zog mit offenem Mund die Luft ein. »Sie haben recht«, stellte sie beschämt mit einem Blick auf ihre Kleidung fest. »Ich bin in einer Minute wieder da.«

Joost nickte und grinste dabei. Greta verschwand auf die Restauranttoilette und drehte ihre Bluse auf rechts. Wie peinlich! Deutlich kleinlauter erschien sie kurz darauf wieder an ihrem Platz. »Da können Sie mal sehen, wie sehr ich mich beeilt habe, um Sie nicht warten zu lassen!«

»Sie sind großartig, Greta! Sie versüßen mir meinen Tag.« In dieses herzhafte Lachen konnte sie nur einstimmen.

»Sie sind heute ja in einer ausgezeichneten Stimmung!«

»Das stimmt. Ich weiß nicht, möglicherweise liegt es an unserem Gespräch von gestern. Ich fühle mich, als wäre mir eine große Last von den Schultern genommen.«

»Und jetzt wollen Sie Ihr Wissen über den Fall mit mir teilen?«

»Nein. Aber was Sie über meine Schwiegertochter und mich gesagt haben, hat mich nachdenklich gestimmt.«

»Verstehe.«

»Lassen wir das beiseite. Wie geht es Ihnen? Das war ja eine aufregende Nacht. Erzählen Sie! Ich brenne vor Neugierde.«

»Das ginge mir nicht anders. Hätten Sie damit gerechnet, dass so etwas in unserem Hotel passiert? Wo wir uns noch über den Fall unterhalten haben? Also ganz von vorn.« Greta schilderte ihm die Ereignisse des gestrigen Abends, so genau sie konnte.

»Sie haben den Täter gesehen?« Joost setzte sich kerzengerade auf.

»Das nicht, doch ich habe einen Luftzug gespürt. Es ging alles zu schnell, und ich hatte Mühe, mich an das grelle Licht zu gewöhnen. Aber ich hatte das Gefühl, dass da jemand war.«

»Also könnte auch niemand dagewesen sein.«

»Doch, ich hatte schon so ein Gefühl. Die Leiche war noch warm, und der Mord musste gerade eben erst stattgefunden haben.«

»Die Leiche war noch was?«

»Warm.«

»Meine Ohren funktionieren gut. Allein mein Verstand scheint zu hängen. Haben Sie den Toten angefasst?«

»Nur kurz. Aus Neugierde.«

»Ich glaube es nicht!« Er zog die Brauen hoch. »Sie haben einen Tatort verunreinigt. Das wissen Sie doch!«

»Ach Quatsch. Ich habe nichts dergleichen gemacht.

Als der Mann von der Rezeption ihn hochgehoben hat, das war nicht gut.« Dass der Rezeptionist nur prüfen wollte, ob der Mann noch lebt und Hilfe braucht, ließ sie bewusst weg.

»Oh Gott!« Joost schlug die Hand vor die Augen und schüttelte den Kopf. »Erzählen Sie weiter.«

»Ich spürte also diesen Luftzug, und als ich mich umdrehte, war die Tür schon ins Schloss gefallen.«

»Haben Sie Schritte gehört?«

»Nein, aber das Geräusch, als die zweite Tür zuschlug.«

»Aha.«

»Ganz genau.«

»Dann haben Sie verdammtes Glück gehabt. Wären Sie ein paar Minuten früher auf der Bildfläche erschienen und Zeugin geworden, hätte er Sie sicherlich nicht gehen lassen«, sagte Joost.

»Was darf ich Ihnen heute bringen? Eine Eierspeise vielleicht?«

Greta zuckte zusammen. Sie war so sehr in ihre Geschichte vertieft gewesen, dass sie den Kellner nicht hatte kommen hören.

»Ich hätte gern ein Omelett und einen Früchtetee. Danke sehr«, sagte sie.

Nachdem Joost seine Bestellung ebenfalls aufgegeben hatte, beugte sie sich nach vorn und nahm den Faden wieder auf. »Weiß man denn schon, dass es ein Mann war?«

»Nein. Reine Gewohnheit von mir, von dem Täter als Mann zu sprechen, insbesondere bei der Art der Tötung.«

»Ja.« Greta hielt einen Moment inne. »Ich habe den Mann zusammengesackt neben dem Wagen entdeckt und wusste, dass er tot war, insbesondere als ich das viele Blut sah.«

»Sie sind dem Mörder fast in die Quere gekommen.«

»Soweit ich weiß, wohnte das Opfer hier im Hotel. In einem Zimmer im ersten Stock. Bedeutet das nicht, dass sein Mörder auch hier übernachtet? Direkt unter uns?« Die letzten Worte hatte Greta geflüstert. Anschließend sah sie sich scheu unter den anderen Gästen um.

»Was machen Sie da? Halten Sie nach allein reisenden Männern Ausschau?«

»Wäre zumindest ein Anfang.«

»Es wäre schön, wenn es so einfach wäre.«

»Warum nicht?«

»Ich habe mich gefragt, wie lange der Mord her war, bis Sie auf der Bildfläche erschienen.«

»Wieso?«

»Allein, weil der Mörder das Risiko einging, von Ihnen gesehen zu werden. Er ist direkt hinter Ihnen durch die Tür gehuscht.«

»Was hatte er für eine Wahl?«, fragte sie.

»Es bedarf doch schon sehr viel des Zufalls, dass jemand einen anderen in der Tiefgarage umbringt, dann zur Tür geht und das genau zu dem Zeitpunkt, wenn ein weiterer Gast den Schauplatz des Verbrechens betritt.«

»Aber so ist es nun mal gewesen.«

»Wieso ist er nicht durch das Tor raus? Meines Erachtens geht das mit einer Zimmerkarte.«

»Ich weiß nicht. Vielleicht hatte er sie oben vergessen?«, spekulierte Greta.

»Möglich. Er geht also in die Garage, um einen anderen Gast zu ermorden. Da er die Karte vergessen hat, kommt er weder durch das Tor noch durch die Tür zurück.«

»Korrekt.«

»Oder er ist kein Hotelgast und besitzt keine Karte. Er ist seinem Opfer bis zum Hotel gefolgt. Stellt seinen Wagen vor dem Hotel ab, läuft die Einfahrt hinunter, während sein Opfer in der Garage parkt, setzt seinen Plan in die Tat um und stellt dann fest, dass er in der Falle sitzt. Jetzt hat er nur noch die Möglichkeit abzuwarten, bis jemand die Tür öffnet oder das Tor.«

»Das ist aber reichlich riskant. Was, wenn bis zum Morgen niemand in die Garage geht?«

»Das hat er vermutlich nicht einkalkuliert, ebenso wenig wie das geschlossene Tor.«

»Ich weiß nicht. Ich bleibe bei der Theorie, dass es jemand aus dem Hotel war.«

Ein Kellner stellte Tee und Kaffee für Joost auf den Tisch.

»Dann sollten Sie Ihr Zimmer nachts gut verschließen. Die Person könnte davon ausgehen, dass Sie sie gesehen haben.«

»Sie wollen ja nur erreichen, dass ich die Finger von dem Fall lasse.«

Joost schmunzelte. »Das würde ich mir nie erlauben. Nachdem, was ich bisher von Ihnen kennenlernen durfte, halte ich es für ausgeschlossen, dass Sie jemand von etwas abhalten kann, das Sie unbedingt wollen.«

»Sie übertreiben.«

»Na, ich weiß nicht.«

»Der Mann war der Sohn des ersten Opfers, habe ich recht?«, tastete sie sich heran.

»Wie kommen Sie darauf?«

»Also liege ich richtig?«

»Verstehen Sie mich nicht falsch, ich weiß nicht mehr als Sie – eher weniger. Mich würde interessieren, wie Sie an diese Information gelangt sind.«

»Er trug denselben Nachnamen: Nowak. Nicht so geläufig wie Schmidt, oder? Zumindest nicht auf unserem Längengrad.«

»Da mögen sie recht haben. Also, die beiden waren verwandt«, schloss Joost.

»Der Mann sah aus wie im mittleren Alter, und wenn der Mann vom Strand über 70 war, würde es passen. Sie sagten doch, er hätte nur noch seine Kinder.«

»Richtig. Das könnte passen.«

Die Eierspeisen wurden serviert und Greta nickte dem Kellner zum Dank, während sie sich umgehend eine Tasse Tee einschenkte.

»Was macht sein Sohn hier auf der Insel? Waren die beiden in etwas verwickelt? Suchte er den Mörder seines Vaters? Wenn dem so ist, wusste er offensichtlich, wo er ihn finden konnte.«

»So oder so war er erfolgreich.«

»Stehen Sie mit Ihrem Sohn in Kontakt wegen des Falles?«

»Nein, tue ich nicht.«

»Wieso auf einmal? Oder wollen Sie nur keine Interna preisgeben?« Greta sah ihn skeptisch an.

»Tatsächlich hatten wir bislang keine Zeit, miteinander zu reden. Er hat gerade genug um die Ohren, auch wenn die Mordkommission aus Flensburg übernommen hat. Ich denke, ich werde mir zu Herzen nehmen, was sie gestern gesagt haben. Dass ich mich mehr auf meine Familie konzentrieren soll. Wenn ich die drei besuche, soll es um andere Themen gehen. Das könnte auch das Verhältnis zu meiner Schwiegertochter verbessern. Ich bin mir sicher, dass es sie gestört hat, wenn wir Freds Arbeit mit nach Hause gebracht haben.«

»Das soll ich gesagt haben? Das habe ich anders in Erinnerung.«

»Nun, zumindest habe ich viel darüber nachgedacht, was Sie gestern Abend gesagt haben. Ich bin zu diesen Schlüssen gekommen. Also – danke.«

»Gern geschehen. Und wie wollen Sie sich jetzt ablenken, wenn die Polizeigespräche mit Ihrem Sohn flachfallen? Sie wissen schon, das alte Eisen und so.«

»Ja, ich weiß, aber danke, dass Sie es noch mal erwähnen. Ich werde mir was suchen. Eine Aufgabe. Was das ist, weiß ich noch nicht. Hey! Vielleicht mache ich es wie Sie und beschäftige mich mit dem Aktienmarkt.«

Greta schüttelte entschieden den Kopf. »Das ist nichts für Sie. Zu aufregend. Ein risikoscheuer Mensch wie Sie würde sich damit nur ins Unglück stürzen.« Sie grinste ihn über ihre Teetasse hinweg an.

»Jetzt wollen Sie mich provozieren, Greta.«

»Ein bisschen vielleicht«, sagte sie. »Was haben Sie heute vor?«

»Ich will nach List. Möchten Sie mich vielleicht begleiten? Wir unternehmen einen ausgedehnten Spaziergang und essen in der ›Austernstube‹ zu Mittag. Zum Kaffee bin ich bei meinem Sohn eingeladen, aber bis dahin stünde ich Ihnen komplett zur Verfügung. Was meinen Sie?«

»Das klingt nach einem schönen Plan«, erwiderte Greta erfreut. »Doch ich fürchte, die Polizei wird noch mit mir sprechen wollen.«

»Das kann natürlich sein. Doch wer weiß, wann die die Zeit finden. Hinterlassen Sie doch Ihre Handynummer an der Rezeption und sobald sie anrufen, fahre ich Sie hin.«

»Abgemacht.« Greta trank einen weiteren Schluck Tee. »Wollen wir dann?«

»Sehr gern.« Sie standen auf und verließen das Gebäude, in dem das Restaurant untergebracht war, durch einen gläsernen Gang. Im Haupthaus angekommen hörte Greta, wie zwei Männer an der Rezeption nach ihr fragten.

»Das bin ich«, rief sie schon von Weitem. Ein hochgewachsener Mann mit schütterem, schulterlangem blonden Haar zeigte ihr seinen Dienstausweis. Sein Kollege tat es ihm gleich.

»Hallo, Frau Kaiser. Mein Name ist Friedrich Jorgensen. Ich bin Kriminalhauptkommissar und arbeite für die Mordkommission. Das ist mein Kollege Kriminaloberkommissar Piet Peters. Wir würden gern mit Ihnen über den gestrigen Abend sprechen. Man sagte mir, wir könnten die Bibliothek dafür nutzen.«

»Natürlich.« Greta warf Joost einen Blick zu. Er zögerte nicht und stellte sich umgehend vor.

»Thomsen. Sind Sie verwandt mit ...?«, fragte Jorgensen.

»Mein Sohn«, parierte Joost.

»Verstehe. Nun, wie Sie wissen, muss ich mit Frau Kaiser allein sprechen.«

»Natürlich. Greta, ich werde auf Sie warten. Rufen Sie mich an, wenn Sie so weit sind.«

»Das mache ich«, sagte Greta. Sie drückte seine Hand, lächelte und folgte den beiden Beamten zur Bibliothek, um die Geschichte des gestrigen Abends ein weiteres Mal zu erzählen. Auf dem Weg blickte sie auf das Bild, das sie bereits bei Ihrer Ankunft so gefesselt hatte. Die Signatur des Malers stand in der unteren Ecke – gut lesbar.

Karol Nowak.

KAPITEL 11

Milena Nowak schob das Wasserglas zwischen beiden Händen hin und her. Sie starrte auf die ausgefransten Ruinen ihrer Fingernägel. Die letzten Wochen hatten ihren Tribut gefordert. Ein Ende war nicht absehbar. Das Glas, auch wenn es leer war, ließ sie nicht los. Es gab ihr Halt. Der Stuhl unter ihr war hart und sicher nicht dazu gedacht, es den Befragten bequem zu machen. Auch wenn sie eine Zeugin und keine Verdächtige war. Sie bezweifelte, dass man das Sitzmöbel dem Zweck anpasste. Von Zeit zu Zeit rutschte sie hin und her, redete sich ein, dass es an der Sitzfläche aus blankem Holz lag – so wie sie es aus ihrer Schulzeit kannte –, und nicht daran, dass sie vor einer halben Stunde die Leiche ihres Bruders identifiziert hatte.

»Möchten Sie noch etwas trinken, Frau Nowak?«, fragte der Beamte.

Sie sah ihn unschlüssig an. Erst dann verstand sie ihn. Die Worte hatten sie wie aus weiter Ferne erreicht. »Nein, danke.«

Der Raum, in dem diese Befragung stattfand, besaß ein einzelnes Fenster. Es musste nach Westen rausgehen, denn sie konnte eine orangerote Sonne sehen, die den Himmel zum Glühen brachte. Bald würde es dunkel sein.

Mit einem Mal öffnete sich die Tür und ein großer blonder Mann trat ein. Er mochte etwa in ihrem Alter sein, vielleicht wenige Jahre älter. Die Haut in seinem Gesicht war derb, von Wind und Sonne beansprucht, wenn auch nicht wirklich braun, da er von Natur aus ein heller Typ war. Sie kannte ihn schon aus Kiel.

»Bitte entschuldigen Sie, Frau Nowak, dass ich Sie habe warten lassen.« Er reichte ihr die Hand über den Tisch hinweg, den er mit wenigen langen Schritten erreicht hatte. »Ich bin der ermittelnde Kriminalhauptkommissar auch in diesem Fall.«

Milena nickte. »Hallo.«

Friedrich Jorgensen setzte sich geschmeidig und sah sie an. Sein Blick strahlte so viel Ruhe und Sicherheit aus, dass Milena ein Stück in sich zusammensackte.

»Ich möchte Ihnen mein herzliches Beileid zu Ihrem Verlust aussprechen.«

Sie nickte stumm.

»Danke, dass Sie so schnell gekommen sind. Auch wenn es nicht zwingend zur Identifikation Ihres Bruders notwendig gewesen wäre – ich durfte ihn ja selber kennenlernen.«

»Ich weiß, doch ich wollte ihn sehen.«

»Ich verstehe das. Manchmal hilft es bei der Verarbeitung.«

Milena vermutete insgeheim, dass das Gegenteil ebenso oft der Fall sein konnte. Gerade wenn der Anblick des Verstorbenen nichts mehr mit seinem früheren Aussehen zu tun hatte. Der Arzt in der Rechtsmedizin war gnädig mit ihr gewesen und hatte die

Wunde an Jannis Hals abgedeckt. Sie hatte nur sein Gesicht gesehen. Aber diesen Anblick würde sie ihr Leben lang nicht vergessen. Vor wenigen Tagen hatte sie ihren Vater identifiziert und jetzt ihren Bruder. Eine menschliche Hülle, die so gar nicht menschlich wirkte. Wie eine Wachsfigur ihrer geliebten zweiten Hälfte.

»Frau Nowak, was wollte Ihr Bruder hier auf Sylt?«

Sie nahm sich zusammen und versuchte, ihre Gedanken von dem Schicksal loszureißen. »Sie glauben, dass ich das weiß? Haben Sie schon mit seiner Frau Anna gesprochen?«

»Ich rief sie an, bevor ich mich an Sie wandte. Sie konnte mir nicht weiterhelfen.«

Milena hatte sich so etwas gedacht. »Ich habe Anna ausgeredet herzukommen. Sie sollte ihn in Erinnerung behalten, wie er war. Wem nützt es, wenn sie dieses Bild ein Leben lang mit sich herumträgt?«

»Das ist sehr …« Er räusperte sich. »Das ist großzügig von Ihnen, dass Sie an ihrer Stelle gekommen sind.«

»Das ist selbstverständlich. Wir sind eine Familie.«

»Frau Anna Nowak teilte mir mit, dass sie ihn identifizieren würde, wenn es notwendig wäre.«

»Sie ist schwanger, wissen Sie? Ich wollte nicht, dass sie sich aufregt.«

Jorgensens Gesicht blieb oberflächlich betrachtet neutral, doch Milena glaubte, ein Glitzern in seinen Augen bemerkt zu haben.

»Sie ist im siebten Monat.«

»Dann sollte sie nichts riskieren.«

»Das habe ich mir auch gedacht. Die Kleine ist das Einzige, was ihr von Janni bleibt.«

»Ich verstehe. Nun, Frau Nowak, umso überraschter bin ich, dass die Frau Ihres Bruders keine Ahnung hatte, wo er hingefahren war.«

»Fragen Sie mich nicht. Ich bin keine Expertin für die Ehe.« Während sie das sagte, drehte sie ihre Hände mit den Handflächen zur Brust und gab so den Blick auf ihre unberingten Finger frei.

»Sie wusste nicht einmal, dass er nach Sylt wollte.«

»Er muss es für das Beste gehalten haben, sie nicht zu informieren.«

»Finden Sie das nicht ungewöhnlich?«

»Sie meinen für Jan?«

»Ich meinte generell, aber ja, meinetwegen, für Ihren Bruder.«

»Er hatte seinen eigenen Kopf. Ich würde schon sagen, dass so ein Verhalten zu ihm passte. Es ist ja nicht so, dass er Geheimnisse vor Anna hatte. Er hat sie sicher nicht angelogen. Entweder hat sie ihn nicht gefragt oder er hat auf ihre Frage hin entschieden, dass er sie nicht informieren würde, und ist ihr ausgewichen.«

»Das hat sie auch gesagt. Sie meinte, er wollte ihr alles berichten, wenn er wiederkäme. Bis dahin sollte sie sich keine Sorgen machen.«

»Sehen Sie.«

»Nun, er hat sich geirrt, nicht wahr?«

»Ja.« Milena senkte den Blick und starrte in das leere Glas, das sie seit einigen Sekunden wieder umklammert hielt.

»Was wollte er auf Sylt, Frau Nowak?«

»Warum glauben Sie, dass er mir das gesagt hat?«

»Weil Ihr Vater hier gefunden wurde und ich fest davon überzeugt bin, dass Ihr Bruder aus diesem Grund auf der Insel war.«

Milena schwieg. Wenn er davon ausging, was fragte er sie dann?

»Hat Ihr Bruder Ihnen gegenüber erwähnt, dass er herkommen würde?«

Sie zögerte.

»Frau Nowak. Sie wollen sicherlich, dass sein Mörder geschnappt wird, oder?«

Natürlich wollte sie das, und nichts beschäftigte sie mehr als Rache für den Tod der wichtigsten Männer in ihrem Leben.

»Milena?« Jetzt sah er sie geradezu flehend an.

»Schon gut. Ja, ich wusste, dass er herkommen würde, aber das war es auch schon.«

»Was hat er Ihnen gesagt?«

»Er wollte herausfinden, was mit Papa geschehen ist.«

»Erzählen Sie.«

»Viel mehr gibt es da nicht zu erzählen. Ich wusste nicht einmal, dass er im ›Fährhaus‹ übernachten würde. Als wir uns das letzte Mal gesehen haben, war unklar, wo er ein Zimmer kriegen würde. Damals entstand die Idee, dass er auf eigene Faust recherchieren wollte. Das war direkt, nachdem wir uns in Kiel getroffen haben.«

»Er ist tatsächlich einen Tag danach auf der Insel angekommen, so viel konnten wir herausfinden.«

»Das ist alles.«

»Das ist alles? Hat er Sie nicht kontaktiert seit seiner Ankunft?«

Milena überlegte, wie lange es dauern würde, bis man Jans Handy überprüft hatte. »Doch. Er rief an und sagte mir, dass alles in Ordnung sei. Er hätte ein Hotelzimmer und würde sich demnächst wieder melden.« Sie verschwieg, dass er ihr seine nächsten Schritte offenbart hatte.

»In Ordnung.« Jorgensen lehnte sich zurück. Sein Kollege hatte bis zu diesem Zeitpunkt jedes Wort von Milena mitgeschrieben. »Fahren Sie heute zurück nach Hamburg?«

»Nein.« Milena hüstelte. Sie war sich seines bohrenden Blickes durchaus bewusst. »Ich habe ein Zimmer und werde ein paar Tage bleiben.«

»Was haben Sie vor?«

»Ich möchte einfach hier sein. Ich habe nichts geplant. Das verstehen Sie sicher, oder?«

»Sie werden doch nichts Dummes tun, Frau Nowak?«

»Was sollte das sein?«

»Sich in Gefahr bringen, zum Beispiel.«

»Das habe ich nicht vor. Aber ich kann es nicht ertragen, jetzt heimzufahren. Ich hätte das Gefühl, Janni und Papa allein zu lassen. Sie können das vielleicht nicht verstehen, doch ich empfinde das als verpflichtend. Janni ist hier, also bleibe ich auch. Das bin ich Anna und seinem ungeborenen Kind schuldig.«

»Sie sollten nicht versuchen, eigene Nachforschungen anzustellen.« Er sagte das mit einer gehörigen Portion Nachdruck in der Stimme.

»Ich wüsste überhaupt nicht, wo ich anfangen sollte.« Sie sah ihm direkt in die Augen. Das war ihre Königsdisziplin – ein stahlharter eisblauer Blick. Das Pokern hatte sie von ihrem Vater gelernt, damals schon, als sie noch in Gdańsk gelebt hatten. Milena blinzelte nicht, ebenso wenig wie der Kriminalhauptkommissar. Seine Augen wanderten über ihr Gesicht. Er suchte nach einer Lüge, nach Schwäche, einem Riss in der Fassade. Sollte er! Er würde keinen finden. Wenn sie eines wusste in dieser traumatischen Zeit, dann, dass sie sich auf ihre Entschlossenheit verlassen konnte.

»Passen Sie auf sich auf, Frau Nowak. Ich möchte den Tag nicht erleben, an dem ich Ihre Leiche aus dem Wasser ziehen muss.«

»Wollen Sie mir Angst einjagen?«

»Ja. Ich hoffe, es hält Sie von Schlimmerem ab.«

Er glaubte ihr also nicht. Sonst hätte er sich nicht so weit vorgewagt und sie in ihrer Trauer schockieren wollen. Ihr Pokerface musste durchschaubar geworden sein in den letzten Jahren. »Machen Sie sich keine Sorgen um mich«, sagte sie.

»Klingt ganz nach Ihrem Bruder.«

Diese Pille schmeckte bitter. Sie biss die Backenzähne aufeinander. Milena blickte von dem Beamten im Hintergrund – wie hieß er doch gleich? – wieder zu Jorgensen.

»Sie glauben, dass er etwas herausgefunden hat?«

»Die Frage, die sich mir stellt, ist, ob er etwas über den Tod Ihres Vaters herausgefunden hat oder ob er denselben Fehler wie Ihr Vater beging.«

»Wie meinen Sie das?« Sie setzte sich aufrecht hin und rutschte auf dem harten Stuhl ein Stück nach vorn.

»Natürlich kann er irgendwie dahintergekommen sein, was mit Ihrem Vater passiert ist. Doch das scheint recht unwahrscheinlich. Wir haben zu dem Zeitpunkt etwa zwei Wochen ermittelt und Ihr Bruder erreicht die Insel und findet sofort den Mörder Ihres Vaters?«

Stimmt. Das klang etwas eigenwillig. Konstruiert.

»Doch was, wenn er eine Ahnung hatte, worum es ging, wenn er genau wusste, wo er suchen sollte?«, schob der Kriminalhauptkommissar nach.

»Das hätte er mir gesagt!«

»Denken Sie?«

»Ja. Er hätte mich nicht wegen des Todes unseres Vaters bewusst im Unklaren gelassen. Dann hätte er bereits etwas gesagt, als wir noch nach ihm gesucht haben.«

»Das sollte man meinen, aber Sie müssen zugeben, dass meine Version der Geschichte plausibler klingt.«

Milena hatte darauf nichts zu erwidern. Er hatte recht. So weit hatte sie bislang nicht gedacht. Für sie war es selbstverständlich gewesen, dass Janni auf Sylt etwas entdeckt hatte, das ihn sein Leben gekostet hatte. Sie presste die Lippen aufeinander und dachte nach. Es war absolut unmöglich, dass er ihr etwas verheimlicht hatte. Janni sagte ihr immer alles, seit sie Kinder waren. Aber wenn er eine Ahnung gehabt hatte, weshalb ihr Vater gestorben war, was bedeutete das für dessen Tod? Hieß das, sie waren beide in etwas verwickelt gewesen?

»Sehen Sie, das hat mich auch nachdenklich gemacht. Jetzt würde ich nur gern wissen, ob Sie mir ebenfalls nicht die volle Wahrheit sagen.«

Sie warf ihm einen gehetzten Blick zu, fing sich aber schnell wieder, atmete bemüht ruhig ein und antwortete dann: »Von mir haben Sie alles erfahren, was ich weiß.« Dieses Mal sparte sie sich ihren durchdringenden Blick. Sie fühlte sich müde und verletzlich.

»Melden Sie sich gern, wenn Ihnen noch etwas einfällt. Ganz gleich, was es ist. In Ordnung?«

»Das mache ich.«

»Gut. Dann wäre das von unserer Seite alles. Wenn Sie noch Fragen haben?«

»Wann werden die Leichen freigegeben? Man sagte mir zunächst, dass der Leichnam meines Vaters freigegeben sei. Doch anscheinend verzögert sich das aus irgendeinem Grund.«

»Sie haben recht, das sollte so nicht sein. Ich kümmere mich darum, damit Sie unverzüglich die Bestattung vornehmen können. Werden Sie ihn in Hamburg beerdigen?«

Milena hörte seinen hoffnungsvollen Ton. Er wollte, dass sie lieber früher als später die Insel verließ. Wovor hatte er nur solche Angst? Sie war niemandem auf der Spur. Somit befand sie sich auch in keiner unmittelbaren Gefahr.

»Ich werde ihn in Polen beerdigen lassen, wo unsere Mama liegt und seine Eltern.«

Der Kriminalhauptkommissar lächelte, erleichtert, wie sie fand. Das erste Mal heute. »Tun Sie das. Ich werde mich sofort um diese Angelegenheit kümmern.«

Sie war sich sicher, dass er das tun würde.

Jorgensen stand auf und streckte ihr seine Hand entgegen. »Passen Sie auf sich auf«, drängte er erneut.

»Versprochen. Ich wohne in demselben Hotel wie mein Bruder. Sie können mich dort oder über mein Handy erreichen.«

»So machen wir das. Auf Wiedersehen, Frau Nowak.«

Milena verabschiedete sich und verließ den Raum. Der Geruch nach Desinfektionsmittel stieg ihr in die Nase, beißend. Die Leiche ihres Bruders war vorübergehend im Klinikum in Westerland aufbewahrt worden. Man würde ihn jetzt in die Rechtsmedizin nach Kiel überführen.

Sie drückte ihre Hand fest auf ihre Nase, um den Geruch nach Krankheit nicht wahrzunehmen. So hatte sie es schon im Kühlraum des Krankenhauses versucht, doch der Geruch nach Tod ließ sich nicht aussperren. Milena zog ihre Jacke über, die sie bisher unter dem Arm getragen hatte, und verließ das Gebäude auf dem schnellsten Weg. Auf dem Parkplatz stand ihr Wagen. Noch im Gehen pellte sie sich bereits wieder aus der Winterjacke, betätigte den Türöffner, riss die Beifahrertür auf, schmiss die Jacke auf den Sitz und rannte um den Wagen herum, um einzusteigen.

Nachdem sie die Tür zugeknallt hatte, startete sie den Motor. Doch sie fuhr nicht los. Stattdessen wartete sie auf die Wärme, die die Heizung bald spenden würde. Nach einigen Minuten, die sie geradeaus durch die beschlagene Scheibe gestarrt hatte, brach sie über dem Lenkrad zusammen und weinte. Dicke Tränen flossen ihr über die Wangen. Was immer Janni gewusst oder herausgefunden hatte, sie würde dahinterkommen. Eine Zeit lang weinte sie vor sich hin. Dann wischte sie sich die Tränen aus dem Gesicht und straffte sich. Der Kriminalhauptkommissar hatte dafür gesorgt, dass sie an ihrer Familie gezweifelt hatte. Der Gedanke machte sie augenblicklich wütend. Niemand sollte in der Lage sein, sich zwischen sie und ihren Bruder zu stellen.

Sie hatte ihm immer blind vertraut, ebenso ihrem Vater, und sie sah keinen Grund, jetzt damit aufzuhören. Sie legte den Rückwärtsgang ein und setzte aus der Parklücke. Wenn Janni ihr über Papas Mörder nichts anvertraut hatte, dann hatte es auch nichts zu erzählen gegeben. Doch es gab einiges anderes, das er ihr vor seinem Tod erzählt hatte, von dem die Polizei nichts wusste.

KAPITEL 12

Mit einem dumpfen Geräusch schlug Milena die Wagentür zu. Sie schob die Henkel ihrer Handtasche an der Schulter nach oben und lief zu der Treppe, die zum Haupteingang des Hotels gehörte. Ihre Schuhe fühlten sich an, als wären sie mit Blei gefüllt. Schwerfällig stampfte sie nach oben, spürte die Anstrengung in ihren Füßen, den Schienbeinen und den Knien. Das war nicht der Beginn eines Urlaubes. Die einladende Lichtaura um das Hotel in der Dunkelheit konnte nicht darüber hinwegtäuschen, dass sie hinter diesen Türen keine Entspannung erwarten würde. Sie verfolgte einen anderen Plan. Janni hatte ihr gesagt, was er vorhatte, und diesen Weg würde sie beschreiten, bis sie wusste, was ihm zugestoßen war. Dazu war sie hier an der richtigen Adresse.

Sie betrat den Vorraum und ließ die Schultern ein wenig sinken. Der eisige Wind konnte ihr hierhin nicht folgen. Ein sympathisch aussehender, älterer Mann, der an einem Schreibtisch neben der Rezeption saß, erhob sich und begrüßte sie. Die Dame hinter der Rezeption tat es ihm gleich. Sie hatte sich zuvor mit einem anderen Gast, einer älteren Frau, unterhalten und schaute nun zu ihr auf. Die ältere Dame beendete dieses Gespräch mit ein paar abschließenden Dankesworten und machte sich daran, an Milena vorbeizugehen.

»Guten Abend, mein Name ist Milena Nowak. Ich habe ein Zimmer bei Ihnen reserviert.« Milena sah aus dem Augenwinkel, dass die ältere Dame stehen blieb und sich zu ihnen umdrehte. Hoffentlich würde sie sie erst einchecken lassen, bevor sie die Rezeptionistin erneut in ein Gespräch verwickelte. Milena sehnte sich nach einem heißen Bad.

»Herzlich willkommen«, sagte die junge Frau hinter dem Tresen mit einem deutlichen Zögern in der Stimme. Sie schwankte vermutlich zwischen dem Drang, ihren üblichen freundlichen Text abzuspulen – ob Milena eine schöne Anreise gehabt habe –, und dem Bedürfnis, ihr ihr Mitgefühl auszusprechen. Sie entschied sich für das Letztere.

»Mein herzliches Beileid, Frau Nowak.«

Milena presste die Lippen aufeinander und drängte die Tränen zurück. »Vielen Dank. Sagen Sie, ist es möglich, dass ich das Zimmer von meinem Bruder bekomme?«

Sichtlich dankbar, dass sie eine Aufgabe erhielt, blickte die junge Frau auf ihren Bildschirm und hämmerte auf der Tastatur herum. »Tut mir leid. Das Zimmer ist noch nicht wieder hergerichtet worden, nachdem die Polizei darin war. Wir sind heute praktisch ausgebucht. In der Kategorie, in der Sie bestellt haben, ist ein Zimmer im Erdgeschoss frei, mit Blick auf den Garten.«

»In Ordnung, das nehme ich.«

»Sehr gut. Dürfen wir Ihnen mit Ihrem Gepäck helfen?«

Der ältere Mann, der sich als Concierge entpuppte, war neben Milena aufgetaucht. »Ich kann Ihren Wagen in die Garage fahren und bringe Ihr Gepäck dann gern auf Ihr Zimmer.«

Sie überlegte einen Moment und entschied, dass sie im Moment nicht stark genug war, um in die Garage zu fahren.

»Ich danke Ihnen. Er steht direkt neben der Treppe am Eingang.« Sie ließ den Autoschlüssel in seine Hand fallen. Er lächelte sie freundlich an und machte auf dem Absatz kehrt, um den Wagen zu holen.

»Bitte folgen Sie mir hier entlang.« Die junge Frau kam um den Tresen herum und führte sie zu einer Tür nur wenige Schritte entfernt. Milena nickte der älteren Dame zu, die nach wie vor dort stand und in einer überdimensionierten Handtasche herumnestelte. Sie beobachtete, wie sie eine Zimmerkarte herausfischte und ihre eigene Tür öffnete, die direkt neben Milenas lag. Dann trat sie hinter der jungen Frau in ihr eigenes Zimmer.

»Die Minibar ist bestückt. Wenn Sie etwas benötigen, sagen Sie uns gern Bescheid. Das Telefon steht neben dem Bett, alles Wissenswerte zum Hotel finden Sie in den Unterlagen auf dem Schreibtisch. Die Klimaanlage steuern Sie hier neben dem Badezimmer. Dürfen wir Ihnen eine Zeitung vor die Tür legen?«

Milena schüttelte den Kopf.

»Dann wünsche ich Ihnen einen … schönen Aufenthalt.« Die Frau räusperte sich bei den letzten Worten und verließ zügig das Zimmer.

Milena blieb allein zurück, legte ihre Handtasche auf das Sideboard im Flur und blickte sich benommen um. Dieses Zimmer könnte sie sich unter normalen Umständen nicht leisten, und auch ihr Bruder hatte das nicht gekonnt. Er hatte in der Gastronomie in einem Restaurant im Hamburger Stadtteil Eimsbüttel gearbeitet. Die Bezahlung war anständig, doch reich wurde er damit nicht. Sie selbst unterrichtete an der Hamburger Universität Wirtschaftsmathematik. Sie streifte ihre Stiefel von den Füßen und lief am Bett vorbei zu den Terrassentüren.

Draußen konnte sie nur die tiefschwarzen Silhouetten der Bäume des nahe gelegenen Waldes ausmachen. Das Watt konnte sie von hier nicht sehen. Doch sie war nicht wegen der Aussicht gekommen und ebenso wenig ihr Bruder. Das große Gemälde neben dem Empfangsbereich des Hotels war ihr nicht entgangen. Ihr Vater hatte es gemalt. Auf den ersten Blick nicht ungewöhnlich, doch Janni hatte es verfolgt. War eigens deswegen in diesem Hotel abgestiegen, nachdem er zuvor eine Nacht in einer Pension in Westerland geschlafen hatte. Sie wusste das, weil er es in seinem letzten Telefonat beiläufig erwähnt hatte.

»Ich werde noch mal umziehen, Schwesterherz. Das ›Fährhaus‹ hatte geschäftliche Kontakte mit Papa. Das will ich mir mal ansehen. Überhaupt möchte ich jeden überprüfen, dem Papa ein Bild gebracht hat. Von Lisa aus der Galerie weiß ich, dass er einige verkaufte Bilder auf der Insel selbst auslieferte. Als eine Art Werbegag, wenn du so willst. Sie hat mir eine Liste gegeben.« Seine Worte hallten durch ihren Kopf. Hier würde sie ansetzen. Eine andere Spur hatte sie bisher nicht.

KAPITEL 13

Im Nachbarzimmer läutete das Telefon. Greta hob ab und meldete sich.

»Haben Sie mich vergessen?« Joost war am Apparat. »Wir waren für 19.30 Uhr verabredet, oder bringe ich da etwas durcheinander?«

»Nein, nein. Sie haben völlig recht. Bitte entschuldigen Sie. Es sind besondere Umstände eingetreten, die mich aufgehalten haben.«

»Ist alles in Ordnung? Geht es Ihnen gut?« Joosts Stimme hatte einen tieferen Klang angenommen.

»Ja, natürlich, alles in Ordnung. Mir geht es gut. Es ist nur so, dass gerade jemand angereist ist.«

»Wer ist angereist?«

»Eine Frau, die möglicherweise mit dem Opfer verwandt ist. Könnte die Tochter von dem alten Mann sein. Ganz sicher sogar.«

»Greta!«

»Ich weiß, was Sie sagen wollen.«

»Wissen Sie nicht.«

»Schon gut. Sind Sie im Restaurant?«

»Ja.«

»Dann komme ich jetzt.«

»Machen Sie das.« Er legte auf.

Greta schnappte sich ihre Handtasche und die Zimmerkarte und eilte nach draußen. Sie hatte die Schuhe überhaupt nicht ausgezogen, sondern nur an ihrem Schreibtisch gesessen, unschlüssig, wann sie das Zimmer wieder verlassen könne, ohne Verdacht zu erregen, dass sie ein wenig verwirrt wäre. Als sie die dunkelhaarige Frau mit dem blassen Gesicht an der Anmeldung bemerkt hatte, war sie nicht wie geplant Richtung Restaurant abgebogen, sondern hatte sich zu ihrem Zimmer bewegt, das nur ein paar Meter entfernt lag. All das, um lauschen zu können. Zur Legitimation hatte sie in ihrer Handtasche gekramt, augenscheinlich auf der Suche nach der Zimmerkarte. Als die beiden Frauen dann in ihre Richtung gekommen waren, hatte sie unschuldig ihre eigene Tür geöffnet. Dass der neue Gast direkt neben ihr einquartiert werden würde, war nicht zu erwarten gewesen. Die Frau hatte sie gemustert, und Greta war klar geworden, dass sie aufgefallen war. Deshalb hatte sie sich in den ersten Minuten nach diesem Erlebnis gescheut, das Zimmer Richtung Restaurant zu verlassen, aus Sorge, der Frau wieder über den Weg zu laufen, die möglicherweise zu ihrem Auto in die Tiefgarage ging. Die Tiefgarage! Greta fragte sich, ob sie wusste, dass ihr Bruder dort gestorben war. Der Tatort war nicht lange abgesperrt gewesen, und so hatte Greta schon am nächsten Tag die Garage erneut betreten und mit Schrecken die Überreste der Blutlache bemerkt, die von dem Verbrechen zeugte.

Als sie nun über den Flur hastete, traf sie niemanden. Auch die Rezeption war verwaist, der Concierge beschäftigt. Sie kam an dem großen, auffälligen Gemälde vorbei und verlangsamte ihre Schritte. Die Frau hatte vorhin einen Moment davor gestoppt. Da war sie sich sicher.

Im zweiten großen Raum des Restaurants sah sie Joost, der gelangweilt an seinem Weinglas nippte. Er stand auf, als er sie kommen sah.

»Geben Sie es zu. Sie wollten mich sitzen lassen.«

Greta schmunzelte. Ein Kellner reichte ihr die Karte, die sie abgehetzt entgegennahm. »Haben Sie bereits bestellt?«

»Ich nehme heute das Beef Wellington aus der Hauptkarte und als Vorspeise die Kürbissuppe aus der Halbpensionskarte.«

»Das klingt hervorragend, da schließe ich mich an«, sagte sie mit Blick auf den Kellner, der neben ihr stand und auf ihre Getränkebestellung gehofft hatte.

»Die Dame schließt sich mir sicherlich mit dem Wein an«, beantwortete Joost die ungestellte Frage des Kellners. »Habe ich recht?«

»Sehr gern.« Greta lächelte.

Nachdem man ihr ein Glas eingeschenkt hatte, stieß Joost auf ihr Wohl an. »Und nun erzählen Sie mal ganz von vorn. Konnten Sie schon jemanden den Behörden ausliefern?« Er feixte.

»Ach, Sie! Machen Sie sich ruhig lustig.« Sein Lächeln steckte sie gegen ihren Willen an und breitete sich auf ihrem gesamten Gesicht aus.

»Das würde ich niemals wagen. Kommen Sie! Ich brenne vor Neugierde.«

»Es ist nichts Weltbewegendes. Als ich gerade ins Restaurant wollte, reiste diese Frau an. Sie nannte ihren

Namen an der Rezeption: Milena Nowak. Derselbe Nachname. Ich war neugierig und siehe da, man hat sie direkt neben mir einquartiert.« Triumphierend nahm sie einen Schluck Wein.

»Das ist alles?«

»Natürlich nicht! Ich habe außerdem gehört, dass sie nach dem Zimmer ihres Bruders gefragt hat. Doch es war noch nicht hergerichtet, deshalb hat man ihr eines im Erdgeschoss neben mir gegeben.«

»Neben Ihnen? Hatten Sie dabei Ihre Finger im Spiel?«

»Scherzbold!«

»Und jetzt?«

»Das weiß ich auch nicht.«

»Meine liebe Greta, ich bewundere Sie für Ihren Enthusiasmus und es tut mir ehrlich leid, Sie bremsen zu müssen. Glauben Sie mir, das mache ich nicht gern, aber mit den weiteren Ermittlungen sollten Sie auf die Polizei vertrauen.«

»Ja, ja. Das tue ich ja auch. Was, glauben Sie, will sie hier?«

»Vermutlich hat sie ihren Bruder identifiziert.«

»Wie grausig. Würden Sie dann in demselben Hotel absteigen?«

»Ich schon, aber aus beruflichem Interesse wahrscheinlich. Man möchte meinen, dass sie danach nach Hause fährt, wo auch immer das ist. Vielleicht macht sie das morgen früh und verbringt nur die Nacht auf der Insel, weil es zu spät zum Abreisen ist.«

»Oder sie bleibt aus dem gleichen Interesse, wie Sie es täten. Sie ermittelt auf eigene Faust.«

»Nicht jeder hat Ihre Gene, Greta«, sagte Joost mit hochgezogenen Brauen. Zwei Kellner traten aus der Schwingtür zur Küche mit jeweils einer dampfenden Suppe und einem Brotkorb in der Hand.

»Mmhh.« Greta atmete mit geschlossenen Augen durch die Nase ein, nachdem das Essen vor ihnen abgestellt worden war. »Ich würde es tun, wenn es mein Bruder wäre.«

»Sicher. Aber es ist nicht Ihr Bruder und nicht Ihr Vater. Erklären Sie mir doch, wieso Sie das Leben dieser Fremden so fasziniert.«

Greta senkte den Blick. Joost sah etwas verunsichert drein, als es ihm auffiel.

»Entschuldigung. Das war nicht böse gemeint. Ich wollte nicht tadelnd klingen. Ich finde es ja charmant, wie sehr Sie sich engagieren.«

Greta schnitt eine Grimasse und rührte gedankenverloren in ihrer Suppe. »Ich denke, es ist wegen meines Mannes.«

Joost sagte nichts und ließ ihr Zeit.

»Wissen Sie, was mein Mann immer gesagt hat, wenn ich vor etwas Angst hatte? Damals, als ich mich operieren lassen musste zum Beispiel. Er sagte, ich müsse mir keine Sorgen machen. Er würde es vor seinem geistigen Auge sehen, seit wir verheiratet sind. Wie wir als alte Leute vor einem Haus in der Vorstadt auf der Bank sitzen und über die jungschen Nachbarn herziehen. Er sagte, nichts würde mir zustoßen, denn wir sitzen dort gemeinsam, Hand in Hand.« Greta spürte, wie ihre Stimme brach. »Er war mein Fels in der Brandung, solange ich denken kann. Er hat mich aufgebaut in jeder Lebenslage, und wir haben es weit zusammen gebracht. Leider lag er falsch. Er ist nicht mehr da, und der Gedanke an die gemeinsame Bank macht mich wütend. Ich weiß, ich sollte so nicht empfinden, doch ich kann es nicht ändern.«

»Ich weiß, was Sie meinen. Ich verstehe diese Wut. Sie fühlen sich betrogen.«

Ihre Blicke trafen sich. »Ganz genau. Er hat es mir versprochen. Immer und immer wieder, und jetzt lässt er mich allein. Allein mit all den Träumen, die wir gemeinsam hatten, die das Leben so wertvoll gemacht haben und die sich nun nie erfüllen werden.« Sie wischte sich mit dem Handrücken über die Augen.

»Es tut mir leid, Greta. Ich wollte Sie nicht traurig machen. Bitte entschuldigen Sie, dass ich das Thema angesprochen habe.« Er schien untröstlich zu sein.

»Schon gut. Ich wollte nur erklären, wieso ich versuche, mich abzulenken. Wahrscheinlich habe ich dabei ein bisschen übertrieben und bin zu weit gegangen. Er fehlt mir so sehr, ich … ich vermute, dass ich mich wirklich nur ablenken möchte.« Sie starrte in ihren Teller, dann blickte sie ihn offen an.

Joost rutschte auf seinem Stuhl hin und her. »Das verstehe ich sehr gut. Ich wollte nicht unterstellen, dass Ihnen das Schicksal dieser Menschen egal sei.«

»Sie haben aber recht. Ich sollte mich aus der Geschichte raushalten.«

Joost kaute nachdenklich auf einer Scheibe Vollkornbrot. »Ach, wissen Sie, das, was Sie bisher getan haben, tut niemandem weh. Sie halten Augen und Ohren offen. Warum nicht? Wenn es Ihnen hilft, wieder ins Leben zurückzufinden, dann erfüllt es seinen Sinn.«

»Sie glauben nicht, dass ich etwas herausfinden könnte?«

»Nicht wirklich. Aber ich unterstütze Sie gern. Ich besitze keinerlei Insiderwissen, weshalb ich mich völlig ungezwungen in dieser Sache mit Ihnen austauschen kann.«

Greta hob triumphierend das Kinn. »Ich wusste, dass es Sie in den Fingern juckt! Sie können mir nichts vormachen, Joost. Sie wollen noch nicht zum alten Eisen gehören und freuen sich darauf, ein bisschen rumzuschnüffeln. Von wegen meine Neugierde!«

Er lachte. »Ist Ihre Suppe genauso köstlich wie meine?«

»Lenken Sie nicht ab. Was machen wir als Erstes?«

»Das meine Liebe, überlasse ich ganz Ihnen. Solange es nichts Illegales ist und wir den örtlichen Behörden nicht in die Quere kommen, stehe ich Ihnen zur freien Verfügung.« Er lächelte sie zufrieden an.

KAPITEL 14

Als Greta am nächsten Morgen aufwachte, schien die Sonne durch ihr Fenster und blendete sie. Rasch tastete sie nach ihrem Handy auf dem Nachttisch. 9.30 Uhr! Seit Monaten hatte sie nicht mehr so lange geschlafen. Auf dem Display leuchtete eine Nachricht von Joost. Er hatte ihr vor einer Stunde geschrieben. Joost war bereits zum Frühstück gegangen und plante, den Tag danach mit seiner Familie zu verbringen. Gut für ihn! Greta lächelte bei dem Gedanken, dass er endlich tat, wofür er ursprünglich nach Sylt gekommen war. Sie schickte eine kurze Antwort und schwang die Beine aus dem Bett. Ihr Zimmer funkelte im Licht der Morgensonne, was dazu führte, dass sie alles, was sie tat, mit Elan anging. Unter der Dusche atmete sie tief den Duft des luxuriösen Duschgels ein, den das Hotel ihr zur Verfügung gestellt hatte. Sie liebte diese kleinen Proben. Sie würde die Reste mit nach Hause nehmen.

Auf dem Flur empfing sie geschäftiges Treiben, als sie ihr Zimmer auf dem Weg zum Frühstück verließ. Auf Höhe des Nachbarzimmers begegnete sie der Frau vom Housekeeping, die sie ansprach und fragte, ob sie bei ihr weitermachen könne.

»Ja, selbstverständlich. Ich gehe frühstücken.« Sie lächelte sie an und lief weiter. Auf halbem Wege zum Restaurant blieb Greta stehen. Das wäre eigentlich die perfekte Gelegenheit, um … Sie schloss einen Moment lang die Augen. Langsam entwickelte sich das zur fixen Idee. Doch sie genoss diesen Elan, mit dem sie heute aufgestanden war. In der Nacht hatte sie wie ein Baby geschlafen, war ausgeruht aufgewacht und nicht ständig von Phasen der Trauer übermannt worden. Natürlich fehlte ihr ihr Mann nach wie vor, doch sie fühlte sich lebendig, konnte ihre Gedanken auf etwas fokussieren, was außerhalb ihrer Gefühlswelt lag. Sie öffnete die Augen für ihre Umwelt und fand die Frau von früher wieder. Die lebenslustige Frau, die gerne einmal über das Ziel hinausschoss vor lauter Enthusiasmus. Das tat so gut. Gott! Hatte sie die vermisst! Wem schadete es also? Sie machte auf dem Absatz kehrt und folgte der jungen Frau in ihr Zimmer.

»Soll ich doch lieber später kommen?«, fragte die, als sie Greta hinter sich erblickte.

»Nein, nein. Ich habe nur etwas vergessen. Lassen Sie sich bitte von mir nicht stören.« Sie zog die Schuhe aus und steuerte auf ihren Schreibtisch zu, wo sie unkoordiniert in einigen Papieren wühlte. Das Zimmermädchen machte sich daran, Gretas Bett herzurichten, schüttelte im gleißenden Sonnenlicht Kissen auf und arrangierte die Decken auf dem großen Doppelbett.

»Sie ist eine nette Frau, diese Milena Nowak von nebenan«, behauptete Greta, obwohl sie die Frau nie kennengelernt hatte. »Es ist schrecklich, was ihr passiert ist.«

»Furchtbar, oder?«, stieg die junge Frau sofort darauf ein. »Ich bin seit fünf Jahren hier, aber so etwas ist noch nie passiert.«

»Ich habe den Mann gefunden, wussten Sie das?«

Die Frau vom Housekeeping erstarrte in der Bewegung und drehte sich zu ihr um. »Tatsächlich?« Ihre braunen Augen wurden größer. Greta konnte sehen, dass sie nach Informationen dürstete. Langsam zog sie die ausgeworfene Angel ein. »Ja. In der Tiefgarage. Sie haben sicherlich davon gehört.«

»Ich weiß, dass er da gefunden wurde. Sie müssen Albträume haben seitdem!« Sie schien inständig auf eine Bestätigung zu hoffen.

»Das nicht gerade, aber ich kann mir vorstellen, wie schwer es für seine Schwester sein muss. Sie hat ihn ja sicherlich identifizieren müssen. Deshalb ist sie bestimmt hier. Ich wette, sie kann es gar nicht erwarten, jetzt so schnell wie möglich abzureisen.«

»Das weiß ich natürlich nicht, aber es macht für mich nicht den Eindruck, als hätte sie damit besondere Eile. Sie hat für die ganze nächste Woche gebucht, soviel ich weiß.«

»Dann hat sie bestimmt noch mehr zu erledigen. Sie hatte ja auch Familie in der Gegend.«

»Ach wirklich?«

»Ich bin davon ausgegangen. Neben der Rezeption hängt doch dieses wunderschöne Bild, das die Signatur ihres Vaters trägt.«

»Ach so? Das wusste ich gar nicht. Kennen Sie ihren Vater?«

»Leider nein.«

»Das Bild ist ziemlich neu. Hängt höchstens drei Monate dort. Ich mag es. Es bringt mich in Urlaubsstimmung, auch wenn ich das Meer jeden Tag vor der Nase habe.«

»Ich weiß genau, was Sie meinen. Die Art, wie er mit dem Licht auf dem Wasser spielt … Man wird davon gefangen genommen, von der Stimmung, die er erzeugt.« Greta sprach bewusst in der Gegenwartsform. Dass es sich bei Karol Nowak um den Toten vom Strand gehandelt hat, hatte sich offensichtlich noch nicht bis zu der Frau herumgesprochen.

»Wissen Sie, wer im Hotel für die Anschaffung der Kunst verantwortlich ist? Ich würde gern einmal nachfragen, aus welcher Galerie dieses Bild stammt. Vielleicht gibt es dort weitere Werke des Künstlers.« Sie lehnte sich vertrauensvoll nach vorn und redete mit leiser Stimme. »Ich möchte die Dame von nebenan nicht mit dieser Frage belästigen. Sie hat genug Kummer und sicher Besseres zu tun, als mit mir über die Kunst ihres Vaters zu sprechen.«

»Natürlich. Völlig richtig. Leider kann ich Ihnen dazu nichts sagen, aber wenn Sie an der Rezeption nachfragen, hilft man Ihnen bestimmt weiter.«

»Das mache ich. Vielen Dank.«

Mehr Informationen waren aus dieser Frau nicht herauszubekommen, deshalb entschied Greta, dass es an der Zeit war, zum Frühstück zu gehen. Sie verließ ihr Zimmer in Gedanken bei dem Gespräch, das sie jeden Moment an der Rezeption führen wollte, und prallte dabei gegen einen anderen Gast auf dem Flur vor ihrer Tür.

»Himmel! Herrgott noch mal!«

»Oje! Das tut mir leid!« Greta blickte auf und entdeckte eine ältere Frau, die mit fahrigen Bewegungen einen Seidenschal richtete, den sie um den Hals trug.

»Sie hängen mit Ihrer Handtasche in meinem Oberteil fest! Passen Sie auf! Das zieht Fäden!«

Greta stoppte unverzüglich ihre hektischen Bewegungen und sah sich in Ruhe das Malheur an. Der Zipper am halbgeöffneten Reißverschluss ihrer Tasche hatte sich in dem edlen Oberteil der Frau verfangen. Vorsichtig löste sie einige Schlaufen und konnte den Pullover befreien.

»Das tut mir schrecklich leid.«

»Das sollte es auch. Das ist von Missoni! Sie können sich sicherlich denken, was das gekostet hat.«

Greta schluckte und betrachtete die Furie eingehender. Kinnlanges dunkelbraunes Haar umrahmte ihr Gesicht. Ein paar goldene Strähnen waren hineingewebt worden. Ihre Haut besaß diese vornehme Blässe, um die Greta andere Frauen immer beneidet hatte. Wie Porzellan, geradezu durchscheinend aristokratisch. Mit wenig Make-up hatte sie die richtigen Stellen akzentuiert. Diese Dame hatte einen Sinn für Stil und eindeutig das nötige Kleingeld, ihn zu zeigen.

»Sollte ein Schaden entstanden sein, kommt meine Versicherung gern dafür auf«, bemühte sich Greta, die angespannte Lage zu beruhigen.

»Schon gut. Es scheint nichts gerissen zu sein.«

»Das freut mich.«

Die Dame nestelte noch einen Moment an ihrem Pullover herum, richtete sich dann würdevoll auf und ging weiter. Greta hob die Augenbrauen, verweilte eine Weile an der Stelle des Zusammenpralls und folgte ihr schließlich Richtung Restaurant. Sie fühlte sich eine Spur ungerecht behandelt, immerhin war es keine Absicht gewesen. Außerdem fand sie, dass zwei erwachsene Menschen durchaus in der Lage sein sollten, derartigen Situationen mit der nötigen Gelassenheit zu begegnen. Sei's drum. Womöglich hatte sie die Frau einfach auf dem falschen Fuß erwischt.

Als sie das Restaurant betrat, lächelte sie der Kellner vom Morgenservice strahlend an.

»Wie üblich?«, fragte er.

»Sehr gern.« Das bedeutete: ein Tee und ein Omelett. Sie setzte sich an ihren angestammten Platz. Ihr Blick fiel auf die Frau, die vor ihr das Restaurant betreten hatte. Die stellte ihre Handtasche auf den Stuhl neben sich, holte ein Etui mit einer goldumrandeten Brille darin heraus und las in einer Zeitung, die sie sich zuvor von einer Anrichte im Flur des Hotels geschnappt hatte. Greta saß zwei Tische weiter und beobachtete, wie die Frau aufschaute, als der Kellner an ihren Tisch trat. An dem Blick las sie ab, dass sie es gewohnt war, Personal um sich zu haben.

»Guten Morgen, Frau Geyerstein. Darf ich Ihnen einschenken?«

Er hatte ein Kännchen Tee gebracht und füllte nun ihre Tasse, nachdem sie ihm ihre Zustimmung signalisiert hatte. Greta war gebannt von ihren anmutigen Bewegungen, der tadellos sitzenden Kleidung und dem makellos frisierten Haar. Die goldenen Ringe und die dicke Perlenkette schrien aus vollem Halse: Klischee! Alles an ihr machte eines unmissverständlich klar. Sie war vermögend. Es handelte sich sicher um altes Geld, und zwar in der Menge, in der sie keine Preisschilder lesen musste. Die Frau schien zu spüren, dass sie beobachtet wurde, und blickte einige Male missbilligend über den oberen Rand ihrer Brille zu Greta. Die nickte ihr mit einem Lächeln zu, was nicht erwidert wurde.

Dann eben nicht, dachte sich Greta und widmete sich dem Omelett, das soeben serviert wurde.

Nach dem Frühstück strebte Greta zur Rezeption.

»Einen wunderschönen guten Morgen wünsche ich Ihnen!«, startete sie die Konversation, noch bevor die Frau hinter dem Tresen agieren konnte.

»Danke. Das wünsche ich Ihnen auch! Kann ich Ihnen behilflich sein?«

»In der Tat. Ich habe seit meiner Ankunft dieses Bild an der Wand dort drüben bewundert. Es ist wirklich einzigartig und lässt mich nicht mehr los. Können Sie mir vielleicht sagen, wo Sie es erworben haben?«

»Ah. Ja. Das ist wirklich schön.« Die Frau räusperte sich. Greta spürte instinktiv, dass sie wusste, dass der Künstler nicht mehr unter den Lebenden weilte. Es gab keinen anderen Grund, um sich zu sammeln. »Tatsächlich handelt es sich um ein Stück aus einer hiesigen Galerie. Haben Sie Interesse daran, diese zu besuchen? Ich könnte für Sie prüfen, ob sie heute am Sonntag geöffnet hat.«

»Würden Sie das tun? Ganz lieben Dank.«

»Natürlich.«

Greta wartete, während die Frau auf die Tastatur ihres Computers tippte.

»Es sieht so aus, als wäre heute geschlossen«, erklärte die Rezeptionistin. »Aber morgen öffnet die Galerie um zehn. Ich schreibe Ihnen die Adresse auf. Sie ist kurz vor Kampen.« Sie kritzelte ein paar Wörter auf einen Zettel und reichte ihn Greta. Die hätte diese Informationen natürlich auch selbst herausfinden können, doch sie erachtete das persönliche Gespräch darüber als viel wertvoller. Möglicherweise ergab sich so noch die eine oder andere Information.

»Wie muss ich mir das in einem Hotel vorstellen?«, fragte Greta. »Gibt es jemanden, der nur für die Einrichtung zuständig ist?«

»Wissen Sie, tatsächlich hat unser Manager das Gemälde entdeckt und gekauft, soviel ich weiß. Er und der Künstler … sie kannten sich.« Die Frau hatte gezögert, und Greta musste schmunzeln, als ihr bewusst wurde, dass die Rezeptionistin hin- und hergerissen war zwischen professioneller Freundlichkeit und der Tatsache, dass sie offensichtlich nicht über den kürzlichen Tod des Malers reden sollte. Greta schubste sie über die Klippe.

»Dann hoffe ich, dass der Künstler noch viele weitere solcher Prachtstücke produziert. Das Bild ist atemberaubend.« Sie lächelte fröhlich.

»Nun, leider ist er vor einer Weile gestorben. Tja. Das wird nicht mehr möglich sein.«

»Ach, wie bedauerlich! In diesem Fall sollte ich mich sputen, nicht wahr? Um noch eines zu ergattern.«

»Ich drücke Ihnen die Daumen.«

»Vielen Dank, meine Liebe.« Greta hielt den Zettel hoch, nickte ihr zu und ging zu ihrem Zimmer. Dass sie der Galerie heute keinen Besuch mehr abstatten konnte, war schade, da sie dringend etwas suchte, um sich die Zeit zu vertreiben, während Joost sich mit seiner Familie traf. Vielleicht gab es in diesem Hotel Leute vom Personal, die etwas wussten oder gesehen hatten. Wenn der Manager gut mit dem ersten Opfer bekannt war, konnte es sein, dass der Künstler hier regelmäßig ein und aus gegangen ist. Direkt an den Manager konnte sich Greta nicht wenden, dafür fehlte ihr der Vorwand. Das musste zufällig geschehen, aber vielleicht wusste jemand seiner Angestellten etwas über das Verhältnis der beiden. Greta beschloss, den Tag im Hotel zu verbringen.

Als Erstes würde sie einen Termin für sich im Spa vereinbaren, etwa um die Mittagszeit. Damit blieb ihr noch eine Stunde. Der Concierge war ihr nächster Anlaufpunkt. Nach einer kurzen Suche fand sie ihn schließlich in der Garage, wo er den Wagen eines neuen Gastes einparkte.

»Einen wunderschönen guten Morgen«, wünschte sie ihm, als er aus dem Porsche Cayenne stieg.

»Guten Morgen, Frau Kaiser.« Er strahlte sie an. »Wie geht es Ihnen?«

»Ausgezeichnet. Danke der Nachfrage.«

»Sie haben die Sache gut weggesteckt. Manch einer wäre abgereist nach diesem Erlebnis, das Sie vorgestern Nacht in der Garage hatten.« Der drahtige Mann war an sie herangetreten.

»Nun, ich habe ihn nur gefunden. Es bestand für mich ja keine Gefahr.«

»Nach allem, was ich gehört habe, vielleicht doch.« Er hob die Brauen und sah sie forschend an.

»Sie meinen, weil sich der Mörder möglicherweise noch in der Garage befand, als ich sie betreten habe?«, fragte sie überrascht. Greta hätte nicht gedacht, dass diese Information öffentlich bekannt war. Sie dachte kurz nach. Sie hatte es sowohl den Beamten aus Sylt als auch den Kollegen von der Mordkommission erzählt. Außerdem Joost. Doch der würde sicher nicht …

»Genau. Das war eine sehr gefährliche Situation. Sie hatten großes Glück.«

»Möglicherweise habe ich mich auch geirrt und es war gar nichts. Wirklich gesehen habe ich niemanden.«

»So oder so, ich bin froh, dass Ihnen nichts passiert ist.«

»Danke sehr.«

»Kann ich Ihnen sonst irgendwie behilflich sein?«

»Ach, ich habe nur eine kurze Frage. Ich hatte gestern ein Problem mit meiner Karte. Ich habe versucht, die Garage zu verlassen, konnte die Tür jedoch nicht öffnen.«

»Die zum Hotel?«

»Genau die. Ich habe die Karte dagegen gehalten, aber nichts ist passiert.«

»Das ist eigenartig. Wie sind Sie wieder herausgekommen?«

»Ein junges Pärchen fuhr gerade in die Garage und hat mich mit reingenommen.«

»Wenn das so ist, war es eben sehr riskant von Ihnen, einfach in die Garage zu gehen, nicht wahr? Was, wenn Sie wieder festgesessen hätten?«

»Sie haben recht. Ich hatte es vergessen. Sehr nachlässig von mir.«

Er blinzelte sie an. »Sie sollten sich an der Rezeption eine neue Karte geben lassen. Das wird das Problem lösen.«

»Ist so etwas denn schon einmal vorgekommen? Ich meine, passiert das öfter?«

»Kann ich nicht sagen. Ich höre heute zum ersten Mal davon. Insbesondere, wenn es Ihnen zuvor möglich war, die Karte zu benutzen, um in die Garage zu fahren. Das ist sehr ungewöhnlich.«

»Dann mache ich das doch. Vielen Dank.« Sie drehte sich um und ging zur Tür, als ihr klar wurde, dass ihre Lüge jeden Moment auffliegen würde. »Wären Sie so nett, mir aufzusperren?«

»Selbstverständlich.« Mit drei Schritten war er bei ihr und zog eine Generalkarte aus der Tasche, um ihr zu öffnen. »Ich wünsche Ihnen einen angenehmen Tag.«

»Danke sehr. Ach, eine Frage habe ich noch.« Greta war in dem kleinen Flur stehen geblieben und hielt mit dem ausgestreckten Arm die Tür geöffnet. »Woher wussten Sie, dass ich den Mörder möglicherweise überrascht habe?«

Der Concierge trat ein wenig dichter an sie heran, als wollte er vermeiden, dass seine Worte von einer dritten Partei gehört würden. »Das hat im Kollegium bereits die Runde gemacht. Jemand hat gehört, wie ein Beamter mit seinem Kollegen darüber gesprochen hat.«

Greta spürte, wie ihre Kehle schmerzhaft enger wurde. Das bedeutete, dass eine Chance bestand, dass auch der Mörder davon wusste.

»Dann sagen Sie doch bitte Ihren Kollegen, dass ich niemanden gesehen habe. Wir wollen doch keinen falschen Eindruck erwecken.«

Er zog seinen Kopf ein Stück zurück. »Sie haben recht. Es ist absolut fahrlässig, weiter darüber zu reden. Ich kümmere mich darum. Machen Sie sich keine Sorgen.«

Greta nickte. »Das wird das Beste sein.« Sie verabschiedete sich und ging.

Wenig später lag sie im Spa des Hotels auf einer großzügigen beheizten Liege und ließ sich massieren. Sie wollte die Angelegenheit selbst angehen, also sprach sie die Dame, die sich gerade ihrem Nacken widmete, direkt darauf an, dass es offensichtlich Gerüchte über ihr Zusammentreffen mit dem Mörder gab. Die Frau hatte noch nicht davon gehört, brannte aber vor Neugierde, nachdem Greta es angesprochen hatte. Das war nicht der schlaueste ihrer Schachzüge gewesen, musste sie zugeben. Sie bemühte sich darum, das Thema zu wechseln, und kam auf das Bild im Eingangsbereich zu sprechen. Auch hier war die junge Frau österreichischer Herkunft keinerlei Hilfe. Sie hatte es nicht einmal bemerkt. Eine Sackgasse. Weder den jungen Nowak noch seine frisch angereiste Schwester hatte sie je gesehen, und so musste Greta nach einer halben Stunde Behandlung erkennen, dass sie an dieser Stelle ihrer Nachforschungen feststeckte.

In einen flauschig weißen Bademantel gekleidet, die Pantoffeln mit Hotellogo an den Füßen, stieg sie in den gläsernen Fahrstuhl ein, der sie ins Erdgeschoss zu ihrem Zimmer bringen sollte. Als sich die Schiebetüren lautlos am Ziel vor ihr öffneten, ging die zornige Frau an ihr vorbei, die sie heute Morgen beinahe umgerannt hatte. Ein gut aussehender Mann mittleren Alters begleitete sie. Greta tippte darauf, dass er ihr Sohn war, doch man konnte nie wissen. Sie strebten den Gang hinunter in dieselbe Richtung, die Greta einschlagen musste. In sicherem Abstand folgte sie ihnen.

»Adrian, ich bin entzückt, dass Sie mich heute zum Essen begleiten.« Die Frau hakte sich bei ihm ein und kicherte mädchenhaft. Greta hob die Augenbrauen. Also nicht ihr Sohn.

KAPITEL 15

Während Joost darauf wartete, dass ihm jemand aus der Familie die Tür öffnete, glitt sein Blick durch die Rabatten links und rechts des Weges, den er gekommen war. Natürlich war es Winter, und man konnte keine Blütenpracht oder ansehnliche Staudengewächse erwarten. Doch zwischen den Ziergräsern und Sträuchern, die seine Frau einst noch gepflanzt hatte, machte sich ungestüm das Unkraut aus dem letzten Herbst breit und drohte alles zu übernehmen, wenn es nicht bereits so weit war. Joost zog die Brauen nach oben, als er die moos- und flechtenüberwucherten Granitsteine begutachtete, mit denen der Weg gepflastert war. Der weiße Gartenzaun konnte auch mal einen Anstrich vertragen.

Mit einem zischenden Geräusch öffnete sich vor ihm die Tür und ließ ihn herumfahren. Es war Sanni – Susanne –, seine neunjährige Enkelin.

»Mama! Opa ist da!«, schrie sie in den rückwärtigen Teil des Hauses gewandt. »Hallo, Opa.« Sie strahlte.

»Hallo, mein Schatz«, sagte er und beugte sich hinab, um ihr einen Kuss zu geben.

»Papa macht Fisch«, flüsterte sie ihm verschwörerisch zu.

»Ah!« Joost schmunzelte, während er die Tür hinter sich schloss.

»Nimm dir einen Löffel und sag mir, was du von dem Reis hältst«, begrüßte ihn Fred, als er zu ihm in die Küche trat.

»Was gibt es Köstliches?«

»Steinbeißerfilet mit Safranrisotto und Romanesco.«

»Klingt ja wie ein Gericht von der Speisekarte meines Hotels.« Joost hatte in die Besteckschublade gegriffen, eine Gabel herausgeholt und angelte sich damit eine dampfende Portion Risotto aus einem der Töpfe.

»Ich lege mich eben ins Zeug, wenn du uns besuchst«, entgegnete Fred und verzog das Gesicht.

»Du bist ein Naturtalent«, schloss Joost, nachdem er das Risotto gekostet und sich beinahe die Zunge verbrannt hatte.

»Danke. Das hört man gern.« Fred wendete den Fisch in der Pfanne. »Jorgensen hat mich angerufen«, sagte er, ohne aufzuschauen. »Er meinte, du wärst mit der Kaiser recht gut bekannt, die den jungen Nowak gefunden hat.«

»Das kann man so sagen.« Joost drückte sich bewusst vorsichtig aus.

»Ich hatte das gar nicht so aufgefasst, dass ihr euch kennt, als du an dem Abend in die Garage kamst.«

Joost zuckte mit den Schultern.

»Wieso warst du eigentlich da? Hattet ihr euch verabredet?«

»Greta und ich?«

»Greta?«

»Ja … äh … nein. Ich wollte zu meinem Wagen.«

»Du auch?« Fred lachte leise.

»Ich war mir nicht sicher, ob ich ihn abgeschlossen hatte.«

»Verstehe.«

Joost neigte seinen Kopf über den Herd, um Fred ernst von der Seite ansehen zu können. »Hast du Bedenken wegen Frau Kaiser? Geht es um deine Mutter?«

»Was? Nein! Ich freue mich, wenn du wieder Bekanntschaften hast. Ehrlich! Ich war nur unsicher, weil sie eine Zeugin ist. Eine sehr merkwürdige obendrein. Nichts weiter.«

»Nun, die Bekanntschaft, wie du es nennst, mit Greta ist nicht so eine, für die du sie hältst, und ja, Greta ist schon etwas speziell. Obwohl ich nicht denke, dass sie merkwürdig ist. Eher … ungewöhnlich. Neugierig, um genau zu sein.«

»Traust du ihr?«

»Ob ich glaube, dass sie in die Mordfälle verwickelt ist, willst du wissen?«

Fred nickte kaum merklich.

»Ich kenne sie seit ein paar Tagen, aber ich würde sagen nein.« Joost streckte seinen Löffel ein weiteres Mal aus, um sich einen Klacks Risotto aus dem Topf zu fischen. Fred nahm ihm das Besteck ab. »Das Essen ist fast fertig. Vielleicht magst du mit Sanni gemeinsam den Tisch decken?«

Joost verzog schmollend den Mund. »Wo ist Franziska?«

»Sie telefoniert oben mit ihrer Schwester. Ich geh sie gleich holen, wenn sie nicht schon fertig ist.«

Joost rollte mit den Augen. Eigentlich hatte er es nur

in Gedanken tun wollen, doch offensichtlich hatte Fred seine Reaktion genau gesehen.

»Bitte nicht heute, Papa. Dafür fehlt mir der Nerv. Es war eine anstrengende Woche.«

Joost presste die Lippen aufeinander. »Komm, Sanni«, sagte er zu seiner Enkelin, die gerade in die Küche gehüpft kam, »lass uns die Teller rausholen.« Er öffnete zwei Schränke und entnahm einem das Mittagsgeschirr. Die Tatsache, dass Fred und seine Frau ein anderes System für ihr Geschirr bevorzugten, verwirrte ihn immer wieder aufs Neue. Früher hatten dort die Gläser gestanden, wo jetzt die Tassen und Teller waren. Joost schluckte seinen Kommentar hinunter.

Während die Kleine vier dicke, mundgeblasene Gläser auf dem Tisch verteilte, betrat ihre Mutter den Raum. »Hi. Schön, dass du da bist.« Sie kam auf ihn zu und gab ihm einen Kuss auf die Wange. Seine Schwiegertochter besaß dickes braunes Haar, das leicht ihre Schulter berührte. Unter den haselnussbraunen Augen tanzten Sommersprossen.

»Möchtest du ein Glas Wein?«

»Sehr gern, wenn ihr mittrinkt.«

Sie lächelte ihn spitzbübisch an, holte eine Weißweinflasche aus dem Kühlschrank und entkorkte sie. Danach stellte sie drei Weingläser auf den Tisch. »Ich dachte mir schon, dass du da nicht nein sagen würdest und habe vorsorglich ein Fläschchen kalt gestellt.«

»Danke.«

Sie schenkte erst ihm, dann Fred und sich ein.

»Was hast du heute noch Schönes vor?«

»Oh, ich habe nichts weiter geplant. Heute gehöre ich ganz euch.«

»Fred sagt, du hast Gesellschaft im Hotel.«

Joost sah auf seine Schuhe. »Na ja. Was heißt Gesellschaft? Ich habe einen anderen Gast kennengelernt, und wir haben das ein oder andere Mal miteinander gegessen.«

Ihre Mundwinkel bogen sich nach oben. »Das freut mich für dich.«

»Und ihr?« Joost wollte gern das Thema wechseln. »Habt ihr schon jemanden für das kleine Badezimmer beauftragt?« In dem Gästebadezimmer, das nur selten jemand benutzte, mussten einige in die Jahre gekommene Fliesen und die Fugen erneuert werden.

»Noch nicht. Ich kümmere mich in den nächsten Tage darum.«

»Wenn ihr Hilfe braucht … Ich übernehme das gern. Wäre kein Aufwand und ganz schnell erledigt.«

»Lass mal, Papa. Das machen wir schon. Du sollst nicht auch noch arbeiten müssen, wenn du uns besuchst.«

»Das wäre keine Arbeit, sondern ein Vergnügen«, insistierte er.

»Trotzdem. Lass uns dafür einen Fachmann engagieren«, warf Franziska ein.

Joost schluckte. »Es war nur ein Angebot. Ich will euch da in nichts reinreden.«

»So war das doch gar nicht gemeint, Papa.« Fred kam mit einer gefüllten Schüssel vom Herd und stellte sie auf den Tisch. »Wir wollen, dass du dich entspannst, wenn du bei uns bist. Das hat Franziska sagen wollen.« Er warf seiner Frau einen flüchtigen Blick zu.

»Wovon bitte schön? Noch entspannter und ich wäre tot.«

Sein Sohn rollte mit den Augen. »Du hast doch einige Pläne, jetzt, wo du hier auf der Insel bist. Wenn du uns besuchst, wäre es schöner, wenn wir uns unterhalten können. Als Familie.«

»Eben weil wir eine Familie sind, finde ich es völlig normal, dass man sich gegenseitig unter die Arme greift, aber bitte, wenn ihr das lieber allein machen wollt, will ich mich da nicht einmischen.« Er setzte sich auf seinen Platz und nahm sich vor, von nun an seine Hilfe nicht mehr anzubieten. Franziska, die ihm gegenübersaß, trank einen großen Schluck aus ihrem Weinglas. Es sah fast so aus, als wollte sie es in einem Zug leeren.

»Müsst ihr euch immer streiten?«, unterbrach seine Enkelin schließlich die drückende Stille.

»Nein, mein Schatz. Wir streiten nicht«, antwortete ihr Vater schnell. »Wir haben nur einige Themen zu besprechen. Bedient euch, solange es heiß ist. Ich hoffe, der Fisch ist nach eurem Geschmack. Ich habe eine neue Gewürzkreation ausprobiert. Bin gespannt, wie es euch schmeckt.«

Die Familie langte zu, als wäre nichts gewesen, doch Joost fühlte sich irgendwie überflüssig unter ihnen. Er schwieg um des lieben Friedens willen.

»Köstlich!«, sagte Franziska, und: »Das solltest du öfter kochen.«

Joost steckte der Fisch im Hals quer und wurde dort immer mehr. Nach einigen Minuten hielt er es nicht länger aus. »Ich meine ja nur, dass ich euch helfen könnte.

Ihr habt eure Jobs und Sanni und seid erledigt, wenn ihr abends von der Arbeit kommt. Ich könnte mich auch um die Gehwegplatten kümmern.«

»Was stimmt mit unseren Gehwegplatten nicht?«, fragte Franziska erschrocken.

»Nichts!« Fred machte ein Gesicht, als müsste er Sanni davor bewahren, auf eine heiße Herdplatte zu fassen.

»Die müssten gekärchert werden nach dem Winter.«

»Papa!«

»Was?«

»Kannst du dich nicht einmal entspannen, wenn du bei uns zu Besuch bist?«

»Schon gut. Ist ja gut. Ich werde einfach hier sitzen und vor mich hin altern, wenn es dir recht ist. Vielleicht atme ich dabei auch ein bisschen. Ist das in Ordnung oder gibt es dagegen Regeln in diesem Haus?«

Franziska zuckte mit den Schultern und schenkte sich Wein nach, während Fred auf sein Risotto starrte. Offensichtlich schmeckte es ihm nicht mehr.

»Ihr streitet doch«, brummte Sanni vor sich hin und stocherte in ihrem Fisch. Joost fühlte sich elend, als er das Gesicht des Kindes sah. Er beschloss, das Thema zu wechseln. »Hattet ihr nicht diese Müllsammelaktion diese Woche in der Schule? Erzähl mal.«

Sanni wurde munterer. Sie wippte mit den Beinen unter dem Tisch und hüpfte dabei auf und ab, wie mit einer Sprungfeder unter sich.

»Wir haben in den letzten zwei Unterrichtsstunden und in der Betreuungsstunde gesammelt. Das ganze Schulgelände und den Sportplatz sind wir abgelaufen. Auch ein bisschen von der Straße und dem Gehweg daneben.«

»Da habt ihr doch sicher nicht viel gefunden, oder? Schüler schmeißen bestimmt nichts weg. Zumindest nicht auf den Boden.« Er schmunzelte.

»Du würdest dich wundern.«

»Nicht dein Ernst?«

»Doch.«

»Kaum zu glauben, aber dann hat die Aktion ja ihren Zweck erfüllt, und das Gelände ist wieder sauber.«

»Viel wird von dem Café neben der Schule rübergeweht, glaube ich. Ich habe viele Servietten gefunden.«

»Das kann ich mir vorstellen. Nun, ich bin mir sicher, dass ihr dabei eine wichtige Lektion gelernt habt, obwohl ich glaube, dass ein bisschen mehr Mathe und Deutsch nicht schlecht gewesen wäre anstatt einer Aktivität, für die wir ohnehin Steuern zahlen.«

»Für wahr«, knurrte Fred.

»Ich finde es wichtig, dass in diesen Zeiten die soziale Seite in Schule und Erziehung nicht außer Acht gelassen wird. Vielleicht gerade jetzt«, ergänzte Franziska und strich Sanni eine Haarsträhne aus dem Gesicht.

Joost verspürte das dringende Bedürfnis, zurück zu Greta ins Hotel zu fahren. Was sie wohl gerade machte? Wahrscheinlich ließ sie sich ein Drei-Gänge-Menü im Hotelrestaurant schmecken oder sie war an den Strand gefahren bei dem schönen Wetter und aß vor Ort irgendwo. Bei diesem Gedanken konnte er die salzige Seeluft auf seiner Zunge schmecken. Er hatte es mit seinem Mahl nicht schlecht getroffen, doch die

Gesellschaft … Er liebte seine Familie. Keine Frage. Aber manchmal war er nicht gern mit ihnen zusammen. Diese Einsicht erschreckte ihn. Die Stille bei Tisch zog sich wie Kaugummi. Besteck klapperte auf Porzellan, mahlende Kiefer, Schmatzen, heruntergeschluckter Wein. Joost hasste Stille, insbesondere, wenn sie so laut und anklagend war wie diese.

»Möchtest du noch Kaffee?«, fragte seine Schwiegertochter, als er seinen leeren Teller ein Stück von sich wegschob.

»Sehr gern.«

Sie stand auf und ging zum Kaffee-Vollautomaten.

»Wie läuft es mit dem Fall?« Er hatte sich seinem Sohn zugewandt und sah nun erleichtert, dass Fred sich bei der Frage entspannte.

»Ich habe wenig Neuigkeiten. Soviel ich weiß, forschen Sie gerade im Background des Sohnes. Bisher ist aber nichts Handfestes dabei herausgekommen. Keine krummen Geschäfte, keine Verbindungen zu kriminellen Personen. Der familiäre Hintergrund ist unauffällig. Zwei Männer, die keine Feinde hatten. Danach sieht es zumindest aus. Sie kommen auf die Insel und sterben.«

»Sie werden ermordet.«

»Richtig. Vielleicht bin ich nur nicht eingeweiht, aber wenn du mich fragst, haben sie noch nichts.«

Joost nickte.

»Die einzige echte Spur ist tatsächlich deine neue Freundin.«

Joost verschluckte sich an dem letzten Schluck Wein. »Bekannte.«

»Wie du magst. Sie ist möglicherweise ganz dicht an den Täter herangekommen, wenn sie es denn nicht selbst war.«

»Das glaube ich nicht. Wenn sie sagt, da war was oder jemand hinter ihr, dann wird da schon was dran sein. Sie hat sehr feine Antennen.«

»Wie meinst du das?«

»Sie hat ein gutes Gehör, achtet auf kleinste Details. Neugierig, wenn du so willst.« Er rollte mit den Augen. »Ich denke, sie ist eine sehr gute Zeugin.«

»Wenn du es sagt, du kennst sie länger.«

»Sie hat die verrückte Idee, den Fall selbst lösen zu wollen.«

»Ach nee? Eine Krimitante also.«

»Wenn du so willst, aber eine nette. Sie ist eine ziemlich schlaue Person.«

»Dann passen Sie auf, Mister Stringer, dass Inspector Craddock Sie nicht erwischt.« Bei diesem Satz klopfte Fred seinem Vater großväterlich auf die Schulter, um ihm danach eine tadellose Reihe blitzblanker Zähne zu zeigen. Joost schmunzelte. Genauso machte das Spaß. Sein Sohn und er, mit den Gedanken bei einem neuen Fall. Schnell bereute er, dass er sich eben noch unter einem Vorwand verabschieden wollte. Franziska stellte drei Tassen Kaffee vor ihnen ab. Fred und sie tranken Espresso. Joost mochte das Zeug nicht.

»Könnt ihr die Arbeit nicht wenigstens am Sonntag vor der Tür lassen?« Sie verstand es einfach nicht, ärgerte sich Joost. »Ich rede doch auch nicht von Nesselsucht und Melanomen.«

»Das wäre beim Essen wirklich kein passendes Thema«, konterte er.

»Aber aufgeschlitzte Leichen!« Sannis Kopf fuhr hoch. »Entschuldigung. Das wollte ich nicht sagen. Ich fände es nur schön, wenn Fred wenigstens am Wochenende abschalten würde.« Und wieder zog diese laute Stille ein, die Joost mit jeder Minute mehr und mehr Fehlverhalten bescheinigte.

KAPITEL 16

Milena fröstelte. Vor einer Minute hatte sie ihr Gespräch mit Anna beendet. Ihre Schwägerin und Janni waren dabei gewesen, sich ein Haus im Speckgürtel von Hamburg zu kaufen. Zu diesem Zwecke hatten sie sich in den letzten Monaten einige Objekte angesehen, unter anderem ein süßes, kleines Eigenheim – perfekt geeignet für eine Familie mit zwei Kindern, in Wedel. Vor drei Stunden hatten die Eigentümer das Angebot der beiden akzeptiert. Völlig aus der Bahn geworfen hatte Anna ihre Schwägerin angerufen. Anna besaß jede Menge Freundinnen, doch hier ging es um eine Familiensache. So etwas besprach sie immer mit Milena. So etwas … Milena schnaubte. Noch nie zuvor war jemand in ihrer Familie eines unnatürlichen Todes gestorben. Und jetzt gleich zwei Mal innerhalb weniger Wochen.

Mit der rechten Hand griff sie sich an den Bauch. Ein übler Schmerz machte sich dort seit einigen Stunden bemerkbar. Milena fühlte sich müde und ausgelaugt. Hatte sie sich irgendwo angesteckt? Das fehlte gerade noch. Sie durfte jetzt nicht ausfallen. Sie war die Einzige, die etwas tun konnte. Die Fahne hochhalten. Sicher war da die Polizei, aber … Sie wusste selbst nicht, was sie an einer Zusammenarbeit mit denen störte. Möglicherweise reine Gewohnheit, weil ihr Vater immer darauf geachtet hatte, Persönliches im privaten Kreis zu klären. So war sie erzogen worden. Deshalb fiel es ihr schwer, private Informationen gegenüber der staatlichen Behörde preiszugeben.

Der heutige Tag war alles andere als erfolgreich verlaufen. Sie hatte sich umgehört. Die Galerie, in der die Bilder ihres Vaters ausgestellt wurden, öffnete sonntags nicht. Dort würde sie gleich morgen weitermachen. Im Hotel kannte niemand ihren Vater – zumindest niemand, mit dem sie unauffällig hatte sprechen können. Sobald sie das Gespräch auf ihren Bruder brachte, verstummten die Leute betroffen, senkten die Augen und sprachen ihr murmelnd ihr Mitgefühl aus. Niemand hatte etwas gehört oder gesehen, bis auf die alte Dame, die ihn gefunden hatte. Milena beabsichtigte herauszufinden, um wen es sich dabei handelte. Sie musste mit ihr sprechen. Sie konnte wichtige Informationen besitzen, an die sie sich vielleicht erst später erinnert hatte, etwas, das die Polizei noch nicht wusste.

An der Uni hatte sie Bescheid gegeben, dass sie eine Woche nicht kommen konnte. Die Leitung hatte Verständnis gezeigt und eine Vertretung für ihre Kurse organisiert. Ihre Studenten würden sich nicht grämen. So hatten sie für den angekündigten Test eine Woche mehr Zeit, um zu lernen.

Milena schaute auf ihre Armbanduhr und stellte fest, dass es bereits nach 22 Uhr war. Möglicherweise war das der Grund für ihre Erschöpfung. Das Gespräch mit Anna vor ein paar Minuten saß ihr in den Knochen. Die Arme war am Ende, völlig verstört, hilflos und verzweifelt gewesen. So gut sie konnte, hatte Milena versucht, sie zu trösten, aber was sollte das bringen? Ihre eigenen Worte hatten sich falsch angehört, fehl am Platz, leer. Anna hatte recht. Die Situation war schrecklich. Doch für ihr ungeborenes Kind musste sie jetzt stark bleiben.

Ein Geräusch vor ihrem Fenster ließ Milena aufsehen. Sie stand vom Bett auf und ging zur Terrassentür. Draußen war es finster. Sie öffnete die Tür und steckte die Nase hinaus. In der Ferne erkannte sie die Umrisse der Kiefern, die das Grundstück begrenzten. Sie bewegten sich leicht im Wind. Ein Rauschen drang an ihre Ohren – Regen. Nicht viel, nur geradeso, dass sie es hörte. Sie wandte sich wieder ab, kleidete sich aus und ging ins Badezimmer. Unter der Dusche drehte sie das Wasser sehr warm, aber so, dass sie sich nicht verbrühte. Der kräftige Strahl massierte ihre Schultern und den Nacken. Mit geschlossenen Augen und der Stirn gegen die Glasscheibe gelehnt atmete sie tief durch. Da war niemand, den sie in dieser Situation anrufen konnte. Andreas und sie hatten sich vor zwei Monaten getrennt und seitdem kein Wort mehr miteinander gesprochen. Wenn sie sich in der Uni begegneten, gingen sie stumm aneinander vorbei. Er fehlte ihr manchmal, auch wenn sie sich für dieses Gefühl schämte. Jetzt, in diesem Moment zum Beispiel, fehlte er ihr. Sie schloss die Augen. Sein Verrat war beispiellos gewesen. Wie armselig, dass sie sich nach so einem Menschen sehnte, der sie erst privat betrogen hatte und ihr dann im Beruf in den Rücken gefallen war. Jans Worte fielen ihr wieder ein.

»Vergiss den Kerl und fang endlich wieder an, dich zu verabreden. Du machst komplett dicht und gibst keinem neuen Mann eine Chance. Nicht jeder ist so ein Arschloch wie Andreas. Pass auf, dass dich diese Erfahrung nicht für die Zukunft beeinflusst.«

Aber natürlich tat sie das. Wie konnte sie auch nicht? Milena war misstrauischer geworden – und einsamer. Sie erinnerte sich an den alten Andy. Den Mann, den sie kennengelernt hatte. Der fehlte ihr. Ihn würde sie jetzt gern anrufen und sich ausheulen, über das, was ihrer Familie zugestoßen war, das Unglück, das sie ereilt hatte. Der Fluch. Es musste ein Fluch sein. Sie konnte sich nicht erklären, warum jemand zwei so herzliche Menschen wie ihren Vater und ihren Bruder hätte umbringen sollen.

Andreas würde sie in den Arm nehmen und sich um sie kümmern. Der letzte Mann, den es noch in ihrem Leben gab. – Ach nein, er war ein Hirngespinst aus längst vergangenen Zeiten. Es gab ihn nicht mehr. Er hatte mit einer seiner Studentinnen geschlafen, und – als Gerüchte darüber laut wurden – behauptet, Milena hätte sie gestreut, weil sie ihre Trennung nicht wahrhaben wollte.

Der Schmerz in ihrem Oberbauch wurde stärker. Sie drehte sich um und stellte die Dusche ab. Tropfend stieg sie heraus und schnappte sich ein kuschliges Handtuch von der Heizung. Gänsehaut breitete sich auf ihren Armen aus. Es war ungewöhnlich kalt hier drin, das hatte sie vorhin gar nicht wahrgenommen. Die Schiebetür zum Flur hatte sie offen gelassen, was sie nun bereute. Eisige Luft strömte ihr entgegen. Schnell schloss sie sie und trocknete sich ab. Das Handtuch war angenehm warm. Nackt, wie sie war, ging sie in ihr Zimmer zurück, wo sie ihren Pyjama auf dem Bett vermutete. Erschrocken erkannte sie den Grund für die niedrigen Temperaturen. Die Terrassentür stand sperrangelweit offen. Hastig rannte sie zum Bett, nahm sich die Steppdecke, die am Fußende lag, und wickelte sie sich um den Körper. Schnellen Schrittes war sie bei der Tür zur Terrasse und warf sie mit einem Knall zu. Erst als sie sie verriegelt hatte, atmete sie aus. Sie hätte schwören können, dass sie die Tür vorhin geschlossen hatte. Oder etwa nicht? Hatte sie sie in Gedanken nur angelehnt? Ganz bestimmt. Aber wohl nicht verriegelt, sodass ein Windstoß die Tür aufgedrückt und für Kälte gesorgt hatte. Hoffentlich war niemand vorbeigekommen und hatte sie gesehen, wie sie splitterfasernackt aus dem Bad gekommen war. Milena schluckte bei dem Gedanken, dass jeder x-Beliebige ihr Zimmer hätte betreten können, während sie geduscht hatte. Sie schloss die blickdichten Vorhänge. Dann zog sie sich an. Das Zimmer lag zwar nach hinten raus, und normalerweise sollte um diese Zeit niemand durch den Garten streifen, doch ein ungutes Gefühl ließ ihr die Nackenhaare zu Berge stehen, wogegen sie etwas unternehmen musste.

Die erneuten Gedanken an Andreas verärgerten sie. Dieser Mann verdiente es nicht, eine Rolle in ihrem Leben zu spielen – ganz gleich welche. Dieser Wurm! Als Jan davon erfahren hatte, war er ausgeflippt. Und jetzt verriet sie sein Andenken, indem sie sich wünschte, es wäre alles anders gekommen und sie hätte jemanden zum Anlehnen.

Als sie Andreas vor zwei Jahren in Hamburg kennengelernt hatte, war er gerade in die Großstadt gezogen, hatte keine Menschenseele gekannt und gerade seine Professur für Experimentalphysik mit Schwerpunkt optische Quantentechnologien frisch angetreten. Ein Nerd, wie er im Buche stand. Milena war fasziniert gewesen von dem Moment an, in dem sie sich das erste Mal in der Cafeteria begegnet waren. Er war charmant und hatte viel zu erzählen, über seine Publikationen und seine Forschung über Quantentechnologien mit photonischen Systemen, in denen Festkörper-Quantensysteme an Licht koppeln. Er hatte in einem möblierten Apartment gelebt, das ihm die Universität zur Verfügung gestellt hatte. Mithilfe von Milenas Bruder hatte er schnell eine bezahlbare Wohnung nahe der Uni gefunden, die über mehr als ein Zimmer verfügte.

Milena verfiel diesem Mann, dessen Gedanken und Theorien sie gefangen nahmen, ihre Welt bereicherten und der zu allem Überfluss noch so gut aussah. Sie hätte sich denken müssen, dass dies nicht nur ihr Interesse wecken würde, sondern auch das von anderen Frauen. Außerdem war es blauäugig von ihr gewesen, darauf zu vertrauen, dass so ein Mann sich seiner Ausstrahlung und der Macht, die damit einherging, nicht bewusst war. Sein Geist hatte sie so sehr gefesselt, dass sie ihm keinerlei Schwächen zugetraut hatte. Auf einen Sockel hatte sie ihn gestellt, den Mann, der ihr zunächst seine ganze

Aufmerksamkeit geschenkt hatte, und das, obwohl er mit seiner Brillanz ein weitaus größeres Publikum hätte unterhalten können. Nun, das hatte er dann ja auch.

Milena löschte das Licht. Es war Zeit loszulassen. Er war weg und würde nie zurückkehren. Er hatte nicht einmal den Versuch unternommen, sich bei ihr zu entschuldigen. Wie erbärmlich! Beschämt zog sie sich die Bettdecke über die Nase. Normalerweise war sie nicht so weinerlich, wenn es um das vermeintlich starke Geschlecht ging. Sie kam wunderbar allein zurecht. Sie hatte ja ihre Familie. Alle wohnten in der Nähe, man sah sich regelmäßig. Einsamkeit kam da wenig auf. Ach nein. Jetzt war Milena allein, und schon wurde sie anfällig für den Wunsch nach einem starken Beschützer. Jemandem, den sie nicht haben konnte.

Die Finsternis in ihrem Zimmer machte sie nervös. Von zu Hause war sie es gewöhnt, dass Lichter von der Straße ihr Schlafzimmer die ganze Nacht erleuchteten. Außerdem störte sie diese durchdringende Stille. Kein Bus, der des Nachts die Straße lang donnerte, keine Sirenen in der Ferne. Milena stand auf und zog die Vorhänge wieder auf. Mit der Hand schob sie die Stores beiseite, um rausschauen zu können. Es hatte aufgehört zu regnen. Eine Wolke löste sich vom Mond, und mit einem Mal konnte Milena den ganzen Garten hinter ihrer Terrasse einsehen. Die sich leicht im Wind wiegenden Kiefern, starre Rhododendronbüsche und eine Gestalt, am Ende der Wiese.

Milena kniff die Augen zusammen. Sie erstarrte. Tatsächlich! Ein Mann, der reglos dort stand und in ihre

Richtung schaute oder zumindest Richtung Hotel. Zwischen ihm und ihrem Fenster lagen etwa 20 Meter. Was trieb er da, um diese Zeit? Es war bestimmt schon 23 Uhr. Ein Gärtner war das nicht. Jemand vom Hotel, der den Garten sturmsicher machte? Vielleicht. Sie ging zurück zu ihrem Bett, legte sich hin und zog die Decke über sich. Von hier konnte sie die Silhouette nicht sehen, möglich, dass ihr ihre Augen nur einen Streich gespielt haben. Was sollte ein Tourist zu dieser Tageszeit dort draußen machen? Vor ein paar Minuten hatte es noch geregnet. Nein. Morgen würde sie feststellen, dass sie die Umrisse einer Statue im Garten oder eines Baumstumpfes für einen Menschen gehalten hatte.

Milena fragte sich, was ihre Kollegen insgeheim von ihr hielten, seitdem Andreas sie als hysterisch dargestellt hatte. Niemand hatte sich bisher von ihr abgewandt, doch was dachten sie wirklich? Es gab auf jeden Fall Gerede. Glaubten sie der Frau, mit der sie seit fünf Jahren zusammenarbeiteten, oder dem Genie, das seit zwei Jahren ihren Lehrstuhl beehrte? Sie war die einzige Frau im Kollegium, weshalb sie dort keine Freundin besaß, mit der sie darüber reden konnte. Sie hatte überhaupt keine beste Freundin. Es gab Leute, sowohl Männer als auch Frauen, mit denen sie sich regelmäßig zum Badminton traf. Außerdem sang sie im Chor. Keine enge Frauenfreundschaft war daraus entstanden. Das waren alles nette Menschen, die sie einmal die Woche traf – normalerweise. In letzter Zeit hatten diese Freizeitaktivitäten nur sporadisch stattgefunden und wenn, dann nur in minimaler Besetzung. Erschwerend kam hinzu, dass die meisten Teilnehmer Pärchen waren, die kein Interesse an einer engeren Freundschaft mit einem Single hatten.

Vor ihrem Fenster schepperte es. Milena drehte den Kopf in die Richtung. Sie konnte nichts sehen. Es hatte sich angehört, als würde man das Sitzmobiliar auf ihrer kleinen Terrasse verschieben. Angespannt hielt sie den Atem an. Draußen blieb es ruhig. Möglicherweise Geräusche von den Nachbarn. Sie atmete tief ein und aus.

Andreas hatte sich mit einer Studentin eingelassen. Das war nicht nur Hochverrat an ihr, sondern auch an allen moralischen Grundsätzen, denen sie sich verpflichtet fühlte. Was für ein Schwächling! Was für ein geringes Selbstwertgefühl musste dieser Mann doch besitzen. Das entsprach so überhaupt nicht dem Bild, das sie von ihm hatte.

An der Stelle warst du schon, flüsterte eine kleine Stimme in ihrem Kopf. Du hast ihn völlig unverdient auf einen Sockel gestellt.

Milena schloss die Augen und versuchte zu schlafen. Letztlich versuchte ihr Kopf nur, sie von den tragischen Ereignissen abzulenken, dachte sie. Besser über die Sache mit Andreas nachgrübeln als über den gewaltsamen Tod ihrer Familie.

Ein schnarrendes Geräusch ließ sie auffahren. War da etwas an der Scheibe? Sie schwang die Beine aus dem Bett und tappte zum Fenster. Durch den Store konnte sie kaum etwas erkennen. Also schob sie ihn vorsichtig beiseite. Da! Neben dem Busch hatte sich etwas bewegt. Ihr Herz pochte wild. Reiß dich zusammen! Du bist mit den Nerven völlig am Ende, sagte sie sich. Sie zog die Hand zurück und blickte in den Raum hinter sich. Hier war sie sicher. Niemand konnte hier rein, weder von draußen noch durch den Hotelflur, weil sie die Kette vor die Tür gelegt hatte.

Sie drehte den Kopf wieder um und schaute auf die kräftige Gestalt eines großen Mannes, der direkt vor ihrer Terrassentür stand. Milena schrie und taumelte nach hinten zum Bett. Wie hypnotisiert und zu Tode erschreckt starrte sie ihn an, während er reglos vor ihrem Fenster verharrte. Dann erkannte sie mit Schrecken, wie er beide Hände hob und sie neben seinem Kopf an die Scheibe legte, um die Augen vor seitlich einfallendem Licht abzuschirmen. Er konnte sie sehen, da war sie sich sicher. Auf dem Nachttisch befand sich ein Telefon. Sie griff danach und wählte die Nummer für die Rezeption. Eine junge Stimme meldete sich. Milena bekam aufgrund ihrer schnellen Atmung kaum ein Wort heraus. »Bitte helfen Sie mir! … Rufen Sie die Polizei! Vor meinem Fenster … Vor meinem Fenster steht jemand und will zu mir hinein. Bitte! Beeilen Sie sich!«

»Es wird sofort jemand kommen, Frau Nowak.«

»Bitte schnell!«

Milena legte auf. Jetzt bewegte der Mann die Hand. Es sah so aus, als würde er ihr zuwinken. Das war zu viel. Milena schrie aus vollem Hals. In dem Moment klopfte es. Sie drehte sich um und rannte zur Tür. Dort angekommen, riss sie sie auf. Bruchteile einer Sekunde später durchschoss sie der Gedanke, dass es schlauer gewesen wäre nachzufragen, wer geklopft hatte. Erleichtert stellte sie fest, dass es sich um eine ältere Frau mit kurzem Haar im Pyjama handelte.

»Brauchen Sie Hilfe? Ich habe Sie schreien hören, gleich zwei Mal.«

»Ich glaube, es ist jemand an meinem Fenster. Ich habe schon an der Rezeption Bescheid gesagt.« Milena brach hysterisch in Tränen aus.

»Ach Gott, meine Liebe! Setzen Sie sich. Ich schaue mir das an.« Die Frau führte sie bestimmt zum Bett und lief dann zielstrebig auf das Fenster zu. Das Licht war nach wie vor gelöscht.

»Hier ist niemand, Frau Nowak.«

»Er war die ganze Zeit dort. Er muss gesehen haben, dass jemand ins Zimmer gekommen ist.«

In diesem Moment klopfte es erneut.

»Bleiben Sie sitzen. Ich kümmere mich darum.« Die resolute Dame stapfte an Milena vorbei und ging zur Tür. Dabei fiel Milena ins Auge, dass die Frau Hotelpantoffeln trug. Der Concierge trat ein, gefolgt von der Frau vom Empfang, mit der Milena eben telefoniert hatte, so vermutete sie zumindest.

»Er ist weg«, sagte sie an die Neuankömmlinge gerichtet – beinahe etwas enttäuscht. Sie hatte alle aufgescheucht, und nun konnte sie niemandem beweisen, was geschehen war.

»Wo haben Sie jemanden gesehen?«, fragte der Concierge.

»Dort.« Sie wies Richtung Terrasse. »Erst stand er am Ende des Gartens und etwas später direkt vor meinem Fenster.«

»Kann es jemand sein, der nur vorbeigegangen ist? Ein anderer Gast vielleicht, der nicht schlafen konnte?«

»Nein! Er hat sich gegen mein Fenster gelehnt und reingeschaut!«

»Möglicherweise ein perverser anderer Gast?«, warf die nette alte Dame ein.

Milena musste fast schmunzeln. Die Frau kam ihr bekannt vor. »Ich weiß nicht. Er ist nicht geflohen, als ich ihn bemerkte.«

Der Concierge ging an ihr vorbei, öffnete die Terrassentür und trat hinaus. Nach einer Weile kehrte er zurück. »Wer auch immer es war, er ist weg.«

»Soll ich noch die Polizei rufen?«, fragte die junge Frau schüchtern von der Zimmertür.

»Nein, schon gut. Es ist niemand mehr hier, den man verhaften könnte«, sagte Milena.

»Das sehe ich anders. Sie sollten auf jeden Fall die Polizei rufen«, meldete sich die ältere Frau zu Wort.

»Wieso das denn? Die werden mich für überreizt halten.«

»Mit Recht. Dass Ihre Nerven blank liegen, kann man Ihnen nicht verübeln.«

»Aber er ist weg.«

»Rufen Sie bitte die Polizei. Dieser Vorfall sollte zumindest aufgenommen werden.« Sie scheuchte die Rezeptionistin aus dem Zimmer. Der Concierge verabschiedete sich höflich und folgte ihr. »Ich mache Ihnen einen Tee, was halten Sie davon, Frau Nowak?«

»Danke, das ist sehr nett.« Milena stutzte. »Woher kennen Sie meinen Namen? Sie haben mich vor einigen Minuten schon so genannt, nachdem Sie geklopft hatten.«

»Ich wohne direkt nebenan, und wenn Sie sich erinnern, ich stand neben Ihnen an der Rezeption, als Sie eingecheckt haben. Mein Name ist Greta Kaiser.«

»Ja, richtig. Entschuldigung. Ich habe Sie nicht gleich erkannt.«

»Das liegt an dem Pyjama und den Haaren. Ich hatte schon eine Stunde geschlafen und bin durch Ihre Schreie aufgewacht.«

»Bitte verzeihen Sie. Ich mache Ihnen solche Umstände.«

»Aber woher denn. Sie brauchen Hilfe. Das ist doch selbstverständlich.«

»Danke sehr.« Milena hörte die brodelnden Geräusche des Wasserkochers. Eine Minute später nahm sie eine Tasse Tee entgegen.

»Möchten Sie ein wenig Gesellschaft? Ich bleibe gern einen Moment bei Ihnen, wenn es hilft. Die Polizei ist sicher gleich da, und dann wird Sie heute Nacht niemand mehr belästigen.«

Milena nickte. »Das weiß ich wirklich zu schätzen.«

»Das ist doch selbstverständlich. Trinken Sie etwas! Der Kräutertee beruhigt die Nerven.«

»Sie müssen mich für überspannt halten.«

»Nein, ich denke, Sie haben sehr viel in den letzten Wochen erlebt. Ein Misstrauen gegenüber dieser Situation ist völlig angebracht.«

»Wie meinen Sie das?«

»Sie haben Angst um Ihr Leben.«

»Woher wissen Sie das?«

»Im Hotel wird viel getratscht. Außerdem bin ich diejenige, die Ihren Bruder gefunden hat. Mein herzlichstes Beileid zu Ihrem Verlust.«

»Sie? Ich habe Sie gesucht.«

»Sie haben mich gefunden.«

KAPITEL 17

In diesem Moment rollten Milena Nowak die Tränen unkontrolliert die Wangen herunter. Greta legte ihr eine Hand auf die Schulter. »Heulen Sie sich nur ordentlich aus, danach wird es Ihnen viel besser gehen.« Sie ging ins Badezimmer, um ein paar Taschentücher zu holen. Es klopfte.

»Bleiben Sie sitzen, ich mache das«, sagte Greta und ging zur Tür. Joosts Sohn stand davor. Er hob fragend die Augenbrauen, als er Greta erkannte.

»Ich wohne nebenan und habe die Schreie gehört«, kam sie seiner Frage zuvor. »Sie ist etwas aufgelöst.« Ins Zimmer hinein rief sie: »Die Polizei ist hier!« Ihre Zimmernachbarin stand vom Bett auf und zupfte nervös an ihrem Pyjama, als der Beamte den Flur betrat.

»Ich bin Kriminaloberkommissar Fred Thomsen. Frau Nowak, Sie haben uns rufen lassen, weil ein Mann Sie belästigt hat. Ist das richtig?«

»Ja. Er stand dort vor diesem Fenster.« Sie schilderte die Geschichte, und der Kriminaloberkommissar machte sich Notizen. Anschließend sah er sich draußen um und überprüfte den Schließmechanismus der Terrassentür.

»Ich denke, hier drinnen sind Sie sicher. Wenn Sie sich unwohl fühlen, rate ich Ihnen, in ein höhergelegenes Zimmer umzuziehen. Wie lange bleiben Sie noch auf der Insel?«

»Eine Woche«, sagte sie zaghaft. Greta hörte an ihrem Tonfall, dass sie nicht mit der Zustimmung des Beamten rechnete. Sie will etwas herausfinden, daher das schlechte Gewissen, dachte Greta befriedigt. In Gedanken zollte sie der Frau Respekt. Möglich, dass sie schon etwas in Erfahrung gebracht hatte. Warum sonst hatte dieses Individuum vor ihrem Fenster gelauert?

»Wie hat der Mann ausgesehen?«

Milena Nowak überlegte kurz. »Groß, kräftig. Er trug eine Mütze oder eine Kapuze. Ich weiß es nicht genau. Der Mond stand hinter ihm, und sein Gesicht lag im Schatten. Als er sich vorlehnte, glaubte ich, seine Augen zu sehen.«

»Sah er jemandem ähnlich, den Sie kennen?«

»Nicht, dass ich wüsste.«

»Gut, Frau Nowak. Ich kann natürlich nicht sagen, ob es sich um reinen Zufall handelt oder ob dieser Mann etwas mit dem Mord an Ihrem Bruder oder Vater zu tun hat. Seien Sie vorsichtig. Ich würde Ihnen empfehlen, lieber früher als später abzureisen.«

»Hat er etwas angefasst?«, fragte Greta.

»Was?« Fred Thomsen und Milena drehten sich zu Greta um.

»Der Mann. Haben Sie gesehen, dass er da draußen etwas angefasst hat?«

»Ähm, ja. Das hat er. Er hat die Scheibe berührt mit seiner Stirn und seiner Hand!«

Greta und Thomsen traten an die Tür heran, als

Milena auf die Scheibe zeigte. Fingerabdrücke waren mit dem bloßen Auge nicht erkennbar.

»Ich werde jemanden von der Spurensicherung schicken. Das wird sicherlich eine Weile dauern. Danke für den Hinweis.«

»Gern geschehen.« Greta genoss seinen Blick, auch wenn er widerwillig dankbar schaute. Das war ihr egal. Sie hatte einen Beitrag geleistet. Der Kriminaloberkommissar machte noch ein paar Fotos und verabschiedete sich anschließend.

»Wie fühlen Sie sich?«, fragte Greta.

»Ich habe mich schon wieder beruhigt, denke ich«, sagte Milena.

»Sehr gut. Ich bin mir sicher, Sie werden nicht gut schlafen. Dennoch sollten Sie es versuchen.«

»Ich habe so viele Fragen an Sie.«

»Das glaube ich Ihnen gern, aber das sollten wir auf morgen verschieben. Sie brauchen jetzt dringend Ruhe.«

»Na gut.« Betrübt sah die Frau nach unten.

»Was halten Sie von einem gemeinsamen Frühstück?«, versuchte Greta, sie aufzumuntern.

»Sehr gern. Gegen neun?«

»Einverstanden. Schlafen Sie sich aus. Ich bin direkt nebenan. Sie müssen auch beim nächsten Mal nicht schreien. Rufen Sie mich einfach an.« Greta lächelte und schrieb ihr ihre Nummer auf einen Notizzettel, den sie auf ihren Nachttisch legte.

»Das werde ich.«

Die beiden Frauen verabschiedeten sich, und Greta kehrte in ihr eigenes Zimmer zurück. Vorsorglich knipste sie das Licht nicht an, sondern schlüpfte einfach hinein. Sie wollte nicht die Aufmerksamkeit auf sich lenken. Auch bei ihr waren die Vorhänge aufgezogen, und jeder konnte von außen zu ihr hereinsehen, wenn der Raum hell erleuchtet war. Sie ging zur Terrassentür. Ganz genau prüfte sie den Garten. Dann stellte sie die Tür auf Kipp. Sie selbst war nicht in Gefahr, doch sie wollte hören, wenn nochmals jemand auf Milena Nowaks Terrasse herumschlich, die nur drei Meter neben ihrer eigenen lag.

Am nächsten Morgen saß Greta um Viertel vor neun im Restaurant an ihrem angestammten Tisch und schenkte sich eine Tasse grünen Tee ein, als Joost hereinkam. Er entdeckte sie, winkte und gesellte sich zu ihr.

»Es klart wieder auf. Was halten Sie von einem Vormittag am Strand?« Sie stand auf und lehnte sich ihm entgegen, als er ihr einen Kuss auf die Wange gab. »Guten Morgen, Greta.«

Ihr stockte einen Augenblick der Atem, als ihr bewusst wurde, wie schnell sie mit diesem Mann vertraut geworden war. Sie hatten in wenigen Tagen sehr viel Zeit miteinander verbracht. Das führte dazu, dass sie sich drückten bei einer Verabschiedung und er sie höflich zur Begrüßung auf die Wange küsste – nichts Romantisches. Alles sehr freundschaftlich. Als wären sie alte Bekannte.

»Guten Morgen, Joost. Ich komme direkt zum Punkt. Ich bin zum Frühstück verabredet.«

Joost hob die Augenbrauen und stoppte in der Bewegung. Er war gerade dabei gewesen, sich zu setzen.

»Soll das heißen, Sie bleiben nicht hier oder soll ich mich woanders hinsetzen?« Er sah enttäuscht und verwundert zugleich aus.

»Nichts dergleichen. Ich will Sie nur vorwarnen, da gleich eine nette, junge Frau zu uns stoßen wird, die ich eingeladen habe.«

»Aha.« Er setzte sich vorsichtig.

»Sie will mich über meinen Leichenfund ausfragen.«

»Greta! Sie sollten diese Informationen nicht einfach so herausposaunen. Das behindert die Ermittlungen.«

»Es handelt sich um Milena Nowak. Die Schwester des Opfers.«

»Ach, sieh einer an. Sie haben Bekanntschaft geschlossen?«

»Gestern Nacht.« Greta war zufrieden mit sich.

»Gestern … was? Moment. Ganz langsam. Wir stellen das mal hinten an. Grundsätzlich ist jeder verdächtig, der aus dem Dunstkreis des Opfers stammt. Auch wenn Ihnen das nicht lieb ist. Die Frau gehört dazu und sollte von Ihnen keinerlei Täterwissen erfahren.«

»Papperlapapp. Die Frau hat nichts damit zu tun. Ich habe gestern Nacht selbst mitbekommen, dass jemand versucht hat, sie in Angst und Schrecken zu versetzen. Und es ist ihm auch gelungen. Jemand will, dass sie von dieser Insel verschwindet. Das beweist mir, dass sie nicht die Täterin sein kann.«

»Gruselig, Greta! Das muss ich schon sagen. Ihre Schlussfolgerungen sind an den Haaren herbeigezogen. Wenn Sie wüssten, wie oft ich …«

»Guten Morgen«, sagte in diesem Moment eine weibliche Stimme hinter den beiden.

»Guten Morgen, Frau Nowak«, erwiderte Greta. »Darf ich vorstellen? Milena Nowak. Frau Nowak, das ist Joost Thomsen. Er ist der Vater des netten Beamten, den Sie gestern Nacht kennengelernt haben.«

»Oh.« Milena Nowak wich zurück. Interessanter Reflex, dachte Greta.

»Gestern Nacht?«, rief Joost verwundert aus.

»Ja. Es gab eine unangenehme Situation für Frau Nowak und wir riefen daraufhin die Polizei.«

»Wir?«, fragte Joost, dem die Verzweiflung deutlich im Gesicht stand.

»Ich weiß nicht, ob ich darüber ...« Milena Nowak trat einen weiteren Schritt zurück und nahm davon Abstand, sich zu setzen. Greta stand auf, nahm die Frau bei der Hand, führte sie zum Stuhl und redete beschwichtigend auf sie ein. »Machen Sie sich keine Sorgen. Sie sind bei uns in den besten Händen. Wissen Sie, Joost war selbst Kommissar – Pardon –, Kriminalhauptkommissar.« Sie lächelte Joost an. »Er und ich haben uns hier kennengelernt und haben uns natürlich auch über die schrecklichen Ereignisse unterhalten, die Ihrer Familie widerfahren sind.« Sie konnte spüren, wie die Frau innerlich dichtmachte. »Wie Sie wissen, habe ich die Leiche Ihres Bruders gefunden und dabei so einiges mitbekommen.« Greta hoffte, dass dieser schwammige Satz genügen würde, um Milena auf ihre Seite zu ziehen. Tatsächlich zögerte sie sichtlich. »Vielleicht können wir helfen. Das ist alles, was wir wollen. Und Sie wollten sich ja auch mit mir unterhalten.«

»Hmm. Ja, das stimmt.« Milena Nowak setzte sich vorsichtig. Man konnte sehen, dass sie unschlüssig war, was sie tun sollte. Eine gehörige Portion Skepsis gegenüber der Polizei war von ihrem Gesicht abzulesen. Joost sah sie neugierig an. Nein, er musterte sie geradezu. Höchstwahrscheinlich scannte er ihr Verhalten mit seinem jahrzehntelang geschulten Blick.

Der Kellner erschien und nahm ihre Bestellungen auf. Greta bat um weiteren Tee, während die beiden anderen jeweils Kaffee nahmen. Als der Kellner verschwunden war, kehrte Schweigen in der Runde ein. Dann übernahm Greta das Ruder. Sie war schon immer der Meinung, dass man in einer Situation wie dieser eher auf direktem Weg zum Ziel kam. Das Pflaster mit einem Ruck abziehen, war ihre Devise.

»Frau Nowak …«

»Nennen Sie mich gern Milena.«

»Sehr gern und Sie mich bitte Greta. Milena, Sie wollten von mir wissen, wie ich Ihren Bruder gefunden habe.«

Joost räusperte sich umständlich. Greta ignorierte ihn.

»Es wäre nett, wenn Sie mir dazu etwas sagen können«, bestätigte Milena.

»Natürlich«, sagte Greta mit einem mahnenden Blick zu Joost, der noch immer hustete.

»Ich hatte etwas im Auto vergessen und bin in die Tiefgarage gegangen. Da lag er. Er ist mir nicht gleich aufgefallen, aber bei meiner Rückkehr von meinem eigenen Wagen habe ich ihn aus dem Augenwinkel gesehen. Ich habe sofort Hilfe gerufen, und dann kam auch schon die Polizei.«

Joost atmete erleichtert aus, doch Milena war augenscheinlich nicht zufrieden mit Gretas kurzer Schilderung.

»Hat er noch gelebt?«

»Nein.«

»Wissen Sie, ich bin etwas enttäuscht. Im Hotel erzählte man mir, dass Sie den Täter gesehen hätten. Ich habe gestern beim Kaffee neben einer Dame gesessen, die felsenfest davon überzeugt schien. Ihr Zimmermädchen hatte es ihr wohl erzählt. Sie machte ein paar unschöne Bemerkungen und meinte dann etwas von ungeschicktem Verhalten und dass es Ihnen ähnlichsehen würde, in so etwas reinzutappen.«

»Ich? Nein. Ganz sicher nicht. Aber Sie wissen ja, wie das ist. So ein Gerücht, gerade eines mit solcher Brisanz, verselbstständigt sich gern einmal.«

Greta konnte sehen, wie Joosts Augen tanzten. Er machte den Eindruck, als könnte er sich gerade so davon abhalten, ihr auf die Schulter zu klopfen. Sie hatte nicht gelogen. Gesehen hatte sie niemanden und sie würde auch niemanden wiedererkennen. Joost hatte recht. Das war Insiderwissen, das sie nicht weitergeben sollte. Nur sie und der Täter wussten, dass sie sich getroffen hatten. Zumindest nahm sie an, dass es so gewesen war.

»Moment. Wer hat da etwas von ungeschicktem Verhalten gesagt? Mit wem haben Sie gesprochen?«

»Mit einer gewissen Frau Geyerstein, wenn ich nicht irre. Schlank, fast dürre, weiße Haut, dunkles Haar und Augenbrauen wie ein Falke.«

Greta verzog das Gesicht. Was für eine Frechheit, so ein Gerücht zu verbreiten! Joost platzte beinahe, das konnte sie sehen.

»Sie haben den Täter nicht gesehen?«, hakte Milena noch einmal nach.

»Nein, meine Liebe. Es tut mir leid. Ich würde Ihnen gern etwas anderes sagen.«

»Ist Ihnen etwas anderes aufgefallen, das der Polizei weiterhelfen könnte?«

»Nur das, was ich Ihnen bereits erzählte, leider.«

»Schade.«

Zwei Kellner erschienen und stellten Getränke und Speisen auf den Tisch. Joost, der den Eindruck machte, als würde er gleich verhungern, stürzte sich auf sein Omelett. Nachdem er einige Bissen genommen hatte, stieg er in die Unterhaltung ein. Greta wollte ihren Ohren kaum trauen. Der Mann, der weder ermitteln wollte noch viel davon hielt, mit einer potenziellen Verdächtigen zu sprechen, lief zur Höchstform auf.

»Was ist denn gestern Abend passiert, dass Sie die Polizei rufen mussten? Gab es einen erneuten Anschlag?«

»Nein, zum Glück nicht.« Milena taute ein wenig auf. Greta nickte ihr ermutigend zu. Natürlich war die junge Frau skeptisch. Sie kannte weder Joost noch sie, doch Greta hoffte, dass Milena erkannte, dass sie sich jemandem anvertrauen musste.

»Sie können Joost vertrauen. Ich bürge für ihn«, sagte

sie deshalb, ohne einen Zweifel an ihrer eigenen Glaubwürdigkeit zuzulassen.

»Okay. Außerdem wird es ohnehin schnell die Runde machen.«

Joost hob irritiert die Augenbrauen.

»Natürlich meine ich damit nicht, dass die Polizei ... oder Ihr Sohn etwas sagen würden«, beeilte Milena sich zu versichern. »Nein. Es waren auch Leute vom Hotel anwesend, und ich kann mir vorstellen, dass es auf diesem Wege durchsickern wird. Immerhin hat man mir auch erzählt, dass Frau Kaiser ...«

»Greta.«

»Dass Greta den Mörder meines Bruders gesehen hat.«

Greta blickte betreten auf ihr Brötchen. Joost räusperte sich. Eine merkwürdige Macke, wie Greta fand. Dieser Mann war sicher kein ausgezeichneter Pokerspieler. Sie selbst hatte zwar nicht gelogen, aber ganz aufrichtig war sie Milena gegenüber nicht gewesen. Es bestand die Möglichkeit, dass sie dem Täter begegnet ist. Dann wusste er, wer sie war. Dieses Detail hätte Milena sicher gern gewusst.

»Also«, begann Milena von vorn, »gestern Abend stand plötzlich ein Mann vor meinem Fenster. Ich denke, er hatte mich schon eine ganze Weile beobachtet. Er kam immer näher, bis er irgendwann die Stirn an die Scheibe legte.«

»Das ist nicht wirklich passiert! Er hat sich gezeigt?«, fragte Joost.

»Ja«, sagte Milena.

»Haben Sie ihn erkannt?«

»Nein, es war dunkel draußen und im Zimmer. Er war dunkel gekleidet, eingehüllt von Kopf bis Fuß.«

»Eingehüllt? Das haben Sie aber merkwürdig beschrieben«, sagte Greta.

»Ja, jetzt, wo Sie es sagen. Es kam mir so vor. Ich kann mich nicht an seine Gesichtszüge erinnern, obwohl er nur zwei Armlängen von mir entfernt war. Er war eine schwarze Gestalt. Nur seine Augen habe ich gesehen.«

»Sonst nichts?«, fragte Joost.

»Sonst nichts.«

»Überlegen Sie. Kann es sein, dass der Mann eine Sturmhaube getragen hat? Sie wissen schon. Wie Gangster in einem Film beim Banküberfall.« Greta wischte sich zur Verdeutlichung vor dem Mund herum.

»Kann sein«, räumte Milena ein.

»Dann war er doch nicht so waghalsig, wie ich zuerst gedacht habe. Das hat mich wirklich überrascht. Er ist ein sehr hohes Risiko eingegangen. Man hätte ihn sehen können. Ein Gast aus einem Nachbarzimmer, Leute vom Hotel. Oder Sie hätten ihm mit dem Handy ins Gesicht leuchten können«, sagte Joost.

Milena schüttelte den Kopf. »Ich war wie gelähmt. Ich habe geschrien und kurz darauf ist Greta gekommen. Danke noch mal.«

»Keine Ursache«, beeilte sich Greta zu sagen. Im Anschluss machte sie sich über ihr Essen her. »Wissen Sie, Milena, ich würde Ihnen gerne helfen. Genauer gesagt … wir würden das gern.«

»Mir helfen? Wie haben Sie sich das vorgestellt?«

KAPITEL 18

»Wir …« Greta verstummte. So richtig hatte sie sich das noch gar nicht überlegt. Es war eine Sache, die Ohren und Augen offen zu halten, um sich während des Urlaubs ein bisschen zu beschäftigen, und mit Joost Theorien zu diskutieren. Doch hier saß ein Mensch, dem durch zwei Verbrechen ein schlimmer Schaden zugefügt worden war. Jemand, dem die Familie genommen worden war, und Greta sollte schon mit etwas sehr Überzeugendem aufwarten, um der Frau zu helfen.

»Wir haben uns so unsere Gedanken gemacht und …« Ach! Wem wollte sie etwas vormachen. Sie hatte gar nichts! Die Frau neben ihr verfügte über deutlich mehr Informationen, da war sie sicher, als sie selbst beisteuern konnte. Alles, was sie bieten konnte, war Gesellschaft.

»Ich denke, dass Sie Freunde brauchen können, um zu reden – wenn so etwas passiert wie letzte Nacht. Gott bewahre, aber Sie sollen wissen, dass Sie jederzeit zu uns kommen können. Ich will mich nicht aufdrängen …« Wieder ein Hüsteln von Joost. Greta presste die Lippen aufeinander. »Ich meine ja nur, falls sie eine Vertraute zum Reden brauchen.«

»Schon gut. Ich danke Ihnen.« Milena lächelte sie müde an. »Es ist keine leichte Zeit für mich. Vor Kurzem starb mein Vater, jetzt auch noch mein Bruder. Ich bin nicht verheiratet. Somit ... na ja. Ich fühle mich tatsächlich manchmal allein.«

»Mein herzliches Beileid«, erwiderte Joost. Er ging nicht weiter auf das eben Gehörte ein und Greta tat es auch nicht. Über den Mord an Milenas Vater hatten sie bisher nicht gesprochen.

»Danke sehr.«

»Was haben Sie vor? Werden Sie abreisen?«, fragte er.

»Nein. Ich lasse mich von dem Mann nicht einschüchtern. Ich bleibe noch.« Die Frau reckte entschlossen das Kinn nach oben.

»Sie haben sicher einige Angelegenheiten zu regeln«, tastete sich Greta langsam vor.

»Das stimmt. Es gibt da ein paar Dinge, um die ich mich kümmern muss.«

»Sagen Sie, ich habe ein Bild im Eingangsbereich des Hotels bemerkt, dessen Künstler denselben Namen trägt wie sie. Ist das reiner Zufall, oder ...?« Joost verdrehte die Augen bei Gretas stümperhaftem Versuch, sich an die Fakten heranzutasten, die sie schon kannte.

»Das hat mein Vater gemalt.«

»Ach wirklich? Es ist zauberhaft.«

»Vielen Dank. Ja, er war ein begnadeter Künstler. Hat auch viel hier auf der Insel gemalt und ausgestellt. Ich fand immer, dass er eine Gabe hatte.«

»Das Bild im Eingangsbereich ist sehr einnehmend«, bestätigte Greta.

»Soweit ich weiß, hat mein Vater schon sein ganzes Leben lang gemalt. Angefangen hat er in Polen, mit Bildern für Touristen, die er auf dem Markt in Gdańsk verkauft hat. Ich war damals ein Teenager. Wir sind nach Deutschland gekommen, als ich anfangen wollte zu studieren. Ein Mann hatte ihn entdeckt und ihm die Möglichkeit gegeben, seine Bilder in Hamburg auszustellen. Papa hatte viel Talent, aber auch eine Menge Glück. Wäre diese Begegnung nicht gewesen, würden wir noch in Polen wohnen, ich hätte nicht Mathematik studiert und würde jetzt nicht in Hamburg leben und an einem naturwissenschaftlichen Lehrstuhl unterrichten.«

»Sie unterrichten? Was für ein Zufall!«, sagte Joost. »Greta war früher auch Lehrerin.«

»Tatsächlich? Das ist schön, dann haben wir etwas gemeinsam.«

Greta lächelte bescheiden. »Nur ein paar Jahre. Ich habe mit Anfang 30 aufgehört und umgesattelt, wenn Sie so wollen. Es muss sehr bereichernd sein, einen Künstler in der Familie zu haben.«

»Kurz vor Kampen ist eine Galerie mit Papas Bildern. Sie sollten sie sich ansehen, wenn Sie sich für Kunst interessieren.«

»Das mache ich bestimmt. Vielleicht heute noch. Was meinen Sie, Joost? Wollen Sie mich begleiten?«

Joost kaute gerade kräftig ein Stück Speck und schüttelte den Kopf. »Ich habe schon andere Pläne für den Nachmittag.«

»Sie wissen doch gar nicht, ob ich vormittags oder nachmittags hinwill.«

»Ich bin davon ausgegangen, dass die Galerie erst später öffnet«, entschuldigte er sich.

»Sie macht um zehn auf«, warf Milena ein.

»Sehen Sie!«

»Ach bitte, Greta! Quälen Sie mich nicht damit. Ich bin eher der analytische Mensch und habe es nicht so mit Kunst. Für einen Strandspaziergang können Sie mich aber gewinnen. Nichts für ungut.« Der letzte Satz ging in Richtung Milena, die nickte und ihn verständnisvoll anblickte.

»Meinetwegen. Ich gehe allein zur Galerie, und wir treffen uns danach am Strand. Anschließend könnten wir in Kampen etwas essen.«

»Dann müssen Sie sich aber beeilen.«

»Ich mache mich um elf auf den Weg, und wir treffen uns um zwölf am Strand. Essen um eins?«

»Perfekt durchgeplant, meine Liebe.«

»Wissen Sie«, meldete sich Milena zu Wort, »ich wollte selbst noch in die Galerie, um etwas zu erledigen – um Angelegenheiten meines Vaters zu regeln. Er verstarb auch erst kürzlich, müssen Sie wissen. Ich begleite Sie gern dorthin, wenn Sie mögen.«

»Ausgezeichnet. Dann lassen Sie uns gleich starten. Joost, ich sehe dich nachher am Strand.« Greta stand voller Elan auf und schob ihren Stuhl an den Tisch. Nach einem flüchtigen Blick auf Joost hielt sie inne. Er strahlte regelrecht. Das vertrauliche Du war ihr so leicht über die Lippen gegangen, dass sie es nicht gleich bemerkt hatte. Es fühlte sich passend und richtig an. Möglicherweise eine sehr konservative Einstellung in der heutigen Zeit, doch sie gehörte nicht zu den Leuten, die Fremde sofort duzten, und selbst bei Leuten, die sie länger kannte, brauchte sie immer ein bisschen. Kaum zu glauben, dass sie Joost erst vor wenigen Tagen kennengelernt hatte. Sie zwinkerte und nahm ihre Handtasche von der Lehne. Milena erhob sich ebenfalls.

»Wir werden mit zwei Wagen fahren müssen«, entschied Greta. »Treffen wir uns in 15 Minuten draußen auf dem Parkplatz?«

»Das schaffe ich«, antwortete die junge Frau. Sie verabschiedeten sich von Joost und gingen.

Kurz vor 11 Uhr erreichten Greta und Milena die Galerie. Sie hatten eine Weile benötigt, um zwei Parkplätze zu bekommen, und nachdem Greta das frisch gezogene Parkticket weggeflogen war, hatte Milena ihr mit Kleingeld aushelfen müssen. Die Galerie befand sich inmitten einer alleinstehenden Häuserzeile edler, kleiner Reetdachgebäude. Links daneben die Praxis eines Psychologen, der auch Spa-Behandlungen anbot, auf der rechten Seite ein Modegeschäft. Greta grübelte eine Weile über diese merkwürdige Kombination, doch wenn man genauer darüber nachdachte, konnte es Sinn ergeben. Das war Sylt – es gab sicher eine Klientel dafür, eine zahlungskräftige.

Milena öffnete die Tür und ein leichtes Klingeln war zu hören. Schon vor der Galerie hatten die beiden Frauen durch die Scheiben sehen können, dass es derzeit keine weiteren Besucher gab. Eine dunkelhaarige Frau Anfang 40 erhob sich hinter ihrem Schreibtisch, als sie eintraten. Sie grüßte, ging langsam in den Raum hinein, folgte Gretas Blicken über die Bilder und lächelte verbindlich, als Milena direkt auf sie zusteuerte.

« Wir hatten telefoniert. Ich bin Karol Nowaks Tochter.«

»Ja, natürlich. Mein herzlichstes Beileid.«

»Danke. Können wir uns unterhalten?« Zu Greta sagte sie: »Es dauert nicht lange. Ich bin gleich wieder bei Ihnen.«

»Lassen Sie sich Zeit. Ich werde mich umsehen.« Gretas Augen wanderten zurück auf die Wand vor sich. Sie hatte tatsächlich etwas für Kunst übrig. Das war nicht nur leeres Gerede gewesen, um etwas über den Toten zu erfahren. Langsam bewegte sie sich zur Seite und genoss den Anblick leuchtender Farben und kräftiger Pinselstriche. Dann kam sie zu den Bildern von Nowak. Das Licht tanzte in seinen Werken auf den Wellen, fing sich im Strandhafer an Land oder flirrte in Regenbogenfarben durch den Himmel. Er muss ein interessanter Mann gewesen sein, dachte Greta. Sehr einfühlsam und empathisch – zumindest stellte sie sich so einen Menschen vor, der einen derartigen Blick auf die Welt hatte, die ihn umgab. Sie selbst hatte nie das Vergnügen gehabt, einen berühmten Maler oder Künstler kennenzulernen.

Greta hatte eine ganze Weile vor den Bildern gestanden, als Milena wieder erschien.

»Ich bin fertig. Ich hoffe, es hat nicht zu lange gedauert.« Sie steckte einen zusammengefalteten Zettel in ihre Handtasche.

»Überhaupt nicht.«

»Gefallen Ihnen die Bilder?«

»Sehr sogar.«

»Mein Vater ist an der Ostsee aufgewachsen. Er hat selten etwas anderes gemalt als das Meer. Es hat ihn völlig gefangen genommen. Damals, als ich klein war und meine Mutter noch lebte, kamen am Abend oft Freunde von ihm zu Besuch. Andere Künstler. Leute, die damit ihr Geld verdienten, ihre Handwerkskunst an Touristen zu verkaufen. Das war eine schöne Zeit. Sie haben viel gelacht, es wurde immer gut gegessen – und viel getrunken.« Sie rollte mit den Augen. Greta lächelte. Dann wurde Milena mit einem Mal traurig.

»Ich vermisse das. Es hat sich alles geändert, seit wir aus Polen weg sind. Ja, es wurde natürlich auch einiges besser, aber die Menschen … Ich vermisse diese Herzlichkeit, die Einfachheit, die das Leben zu jener Zeit hatte.«

»Das klingt traumhaft, aber vergessen Sie nicht, Sie waren damals noch jung, richtig? Das Leben war einfacher. Für Ihren Vater mag es auch schwere Zeiten gegeben haben.«

»Das stimmt. Er hat einen Freund verloren, der aufgrund seiner Tätigkeit nach vielen Jahren Lungenkrebs bekam. Er hat hauptsächlich mit Holz gearbeitet. Vielleicht waren es die Brennarbeiten, die er von Hand ausführte, oder die Stäube – keine Ahnung. Ich finde nur … Ich weiß nicht, ob Sie das verstehen, aber ich habe in Hamburg immer ein wenig … Nun, wie soll ich sagen? Die Leute sind etwas distanzierter, vorsichtiger. Stand spielt eine Rolle, zumindest fühlt es sich so an. Früher waren wir eine große Familie, zu der auch Freunde zählten. Heute, in Deutschland, kämpft jeder für sich. Meine

Familie ist nicht mehr da – ich meine Blutsverwandte. Ich habe noch Anna, meine Schwägerin. Drumherum gibt es niemanden mehr. Ich hatte überlegt, ob ich nach alten Bekannten Ausschau halten sollte.«

»Wie meinen Sie das?«

»Der Sohn eines guten Freundes von Papa aus Polen ist ebenfalls nach Hamburg gezogen. Vor über 20 Jahren schon. Wir haben uns komplett aus den Augen verloren.«

»Vergeuden Sie keine Zeit. Was kann schiefgehen?«, sagte Greta.

Milena lächelte. »Das hat Papa auch gesagt. Ich hab vor längerer Zeit schon mal darüber nachgedacht. Komisch, dass mir das jetzt wieder einfällt.«

»Ihr Vater fehlt Ihnen. Das ist doch ganz normal.«

»Ja, das tut er. Er war fest davon überzeugt, dass er auf Sylt Erfolg haben würde, aber nun wird er es nie erfahren.«

»Wie meinen Sie das?«, fragte Greta.

»Diese Galerie. Sie verkaufen seine Bilder noch nicht so lange. Ein paar Monate vielleicht.«

»Tatsächlich? Wie ist er darauf gekommen?«

»Das weiß ich gar nicht. Möglich, dass er eines Tages hier vorbeigekommen ist. Er war vorher schon sehr oft auf der Insel, um Urlaub zu machen und zu malen. Es hat ihm so gut gefallen, er dachte sogar darüber nach, sich nach einem Haus umzusehen.«

»Ein Haus?« Greta schreckte zusammen. Der Mann musste mehr mit seinen Bildern verdient haben, als sie gedacht hatte.

»Ich weiß, was sie denken, doch er war ein sehr sparsamer Mann. Da kommt einiges zusammen in so einem Leben. Er hatte den Traum gehabt, sich hier niederzulassen und von seiner Familie und späteren Enkeln in den Ferien besucht zu werden. Erst kürzlich hat er das zu Janni noch gesagt. Daraus wird ja nun nichts werden.« Milena wurde wieder still.

Greta fragte sich, ob der Grund für Milenas Besuch in der Galerie in direktem Zusammenhang mit dem Tod ihres Vaters stand. Was hatte sie von der Galeristin gewollt? Ging es nur um die Änderung des Empfängers für die Verkaufserlöse oder steckte mehr dahinter? Laut sagte sie: »Verkauft die Galerie mehr Bilder von Ihrem Vater, seit er tot ist?«

»Das weiß ich nicht. Ich bezweifle, dass potenzielle Käufer Bescheid wissen.«

»Meinen Sie nicht, dass sich seine Identität herumgesprochen hat, nachdem man ihn dort unten am Strand gefunden hat?«

»Was? Woher wissen Sie das?«

Autsch! Das war ein grober Schnitzer! Sie spürte, wie ihr die Hitze in die Wangen stieg.

»Ich habe darüber gelesen, als ich angereist bin. Bitte entschuldigen Sie, dass ich es nicht früher angesprochen habe.« Sie war untröstlich.

Milena trat einen Schritt zurück. »Sie wussten, dass mein Vater hier ermordet wurde? Was soll dann das ganze Theater?«

»Ich wollte nicht aufdringlich erscheinen. Sie hätten sonst geglaubt, dass ich mich aus reiner Neugierde mit Ihnen unterhalte.«

»Und ist es nicht so? Nein, danke. Ich werde jetzt zurück ins Hotel fahren. Leben Sie wohl. Ich weiß nicht, wieso Sie anständigen Leuten hinterherschnüffeln. Der Tod meines Vaters geht Sie nichts an. Ebenso wenig der meines Bruders.«

»Bitte …« Greta trat an Milena heran und hob flehend die Arme. »Das ist alles Zufall. Ich habe nichts damit zu tun, dass man Sie im Zimmer neben mir untergebracht hat und dass ich diese Episode gestern Nacht mitbekommen habe. Ich wollte … will Ihnen ehrlich helfen. Es ist reiner Zufall, dass ich mich mit Joost zuvor schon über diese schrecklichen Ereignisse unterhalten habe und auch dass ich Ihren Bruder gefunden habe.«

Milena schaute sie angewidert an. »Hören Sie sich doch mal zu. Das ist alles schwer zu schlucken. Ich habe dafür keinen Nerv. Bitte lassen Sie mich in Frieden. Wenn einer in den Angelegenheiten meines Vaters oder meines Bruders etwas zu suchen hat, dann bin ich das. Sie geht das alles nichts an.«

Damit brauste sie durch die Glastür, bemüht, diese hinter sich zuzuwerfen. Es gelang ihr nicht, da die Tür so gebaut war, dass sie ganz langsam ins Schloss fiel. Draußen auf dem breiten Fußweg stieß sie mit einem Radfahrer zusammen, der unerlaubterweise über den Bürgersteig raste. Der Radfahrer geriet ins Straucheln, konnte sich abfangen und seine Fahrt fortsetzen, während Milena auf ihren Knien landete. Sie rappelte sich auf, drehte sich noch einmal um und starrte Greta an, die wie versteinert auf der anderen Seite der Scheibe stand. Gefühlt eine Minute, so kam es Greta vor, blickte Milena steif in ihre Richtung, ehe sie sich unvermittelt wegdrehte und ging. Greta schluckte. Was für ein Donnerwetter! Das Schlimmste daran war, dass sie sich schuldig fühlte, die Frau hinters Licht geführt zu haben. Joost mit seinem blöden Gerede über Täterwissen! Sie war selbst total durcheinander und hatte kaum noch gewusst, was sie erzählen durfte und was nicht. Außerdem fand sie es schade, dass die junge Frau verständlicherweise dichtgemacht hatte. Ja, zugegeben, sie hatte Milena aus egoistischen Gründen belogen. Nun fühlte sich Greta elend. Sie hatte dafür gesorgt, dass ein Mensch, der bereits litt, noch stärkere Qualen erdulden musste.

»Kann ich Ihnen noch irgendwie helfen?«

Greta fuhr zusammen. Es war die Stimme der Galeristin mit den schulterlangen dunklen Haaren. Sie hatte die ganze Zeit im Hintergrund gestanden und musste jedes Wort mit angehört haben.

KAPITEL 19

»Ich fühle mich schrecklich!« Greta stapfte energisch gegen den Wind an, der ihr die Haare vor dem Gesicht zerzauste. Immer wieder versuchte sie, einige Strähnen zu greifen, die sie hinter ihre Ohren stopfte und die der Wind sofort wieder befreite. Joost neben ihr schwieg.

»Na los! Sag es schon! Ich bin selbst schuld. Ich habe mich eingemischt und jetzt habe ich die Quittung bekommen.«

Er sah sie mitleidig an. »Irgendwie schon.«

»So ein Mist! Ich hatte gehofft, du würdest mir widersprechen.«

»Du bist eine schlaue Frau, Greta. Du kennst die Fakten. Warum sollte ich dich anlügen?«

»Ja, schon gut.«

»Ich vermute dann mal, wir treffen Frau Nowak nicht zum Essen, oder?«

»Nein.« Grimmig starrte Greta geradeaus. Beim letzten Sturm war die Hälfte des Strandes weggespült worden, sodass sie sich direkt am Wasser einen Meter unterhalb des alten Strandes befanden. Beim Gehen strich Greta mit den Fingern durch den Sand neben sich, den sie in Höhe ihrer Hüfte erreichen konnte.

»Er wollte sich ein Haus auf Sylt kaufen.«

»Wer?«

»Karol Nowak. Das hat seine Tochter vorhin erwähnt. Er hatte wohl eine romantische Vorstellung davon, wie ihn die Enkel hier regelmäßig besuchen würden.«

»Nicht schlecht. Wer sich heutzutage ein Haus auf der Insel leisten will, muss einiges auf der hohen Kante haben.«

»Sie meinte, er war sehr sparsam«, sagte Greta nachdenklich.

»Das bin ich auch, aber eine Million ist dabei nicht übrig geblieben.«

»Na, du verprasst sicherlich alles mit deinen teuren Reisen«, zog sie ihn lachend auf.

»Schön, dass du wieder lächelst. Du hast mir gerade gar nicht gefallen, wie du so mürrisch mit gestutzten Flügeln vor dich hin getrottet bist.«

»Na ja. Das war keine Glanzleistung vorhin von mir.«

»Schwamm drüber. Die Frau ist verstört, ängstlich und trauert. Natürlich reagiert sie empfindlich. Natürlich hättest du dich nicht einmischen dürfen, doch davon weiß sie ja eigentlich gar nichts. Sie war nur sauer, dass du sie im Dunkeln über deinen Kenntnisstand gelassen hast. Ich finde das verständlich – ich meine deine Sichtweise. Warum solltest du sie auch damit belasten?«

»Danke dir.« Sie legte ihm eine Hand auf den Arm. »Ich frage mich, ob ihr Vater schon in Gespräche eingestiegen war. Vielleicht war er zu diesem Zweck auf Sylt, als er starb.«

»Gut möglich. Er wird sicherlich ein Maklerbüro kontaktiert haben. Ich frage mich, wie wir herausfinden können, welches«, sagte Joost.

»Wie viele mag es auf der Insel geben?«, fragte Greta mit nachdenklichem Blick. »Er könnte jeden beauftragt haben – sogar ein Büro aus Hamburg.«

»Stimmt«, sagte Joost.

»Wir müssten jemanden fragen, der ihm nahegestanden hat.«

»Wie seine Tochter?« Joost lachte.

»Natürlich nicht!«

»Ich denke, du musst das Ganze auf sich beruhen lassen. Hier an dieser Stelle endet die Geschichte. Wenn du weitergehst, kann das zu Schwierigkeiten führen. Das weißt du doch, oder?«

»Natürlich weiß ich das. Meine Gedanken drehen sich weiter um das Thema, aber ich reiße mich zusammen. Keine Ermittlungen mehr. Milena hat ihren Standpunkt deutlich gemacht. Es ist ihre Entscheidung, ob sie eine Einmischung wünscht oder nicht. Ich werde mich nicht darüber hinwegsetzen.«

Joost nickte. »Ich wusste, dass du ein vernünftiger Mensch bist.«

»Ja … Natürlich. Mir tut das alles sehr leid. Die Frau hauptsächlich. Ich mag mir kaum vorstellen, wie sie sich fühlt. Hat ihre komplette Familie verloren.«

»Ich denke, du kannst es ihr doch relativ leicht nachempfinden.«

»Das ist nicht das Gleiche.«

»Ich finde schon, dass es das ist. Ich habe meinen Sohn und meine Tochter. Meine Enkelin und die Aussicht auf weitere Enkel. Du bist allein.«

Greta ging eine Weile neben ihm her, ohne etwas zu

erwidern. Ihre Gedanken drehten sich im Kreis. Es war nicht das Gleiche, das wusste sie genau, doch sie hatte keine Lust, das mit Joost zu diskutieren. Dann hätte sie sich erklären oder sogar rechtfertigen müssen. Möglicherweise würde er sie für schuldig halten. Dafür war sie immer noch nicht stark genug. Milenas Familie war ihr durch einen Dritten genommen worden. Ihr Fall lag anders.

»Wie war dein Essen mit deinem Sohn?«

»Puh!« Joost schnaubte. »Es gab sehr schöne Momente.«

»Das klingt schwierig.«

»Ehrlich?« Er lachte schallend. »Das hast du rausgehört?«

Sie verzog das Gesicht.

Kopfschüttelnd stieß er mit dem Fuß gegen einige lose Steine, die vor ihm im Sand lagen. »Ich weiß nicht, was ich anders machen kann. Es fängt immer ganz nett an und dann gibt es eine Situation … Ich kann nie sagen, wann es so weit ist – da herrscht plötzlich Eiszeit zwischen uns. Ich habe dann vermutlich etwas gesagt, das ihr Missfallen erregt hat. Ich weiß auch nicht.«

»Meinst du damit deine Schwiegertochter oder sie beide?«

»Das ist unterschiedlich, aber meistens falle ich bei ihr in Ungnade.«

»Tja. Du wirst herausfinden müssen, was es ist.«

»Wie stellst du dir das vor?«

»Frag sie.«

»Oder … ich lasse alles, wie es ist.«

»Das musst du entscheiden.«

»Ja.« Finster starrte er nach vorn.

»Wollen wir langsam umkehren? Wo hast du für uns reserviert?«

»Im Hotel. Tatsächlich habe ich nirgendwo anders was bekommen. Die meisten Restaurants haben noch geschlossen. Keine Ahnung, ob das an der Jahreszeit liegt.«

»Was ist mit der ›Austernstube‹?«

»Du willst nach List?«

»Warum nicht? Dauert doch nicht lange, bis wir da sind, und ich kriege eine kleine Tour über die Insel. Ich liebe dieses raue Klima, weißt du? Mehr als den Sommer. Gibt mir das Gefühl, etwas Gutes für meine Gesundheit getan zu haben. Der Wind, das Salz in der Luft …« Sie reckte die Nase nach oben und schloss die Augen. »Dieses Wetter hat Charakter. Da bleibt man jung.«

»Als ob du das nötig hättest.« Joost verdrehte die Augen.

Greta schmunzelte. »Ich kann nicht nachvollziehen, warum die Menschen nicht das ganze Jahr herfahren. Im Sommer ist die Insel überfüllt. Wieso nicht im Winter? Die Winter auf Sylt sind herrlich.«

»Vielleicht solltest du hierherziehen«, schlug Joost vor.

»Wozu? Ich habe keine Enkel und keine Familie, wie Karol Nowak sie hatte. Ich wäre doch nur allein.«

»Inwiefern unterscheidet sich das von deinem Leben in Hamburg?«

»Ich habe meine Nichte. Aber du hast schon recht. Im Grunde bin ich die meiste Zeit allein. Dennoch.«

»Du liebst die Sylter Luft. Sie belebt dich. Also warum nicht?«

»Ich weiß nicht. So viel Geld … aber mit einem liegst du richtig. Sie reißt mich aus meinem Stuhl hoch und zieht mich nach draußen, die Sylter Winterluft. Wenn es nicht regnet, versteht sich. Das ist die einzige Ausnahme.«

»Hast du schon einmal über einen Hund nachgedacht?«

»Noch nicht.«

»Das wäre etwas für dich. Du bist ja ohnehin viel draußen unterwegs, und ein Hund bietet zusätzlich Gesellschaft.«

»Na, danke!« Sie blieb stehen und blickte ihn pikiert an.

»Ich habe damit nicht sagen wollen, dass du ein einsamer, alter Mensch bist.«

»Und doch kommt es dir über die Lippen.«

»Entschuldige. So war das nicht gemeint.«

Sie schüttelte den Kopf und ging weiter. »Versteh mich nicht falsch. Ich mag Tiere sehr, aber ich will mich nicht damit abfinden, dass ich mir einen Ersatz für menschliche Gesellschaft suchen muss.«

»Wie gesagt …« Er sah untröstlich drein. »So war es nicht gemeint.«

»Schon gut.«

Sie liefen eine Weile still nebeneinanderher. Der Weg zurück zum Auto war recht weit. Dann sagte Joost: »Darf ich dich fragen, wieso ihr keine Kinder habt?«

»Klar. Das ist ganz einfach. Es hat nicht sollen sein. Wir haben es versucht, waren aber nicht erfolgreich. Woran es gelegen hat, haben wir nicht ergründet. Es hätte nichts geändert. Nicht für mich. Ich hatte mich entschieden für meinen Mann. So etwas wie Unfruchtbarkeit von seiner Seite, sollte das denn der Grund gewesen sein, hätte an dieser Entscheidung nichts geändert.«

»Verstehe.«

Eine unausgesprochene Frage hing zwischen den beiden in der Luft, doch Joost blieb still. Nach einer Weile ergänzte Greta: »Er meinte auch, dass es für ihn nicht das Wichtigste wäre. Zumindest hat er das gesagt. Ich dachte damals, er hätte die gleichen Gründe wie ich. Dass er sich entschieden hätte. Dass er mit mir alt werden wollte. Offensichtlich habe ich mich getäuscht.« Die letzten Worte waren mehr ein Flüstern zu sich selbst, Joost musste sie dennoch gehört haben. Sie sah, wie er stutzig die Augenbrauen zusammenzog, aber höflich, wie er war, hakte er nicht nach. Greta stöhnte hörbar auf. Es hatte keinen Sinn, länger um den heißen Brei herumzureden. Sie hatte ihn lange genug getäuscht, wenn auch nicht mit Vorsatz. Dennoch. Sie fühlte, wie sie sich mehr und mehr in ein Netz verstrickte, aus dem ein Entrinnen unmöglich war.

»Ich weiß, dass du davon ausgehst, mein Mann wäre gestorben.«

Er blieb stehen und wandte sich ihr zu. Der Wind blies ihm die Haare straff nach hinten. »Was meinst du?«

»Ich meine, dass es … Es ist nicht wahr. Er ist nicht einfach so gestorben.«

»Nicht einfach so? Was willst du mir sagen, Greta? Geht es dir gut?« Er trat einen Schritt auf sie zu und musterte sie besorgt.

»Ja, natürlich«, erwiderte sie ruppig. »Es ist nur dieses Thema. Ich rede nicht gern darüber.«

»Was ist passiert? Was versuchst du mir zu sagen?« Joost klang ernst.

»Du kannst den Kriminalhauptkommissar wieder einpacken. Nichts dergleichen. Es geht nicht um die Art, wie er gestorben ist.«

»Aber er ist tot?«

»Nein.«

»Nein?«

»Ich habe das nie so gesagt, aber es ist meine Schuld. Ich hätte dich korrigieren sollen, als du es annahmst.«

»Doch, ich glaube schon, dass du es so gesagt hast.«

»Na, wie auch immer. Für mich ist er tot und damit basta.«

»Basta?«

Greta war ebenfalls stehen geblieben. Sie presste die Lippen zusammen und sah nervös hin und her, um Joost nicht in die Augen schauen zu müssen. »Er hat mich verlassen. Für eine andere Frau. Vor elf Monaten, um genau zu sein. Nachdem ich zusammengebrochen bin, weil ich plötzlich in meinem Herbst ganz allein dastand, habe ich angefangen, es so zu sehen. Ich meine, dass er tot ist und nicht seinen zweiten Frühling durchlebt.« Die letzten Worte spuckte sie wütend aus.

Joosts Miene nach zu urteilen, hatte er eine Menge zu verdauen. Sein Blick ruhte wie versteinert auf ihrem

Gesicht. Erst als sie ihn direkt ansah, entspannte er sich zusehends.

»Er hatte also nicht den Anstand zu sterben. Stattdessen hat er dich sitzen lassen?«

Sie schmunzelte. »So sieht's aus.«

»Was für ein Mistkerl.«

Jetzt grinste sie. »Danke.«

»Ich hätte eher vermutet, du hast ihn selbst um die Ecke gebracht. Nach der Art und Weise, wie du die Geschichte begonnen hast.«

»Nun, das mache ich vielleicht irgendwann noch.«

Als sie eine halbe Stunde später zum Parkplatz in Kampen kamen, musste Greta feststellen, dass Milenas Wagen nach wie vor an der Stelle stand, an der sie ihn vorhin abgestellt hatte – neben Gretas Fahrzeug.

»Ich hätte gedacht, dass sie nach unserem Gespräch wütend davongefahren ist. Ich bin von der Galerie direkt zum Strand gelaufen und nicht mehr am Auto vorbei. Was sie hier wohl noch macht?«

»Wahrscheinlich ist sie auch etwas essen gegangen. Oder etwas trinken, nachdem sie sich geärgert hatte«, spekulierte Joost.

Greta sah ihn skeptisch an, sagte aber nichts. Sie hatte die Szene wieder vor Augen, wie wutentbrannt Milena aus dem Laden gestürmt war. Unangenehme Situation. Vielleicht sollte sie noch einmal zurückgehen und sich bei der Galeristin für die unschöne Szene entschuldigen.

»Wollen wir?«, holte Joost sie in die Gegenwart zurück.

»Ja. Natürlich.«

»Ich nehm dich mit und wir halten hier auf dem Rückweg, damit du mit dem Wagen zurück zum Hotel fahren kannst. Was meinst du?«

»Gute Idee.« Sie stieg in sein Auto und lehnte sich entspannt zurück.

»Wirst du dir einen Hummer gönnen?«, fragte Joost, während er sich in den Verkehr einfädelte.

Der Gedanke, an ein Becken mit lebenden Hummern zu treten und das Todesurteil über einen von ihnen zu fällen, erfüllte Greta in diesem Moment mit Abscheu. Sie hatte heute bereits eine Person unglücklich gemacht. Ihr Bedürfnis stand eher danach, Buße zu tun, als ein Tier aus dem Leben zu reißen. Zumindest nicht augenblicklich. Hunger hatte sie schon, und sie würde diesen nicht nur mit Salat bekämpfen.

»Ich denke, ich nehme Pfannkuchen mit Blaubeeren.«

»In der ›Austernstube‹?«

»Und ein großes Dessert.«

»Natürlich.« Joost lächelte verschmitzt und konzentrierte sich auf eine Reihe von Fußgängern, die vor ihnen die Straße überquerten. Greta konnte sehen, wie er missbilligend die Augenbrauen hob, während er die Menschen betrachtete. Augenscheinlich irritierte ihn der auffällig teure, zur Schau gestellte Kleidungsstil der Touristen.

»Ich habe gestern eine Frau mit Fellstiefeln am Strand gesehen. Nicht innen als Futter – außen. Sie stapfte damit durch den nassen Sand, als würde es sie nicht stören, die guten Stücke danach wegschmeißen zu müssen.« Sie blickte der lachenden Meute hinterher, die zielgerichtet zur Whiskymeile schlenderte.

»Ja, die Insel hat sich verändert, in den letzten Jahrzehnten, und das nicht unbedingt zu ihrem Vorteil.«

»Das bringt mich direkt wieder darauf, dass Nowak sich hier ein Haus kaufen wollte. Würdest du das heute noch tun?«

»Ich habe doch ein Haus. Oder … hatte zumindest eines.«

»Schon klar. Aber würdest du dir eines kaufen, wenn du keines hättest. Angenommen, du hättest das nötige Kleingeld. Ich frage mich, ob du das Bedürfnis hättest. Nowaks Tochter macht einen sehr bodenständigen Eindruck auf mich. Ich schätze ihren Vater und ihren Bruder ähnlich ein. Jetzt frage ich dich: Passen diese Leute hierher? Ich meine, ist es ein Ziel von jemand Bodenständigem, sich im Alter auf der Insel niederzulassen?«

»Ganz klar. Ich finde ja, du passt perfekt hierher. Vielleicht wollte er ja nicht umziehen, sondern hat nur ein Ferienhaus gesucht. Aber ich weiß, worauf du hinauswillst. Doch du schätzt das völlig falsch ein, meine Liebe. Das, was du da vorn siehst …« Er deutete auf die Menschen, die grellbunte Farbkleckse in der grauen Winterlandschaft darstellten. »Diese Leute haben mit dem eigentlichen Inselleben nichts zu tun. Sie sind es, die nicht in die Gemeinschaft passen, die hier ihr Leben verbringt. Sie kommen zum Feiern und um sich in ihren Kreisen zu bewegen. Es geht ihnen nicht wirklich um die Insel. Wenn du aber die Insel liebst, ihren Charakter, das Wetter, dann kommst du trotz dieser Menschen her. Es gibt genügend Ecken, wo man ihnen aus dem Weg gehen kann.«

»Wenn ich an seine Bilder denke, dann liegt es für mich auf der Hand, dass Karol Nowak die Insel geliebt haben muss.«

»Siehst du.«

»Aber sich gleich ein Haus zu kaufen von seinem sauer Ersparten?« Gedankenverloren starrte sie aus dem Fenster und betrachtete die Wanderdüne, während sie auf der Listlandstraße anderen Autos in gemäßigtem Tempo folgten.

»Was stört dich daran?«

»Ich weiß nicht. Irgendetwas ist nicht stimmig. Ich habe ein Bild von diesem Mann in meinem Kopf. Es mag völlig falsch sein, da ich ihn nie kennengelernt habe. Doch ich sehe ihn hier einfach nicht als Hausbesitzer. Egal, was du sagst.«

KAPITEL 20

Krachend fiel die Tür hinter ihr ins Schloss. Milena stand im Flur der Hotelsuite, die für sie allein viel zu groß war, und sah sich um. Ihr Koffer wartete in dem begehbaren Wandschrank zu ihrer Rechten. Die Schuhe fein säuberlich davor aufgebaut. Eine Glastür am Ende des Schlafzimmers führte auf den Balkon. Sie stellte ihre Handtasche ab und ging darauf zu. Mit der linken Hand strich sie die Gardine beiseite und blickte hinaus. Es war bereits dunkel. Der Vollmond erhellte den unter ihr liegenden Park gespenstisch. Sie öffnete die Tür. Mit einem saugenden Geräusch schwappte kalte Luft in ihr Gesicht und ließ sie frösteln. In der Ferne hörte sie den Schrei einer Möwe. Ein leichtes Rascheln in den Bäumen, die an die kleine Parkanlage grenzten, zog für einen Moment ihre Aufmerksamkeit auf sich.

Der Umzug innerhalb des Hotels war die einzig vernünftige Entscheidung gewesen. Sie war noch nicht bereit abzureisen. Schon gar nicht nach diesem Nachmittag. Zu ihrem Glück hatten die ehemaligen Gäste dieser Suite nach Hause fahren müssen. Ein Krankheitsfall in der Familie, wie sie hörte, was Milena in die Lage versetzt hatte, das Zimmer zu wechseln. Schon vom Parkplatz in Kampen hatte sie im Hotel angerufen und nach einem anderen Zimmer gefragt. Zunächst war dieser Plan in ihrem Kopf entstanden, weil sie sich in der Nacht zuvor so gefürchtet hatte, und angesichts des schrecklichen Streits mit dieser Frau Kaiser erschien ihr ein Ortswechsel mehr als angemessen. Sie wollte ihr nicht so schnell wieder begegnen, auch wenn dieser Wunsch in diesem Hotel sehr optimistisch war. Zumindest Wand an Wand mit ihr wohnen wollte sie nicht länger, nachdem die Frau sie so hintergangen hatte.

Milena ließ die Gardine fallen, drehte sich um und ging zu ihrem Koffer, den man ihr freundlicherweise nach oben gebracht hatte, bevor sie von ihrem Ausflug zurückgekehrt war. Ihre Kleidungsstücke fand sie ordentlich zusammengelegt in den Schränken, und im Badezimmer stand ihre Kosmetiktasche. Toller Service! Sie würde sich bedanken, sobald sie zum Essen ging. Bei dem Gedanken an das bevorstehende Abendessen spürte sie zwiespältige Gefühle in sich aufsteigen. Auf der einen Seite freute sie sich, ihn endlich wiederzusehen, auf der anderen Seite bestand das Risiko, Greta zu treffen. Höchstwahrscheinlich würde sie irgendwann im Laufe des Abends auftauchen und dann, hoffte Milena, wäre sie in der Lage, eine peinliche Szene zu vermeiden.

In diesem Augenblick klingelte es. Milena wurde aus ihren düsteren Gedanken gerissen. Es war Greta. Milena fühlte sich ohnmächtig, weil die Situation, die sie vermeiden wollte, schneller über sie hereinbrach, als sie erwartet hatte.

»Guten Abend. Darf ich Sie einen Moment stören?«, sagte die Frau und sah sie dabei mit großen Augen an. Sie wirkte geknickt und demütig.

Milena nickte reflexartig. Verdammt!

Schon trat Greta ein und drehte sich nach ein paar Schritten im Flur zu ihr um. »Ich möchte mich noch einmal in aller Form bei Ihnen entschuldigen. Es lag nie in meiner Absicht, Sie in irgendeiner Weise zu hintergehen, das müssen Sie mir glauben. Ich habe gerade mitbekommen, dass das Zimmer neben mir leer steht. Als ich dann erfuhr, dass Sie nicht abgereist, sondern umgezogen sind, wollte ich keine Zeit mehr verstreichen lassen und mich entschuldigen. Bitte lassen Sie uns das Kriegsbeil begraben. Sie machen gerade eine schwere Zeit durch, und ich möchte Ihren Kummer nicht vergrößern. Ich halte mich von nun an aus Ihren Angelegenheiten raus. Versprochen. Selbstverständlich stehe ich Ihnen jederzeit zur Seite, wenn Sie Hilfe benötigen, aber Sie können sich darauf verlassen, dass ich nichts eigenmächtig unternehmen werde. Wenn Sie mich brauchen, Kummer haben oder reden wollen, bin ich da. Wenn nicht, respektiere ich das selbstverständlich, meine Liebe.«

Milena schluckte. Die Frau erinnerte sie so sehr an ihre Großmutter, dass sie ihr kaum böse sein konnte. Sie hatte das Gefühl, dass Greta es ernst meinte, und wollte ihr einen Schritt entgegenkommen. Um weiter zu streiten, dazu fehlte ihr die Kraft. Sie schwieg, nickte aber.

»Ich hätte gleich mit offenen Karten spielen sollen. Bitte entschuldigen Sie.«

»Schon gut. Ich hätte das wahrscheinlich befremdlich gefunden.«

Greta lächelte. »Wollen wir zusammen essen gehen? Joost wartet bereits unten. Sie könnten sich zu uns setzen, und wir verbringen gemeinsam einen netten Abend.«

Milena winkte ab. »Vielen Dank für die Einladung, aber ich kann nicht.«

Greta wirkte enttäuscht.

»Es liegt nicht an Ihnen. Ich bin bereits verabredet.«

»Ach so. Ich hoffe doch, es ist eine angenehme Verabredung. Oder ist es jemand von der Polizei?«

Milena stöhnte innerlich auf. Greta tat es schon wieder. Sie konnte ihre Neugierde in Bezug auf ihre Person offensichtlich nicht zügeln. Milenas kurzes Zögern führte augenblicklich dazu, dass Greta ihren Fauxpas erkannte und zurückruderte. »Das geht mich natürlich nichts an. Tut mir leid. Macht der Gewohnheit.«

»Nicht schlimm«, sagte Milena versöhnlich. »Nichts, was ich verheimlichen will. Er ist ein … sagen wir ein alter Bekannter. Wir treffen uns im Hotelrestaurant. Ich muss mich langsam beeilen, ansonsten komme ich zu spät.«

»Natürlich. Dann sehen wir uns ja nachher doch irgendwie. Ich wünsche Ihnen einen schönen Abend.« Mit diesen Worten verabschiedete sich Greta und verließ Milenas Zimmer. Milena war gar nicht mehr dazu gekommen, die Hintergründe ihres Umzugs zu erklären. Plötzlich erschien es ihr wichtig, dass Greta den mysteriösen Fremden für die Ursache hielt und nicht den Streit, den sie beide gehabt hatten.

Milena schloss die Tür hinter Greta und atmete tief ein. Sie verharrte in dieser Position – die Hände ans Türblatt gelegt, auf den Boden schauend. Noch vor wenigen

Stunden hatte sie möglichst viel Raum zwischen sich und diese Frau bringen wollen. Nun war sie erleichtert, dass sie sich quasi ausgesprochen hatten. Ohne dass sie lange hatte darüber nachdenken können. Ihr fiel ein Stein vom Herzen. Die Belastungen der letzten Wochen erdrückte sie so sehr, dass eine geklärte Situation wie diese ein wenig mehr Raum zum Atmen versprach.

Nun wurde es wirklich Zeit, dass sie sich für ihr Treffen fertig machte. Sie durfte ihre Verabredung nicht warten lassen. Ihr Herz machte einen kleinen Sprung, und sie registrierte diese Reaktion mit Erleichterung. Sie drehte sich um und verschwand im Badezimmer. Etwa eine halbe Stunde später erschien sie wieder daraus – frisch geduscht und geschminkt. Die Haare hatte sie hochgesteckt. Aus dem angrenzenden Ankleidezimmer holte sie sich eine weite Baumwollhose sowie eine Seidenbluse und zog sich an. Auch wenn sie sich eine Zeit lang nicht gesehen hatten, schadete es nicht, nett für ihn auszusehen. Er war eine Verbindung in ihre Vergangenheit, und davon konnte sie gerade nicht genug bekommen, insbesondere, wenn es ihr half, die Gegenwart zu vergessen.

Fertig zurechtgemacht betrat sie wenige Minuten später den Schlaf- und Wohnbereich ihrer Suite. Die zurückgeschlagene Bettdecke und die Praline auf ihrem schneeweißen Kopfkissen deutete darauf hin, dass der Turndown-Service bereits dagewesen war. Das musste geschehen sein, während sie im Badezimmer war. Sie hatte wohl vergessen, das »Bitte nicht stören«-Schild rauszuhängen.

Sie schnappte sich die Praline und steckte sie sich in den Mund. Mit einem leichten Knacken zerbrach die Schokoladenschale zwischen ihren Zähnen und die Marc-de-Champagne-Füllung flutete ihren Mund. In diesem Moment fiel ihr Blick auf die geöffnete Balkontür. Die Gardine bewegte sich davor leicht im Luftzug. Sie hielt inne und lauschte in die Stille ihres Zimmers. Der Vorhang schleifte ganz leicht über den Teppich – ein kaum wahrnehmbares Geräusch. Milena rieb sich wegen der kühlen Luft über beide Arme. War sie mit ihren Gedanken so weit entfernt gewesen, dass sie sich nicht mehr daran erinnerte, die Tür geöffnet zu haben? Diesen Gedanken verwarf sie sofort. Nein. Nach den Erlebnissen der letzten Tage war Vorsicht angesagt. Sie hatte nichts dergleichen getan, und sie wäre nach der Begegnung mit diesem Mann an ihrem Fenster auch nicht so leichtsinnig gewesen. Milena schluckte und ging zur Tür, um sie zu schließen. Sie warf einen angestrengten Blick auf den Balkon, während ihre Hand zum Türgriff glitt. Da draußen war nichts. Sie hielt den Atem an. Die Gardine strich über die Härchen an ihrem Arm, die Berührung verursachte ihr eine Gänsehaut. Plötzlich knackte es laut hinter ihr. Das Geräusch kam eindeutig aus dem zweiten Ankleidezimmer links neben der Eingangstür. Dort hingen ihre Jacken. Nach einem kurzen Blick auf das Bett vor sich versuchte sie, sich zu beruhigen. Natürlich! Der Turndown-Service. Ein Angestellter des Hauses hatte vermutlich die Balkontür zum Lüften geöffnet und war bislang nicht dazu gekommen, die Tür wieder zu schließen. Der Grund dafür lag auf der Hand. Er oder sie war noch da und wirtschaftete in diesem Zimmer herum. Milena war erleichtert. Die Person hatte sie offensichtlich nicht gehört, als sie das Bad verlassen hatte, sonst hätte sie sich längst zu erkennen gegeben. Mit einem Lächeln auf den Lippen, weil die Anspannung von ihr abfiel, ging Milena entschlossen auf den Raum zu. Sie griff nach der Türklinke und fragte sich beim Herunterdrücken, was ein Angestellter in ihrem Ankleidezimmer zu suchen haben könnte.

KAPITEL 21

»Ich freu mich für dich. Da warst du sicherlich sehr erleichtert.« Joost bedachte Greta mit einem fürsorglichen Blick. Sie kratzte gerade die letzten Reste ihrer Crème brûlée aus einer Schüssel und nickte.

»Ich bin allerdings enttäuscht, dass wir nicht die Gelegenheit hatten, einen Blick auf ihren Verehrer zu werfen«, fügte er hinzu.

»Du meinst, *du* hattest keine Chance. Mir ist das völlig gleichgültig.« Er lächelte spöttisch. »Wie auch immer. Sie müssen woanders essen gegangen sein.«

Greta schaute ein weiteres Mal an diesem Abend durch den großen Raum des Hotelrestaurants bis zur Tür. Keine Spur von Milena. Sie zuckte mit den Schultern. »Es ist schon etwas eigenartig. Warum hätte sie ihre Pläne ändern sollen?«

»Du glaubst doch nicht, sie hat dich mit einem Vorwand abgespeist, um nicht gemeinsam zum Essen gehen zu müssen?«

Tatsächlich war Greta der Gedanke selbst schon vor geraumer Zeit gekommen. Sie hatte ihn jedoch abgeschüttelt. »Was ergäbe das für einen Sinn? Wenn sie nicht vorgehabt hatte zu kommen, hätte sie nicht behaupten müssen, dass sie im Hotel essen möchte.« Sie griff nach ihrem Wasserglas und nahm einen großen Schluck.

»Ich denke, wir können davon ausgehen, dass sie nicht mehr auftauchen wird. Du hast so lange an deinem Essen gekaut, dass ich fürchte, sie werden mit uns abschließen.«

Greta musste husten.

»Entschuldige. Das klang jetzt etwas plump.«

»Nein, nein. Du hast ja recht.« Sie winkte ab. »Ich war wohl etwas langsamer, weil ich gehofft hatte, sie noch zu sehen. Auch wenn wir uns ausgesprochen haben – das Ganze tut mir immer noch sehr leid, und ich wollte nicht einfach so zur Tagesordnung übergehen. Es wäre nett gewesen, sich beim Essen zu treffen. Aber was soll's. Lass uns bezahlen. Ich gebe mich geschlagen.«

Joost rief mit einem Handzeichen den Kellner, der unlängst auf dem Weg war, seit Greta die leere Dessertschüssel vor sich abgestellt hatte.

»Ich bin hundemüde«, sagte er.

»Mir geht's genauso. Was macht deine Familie?«

»Ich werde sie morgen besuchen. Begleite mich doch. Es ist dein letzter Tag, und ich würde mich freuen, wenn meine Familie die Frau kennenlernen würde, mit der ich meinen ganzen Urlaub hier verbracht habe.«

Greta sah ihn skeptisch an. »Ich weiß nicht.«

»Warum nicht?«

Ja, warum nicht? Greta hatte darauf keine Antwort. Also schwieg sie.

»Ich bin mir sicher, sie würden sich freuen. Sie haben mich schon einige Male nach dir gefragt. Wir sind doch inzwischen so etwas wie Freunde, oder nicht?« Er sah sie neugierig an.

»Da stimme ich dir zu. Ich würde mich freuen, wenn wir in Kontakt bleiben könnten.«

»Natürlich. Komm morgen mit zum Kaffee zu ihnen. Ich würde dir meinen Sohn gern vorstellen, ohne dass eine Leiche mit von der Partie ist.«

Greta musste grinsen. »In Ordnung. Ich denke, am Vormittag werde ich an den Strand gehen. Das Wetter verspricht, etwas freundlicher zu werden, und ich weiß jetzt schon, dass mir der Strand zu Hause am meisten fehlen wird.« Sie bemerkte seinen Gesichtsausdruck und fügte schnell hinzu: »Nach deiner Gesellschaft natürlich.«

»Dann lass uns aufbrechen.« Joost und Greta unterschrieben jeweils ihre Rechnungen und standen auf. Beim Hinausgehen warf Greta einen neugierigen Blick in das Separee des Restaurants – ein privater Raum, in dem häufig größere Familien gemeinsam an einem Tisch speisten. Heute saßen hier nur zwei Personen, doch es war nicht Milena mit ihrer Verabredung. Greta war enttäuscht, als sie erkannte, dass es sich um Frau Geyerstein und den jungen Mann handelte, mit dem sie sie bereits im Hotelflur gesehen hatte. Sie konnte sich nicht helfen, diese Frau kam ihr bekannt vor. Nicht von ihrem peinlichen Zusammenstoß – sie hatte sie vorher schon einmal irgendwo gesehen. Die Geyerstein schaute von ihrem angeregten Gespräch auf und musterte Greta kühl.

»Guten Abend«, murmelte Greta schnell und ging weiter, da ihr bewusst geworden war, dass sie in der geöffneten Tür stand und die Frau anstarrte. Sie erhielt keine direkte Antwort, nur ein Getuschel, das klang wie: »Nirgends ist man sicher vor diesen Leuten und hat seine Privatsphäre.«

Greta klappte die Kinnlade herunter. »Hast du das gehört? Was für eine Unverschämtheit!«, sagte sie zu Joost vor Wut schäumend.

»Kennt ihr euch?«, fragte Joost, als sie den Glasgang zum Haupthaus durchschritten.

Greta schüttelte den Kopf. »Ich habe sie kürzlich angerempelt und dabei fast ein Loch in ihren sündhaft teuren Pullover gerissen. Ich bin mit meiner Handtasche darin hängen geblieben.« Sie verzog das Gesicht.

»Das dürfte für die Geyerstein sicherlich kaum ins Gewicht fallen.«

»Glaubst du. Sie hat ein ziemliches Theater gemacht. Warte – kennst du sie?«

»Nicht persönlich, aber auf der Insel kennt sie jeder. Sie kommt seit Jahrzehnten in dieses Hotel.«

»Also so etwas wie eine Einheimische?«

»Eher eine der Prominenten, die die Insel zu ihrem Rückzugsort erklärt haben.«

»Prominent? Was macht sie dazu?«

»Ich glaube beruflich nicht sehr viel, doch sie schwimmt im Geld. Hat drei stinkreiche Ehemänner überlebt. Alle im Finanzwesen tätig gewesen, soweit ich weiß.«

»Sieh mal einer an. Wer ist der junge Mann bei ihr?«, fragte Greta.

»Da bin ich überfragt, ehrlich.«

Inzwischen waren sie bei Gretas Zimmer angekommen und Joost verlangsamte seinen Schritt.

»Ich wünsche dir eine gute Nacht. Sei nicht so enttäuscht, dass du nicht mehr mit Milena reden konntest. Morgen beim Frühstück bietet sich sicher eine Gelegenheit.«

Greta winkte ab. »So wichtig ist es mir auch nicht. Es wäre nett gewesen, nichts weiter. Ich habe die Gelegenheit gehabt, mich bei ihr zu entschuldigen, das reicht mir. Schließlich sind wir keine alten Freunde oder so. Sie macht gerade eine schwere Zeit durch, und ich wollte keine zusätzliche Last für sie sein.«

»Du bist eine Heilige.« Er schmunzelte. »Nein, ehrlich. Ich hatte sehr viel Spaß in den letzten Tagen und bin ein wenig traurig, dass morgen unser letzter Tag ist.«

»Dann solltest du mich irgendwann einmal in Hamburg besuchen kommen.«

»Ganz bestimmt.«

»So!«, sagte Greta energisch. »Ich gehe jetzt ins Bett und freue mich auf morgen. Mein Urlaub ist nämlich noch nicht vorbei, und es ist viel zu früh für einen Abschied.«

Joost sah demütig zu Boden. Dann blickte er wieder auf und sah sie direkt an. Seine Augen waren fast türkisblau. Wieso hatte sie das bisher nicht bemerkt? »Schlaf gut, meine Liebe.« Er neigte sich vor, deutete einen Kuss auf ihrer Wange an und lächelte, bevor er den Flur entlangging.

»Gute Nacht.« Greta legte ihre Zimmerkarte auf den Türöffner und betätigte die Klinke, als sie ein leichtes Klacken vernahm.

»Fred?«, hörte sie Joost im Hintergrund sagen und

drehte sich augenblicklich um. Sein Sohn stand an der Rezeption und sprach mit der Empfangsdame.

»Hallo, Paps.« Er rollte mit den Augen, während er das sagte. War etwas passiert? Er machte nicht den Eindruck, als ginge es um ein privates Problem. Und er war offensichtlich auch nicht wegen Joost hier. Greta ließ zu, dass sich ihre Tür wieder schloss. Sie hatte zwar keine Rechtfertigung, das Gespräch zu belauschen, doch wer konnte ihr die Neugierde verdenken, wenn die Polizei das Hotel ein weiteres Mal aufsuchte.

»Was ist los?«, wollte Joost wissen.

Thomsen antwortete mit gedämpfter Stimme. Greta sah sich sofort um, ob weitere Zuhörer im Raum waren. Abgesehen von der Angestellten waren sie allein. »Es gab einen Zwischenfall. Wir sind vor einer halben Stunde gerufen worden.«

»Ein Zwischenfall?«, fragte Joost. Greta trat langsam näher. Thomsen bedachte sie mit einem zögerlichen Blick.

»Das ist ein Hotel, Junge. Du kannst nicht verhindern, dass etwas durchsickert und morgen beim Frühstück breitgetreten wird.« Joost sprach eindringlich.

Fred Thomsen rollte ein weiteres Mal mit den Augen. »Ja, ja. Es gab eine Tote. Mehr weiß ich auch noch nicht. Der Arzt ist schon da, doch er hat nichts mehr tun können. Ich muss jetzt.« Mit diesen Worten ließ er sich von der Angestellten wegführen, und Greta und Joost schauten mit offenen Mündern hinterher.

»Meinst du, da ist jemand in der Dusche auf seiner Seife ausgerutscht?«

Joosts Miene war versteinert. Sein Blick folgte seinem Sohn, der das Hotel gerade durch einen Seitenausgang verließ.

»Bist du einigermaßen warm angezogen?«, wollte er wissen.

»Ja. Wieso fragst du?«

»Dann komm.« Er griff nach ihrer Hand und zog sie den Gang entlang.

Die ersten Schritte stolperte sie ein wenig, hatte sie doch nicht mit dem Tempo gerechnet, das Joost an den Tag legte. Sie erreichten die Tür, durch die Fred soeben verschwunden war, und verließen das Gebäude. Draußen erwartete sie eine völlig andere Welt. Ein Krankenwagen und ein Streifenwagen standen vor dem Hotel quer in der Einfahrt zur Garage geparkt. Zwei Sanitäter saßen auf einem Mauervorsprung und unterhielten sich. Sie sahen aus, als würden sie auf etwas warten. Absperrband flatterte im Wind. Greta spürte ihn eisig über ihre Arme streifen und hörte das metallene Geräusch, das von den Masten der schwankenden Segelboote aus dem Hafen ausging. Sie rieb sich die Oberarme und erhaschte Wortfetzen aus dem angrenzenden Park. Sie konnte jedoch nicht sehen, wer sich dort aufhielt. Nur dunkle Umrisse von Hinterköpfen, die immer mal wieder auftauchten. Ihre Augen sprangen noch aufgeregt hin und her, als sie plötzlich Joosts Hand auf ihrer Schulter spürte. Abrupt drehte sie sich zu ihm. »Was ist los?«

Er hatte die Lippen aufeinandergepresst und lenkte ihren Blick nach vorn. »Hattest du mir nicht beim

Abendessen erzählt, Milena sei umgezogen? In den ersten Stock, Parkseite, letztes Zimmer?«

»Hatte ich?«

»Ja. Schon vergessen?«

Greta hielt die Luft an. »Du meinst …?« Sie schaute zu einem Balkon, auf dem zwei Männer standen, die Brüstung betrachteten und immer mal wieder nach unten schauten. Erster Stock, ganz hinten.

»Du glaubst, das ist ihr Zimmer?«

»Sieht so aus, oder?«

»Wieso? Das muss doch nicht … Wie kommst du darauf?«

»Ist nur so ein Gefühl«, sagte er leise.

Greta spürte mit einem Mal den Schlag ihres Herzens. Sie wandte sich ab und ging in das Hotel zurück. Am Ende des Ganges bog sie zur Treppe ab. Joost folgte ihr durch das marmorne Treppenhaus. Im ersten Stock steuerte sie auf Milenas Zimmer zu. Sie konnte die Stimmen darin schon von Weitem hören, dennoch wollte sie nicht stehen bleiben und sich geschlagen geben – zugeben, dass Joost richtig lag mit seiner Vermutung. Dort angekommen klopfte sie. Es dauerte nicht lange, bis man ihr öffnete.

»Ich möchte gern mit Frau Nowak sprechen«, sagte sie zu dem Mann, der ihr öffnete.

»Es tut mir leid. Es gab einen schlimmen Unfall. Sind Sie eine Freundin oder Verwandte von Frau Nowak?«

Greta überlegte, während sich ein dicker Kloß in ihrem Hals bildete. »Eine Freundin, würde ich sagen.«

»Ich würde Sie bitten, mir Ihren Namen zu hinterlassen. Wir melden uns bei Ihnen. Ich muss Ihnen leider sagen, dass Ihre Freundin gestorben ist.«

»Gestorben?« Greta spürte, wie sie von einem Gefühl der Hilflosigkeit überrollt wurde. Ihre Zunge klebte trocken an ihrem Gaumen. »Was ist passiert?«

»Ich kann Ihnen dazu leider nicht mehr sagen. Wie heißen Sie?«

»Greta Kaiser. Ich wohne auch im Hotel.«

»Danke, Sie hören von uns.«

Greta nickte, und dann schloss sich die Zimmertür vor ihren Augen.

»Oh Gott!«, sagte sie und wandte sich zu Joost um, der hinter ihr stand. Er schüttelte nur stumm den Kopf. Augenscheinlich hatte er nichts zu sagen. Doch er ging auf sie zu, legte die Arme um ihren zitternden Körper und drückte sie.

»Du hast es gewusst«, flüsterte sie und lehnte ihren Kopf an seine Schulter.

»Ich hatte so ein Gefühl in der Magengrube«, räumte er ein.

»Damit habe ich nicht gerechnet.« Sie starrte stumpf auf die Tür von Milenas Suite, hinter der sie weiterhin Stimmen vernahmen.

In diesem Augenblick erschien Fred und legte seinem Vater eine Hand auf die Schulter. »Was macht ihr hier?«

»Wir kannten sie. Milena Nowak.«

»Es sieht so aus, als wäre sie von ihrem Balkon gestürzt.«

»Oh nein.« Greta nahm die Hand vor den Mund.

»Die Gäste unter ihr haben sie auf ihrer Terrasse gefunden, als der Ehemann eine Zigarette rauchen wollte. Sie war schon tot.«

Joost sah seinen Sohn zweifelnd an. »Sie ist sicherlich nicht von allein gefallen. Wie sollte man von diesem Balkon stürzen? Dazu hätte sie schon sehr betrunken gewesen sein müssen und müsste versucht haben, auf dem Geländer zu balancieren.«

»Selbstmord?«, fragte Fred.

»Das halte ich für unwahrscheinlich. Ist aber nur ein Bauchgefühl.«

»Ich stimme dir zu. Sie war gekleidet, als wolle sie ausgehen. Wir schauen uns den Fall natürlich genauer an. Drei Mitglieder von ein und derselben Familie in so kurzer Zeit ... Der Zusammenhang liegt auf der Hand, denke ich.«

»Derselbe Täter.«

»Möchte ich wetten. Woher kanntet ihr sie?«

Joost wechselte einen schnellen Blick mit Greta. Die meldete sich daraufhin zu Wort. »Erst hatte sie das Zimmer direkt neben mir. Nachdem sie dieser Mann vor ihrem Fenster belästigt hatte, ist sie umgezogen. Hier im ersten Stock fühlte sie sich wohl sicherer. Sie erinnern sich bestimmt, dass ich bei ihr war, als Sie ankamen.« Greta wurde leiser. Viel hatte es Milena nicht genützt.

»Ja, natürlich. Mir war nur nicht klar, dass sie darüber hinaus in Kontakt standen.«

»Nun, wie man es nimmt. Sie war an diesem Abend ziemlich durch den Wind«, erwiderte Greta. »Ich habe ihr Hilfe angeboten. Es stellte sich heraus, dass sie ohnehin mit mir reden wollte – ich meine, sie hatte nach der Frau gesucht, die ihren Bruder gefunden hatte. Als sie erfuhr, dass ich es war, wollte sie alles wissen, was ich wusste.«

Joosts Sohn blickte sich um, weil Stimmen aus dem Treppenhaus zu ihnen drangen – Gäste, die ihre Zimmer aufsuchten. »Vielleicht sollten wir uns irgendwo unterhalten, wo wir ungestört sind.«

»Lassen Sie uns runter ins Lesezimmer gehen. Dort ist um diese Zeit niemand«, schlug Greta vor.

»Gute Idee.« Sie setzten sich in Bewegung, vorbei an einem lachenden Pärchen, das gerade sein Zimmer öffnete. Ein Stockwerk tiefer, gegenüber vom Fahrstuhl, betraten sie einen geräumigen Raum in hellen, maritimen Tönen, mit einer Bücherwand, kuschligen Sofas und Sesseln, einem Kartentisch und einem Flügel in der Ecke. Wie Greta prophezeit hatte, waren sie die einzigen Gäste.

»Setzen wir uns dort drüben hin.« Joost deutete auf einen Kaffeetisch mit Zweisitzer und Sessel drumherum.

»Ich möchte Sie bitten, mir alles zu erzählen, was Sie von Frau Nowak wissen oder was Sie beobachtet haben. Möglicherweise hilft es uns.«

»Sehr gern. Mal sehen«, holte Greta aus. »Sie hat mit Joost und mir zusammen gefrühstückt. Ich weiß, dass ihre Familie aus Polen kommt und dass ihr Vater, dessen Leiche man erst kürzlich fand, ein Maler war. Seine Bilder hängen in einer hiesigen Galerie. Sie hat mir erzählt, wie sehr ihr die alte Heimat fehlt und der Zusammenhalt unter den Menschen, den sie damals kennengelernt hat.

Sie schien recht verloren zu sein, jetzt, da ihre gesamte Familie tot ist. Wir waren heute in der Galerie, in der die Bilder verkauft werden, und sie hat sich eine Weile mit der Inhaberin – ich vermute, dass sie es war – unterhalten. Danach … habe ich mich mit Joost am Strand getroffen und wir sind etwas essen gegangen. Was sie gemacht hat, weiß ich nicht, doch sie muss sich noch geraume Zeit in Kampen aufgehalten haben, denn ihr Wagen stand nach wie vor auf dem Parkplatz, als ich von meinem Spaziergang zurückkehrte.«

»Könnte sie die Zeit in der Galerie verbracht haben?«

»Das glaube ich nicht. Sie verließ sie vor mir. Sie erzählte mir allerdings, dass ihr Vater sich ein Haus auf Sylt anschaffen wollte, weshalb er möglicherweise die Insel zuletzt besucht hat.«

Thomsen nickte respektvoll. Genau das hat dein Vater auch gedacht, sagte Greta sich im Stillen. Er glaubte augenscheinlich auch nicht daran, dass sich dieser Maler eine Immobilie auf der Insel leisten konnte.

»Haben Sie sie nach diesem gemeinsamen Besuch in der Galerie noch einmal gesehen?«

Greta strich mit der Hand über die samtene grüne Lehne der Couch. »Ja. Ich war vor dem Essen bei ihr oben und wollte sie einladen, mit mir und Joost gemeinsam zu speisen.« Der warf ihr einen irritierten Blick zu, äußerte sich aber nicht weiter. Ihr war nicht danach, seinem Sohn zu erzählen, warum Milena und sie sich so gestritten hatten. Wie sollte sie erklären, dass sie sich mit dem Fall beschäftigte, rumschnüffelte und Leute befragte? Da Joost da irgendwie mit drin hing, hatte er offensichtlich auch nicht das Bedürfnis danach, das Gespräch in diese Richtung zu lenken. Wozu auch? Es spielte keine Rolle.

»Ist sie mit Ihnen nach unten gegangen?«

»Nein. Sie sagte, sie wäre verabredet und würde mit ihm später nachkommen.«

»Sie wollte sich mit einem Mann treffen?«

»Ja. Ich denke, sie sprach von einem Mann, oder?« Greta wandte sich hilflos an Joost.

»Mich darfst du nicht fragen. Ich war nicht dabei. Zu mir sagtest du, sie hätte eine Verabredung. Ich habe automatisch angenommen, dass es sich um einen Mann handelt.«

»Es tut mir leid«, räumte Greta ein. »Ich kann es nicht hundertprozentig beschwören. Ich bin wie Joost davon ausgegangen, aber es ist möglich, dass sie nur von einer Verabredung sprach.« Greta war enttäuscht, dass sie keine große Hilfe für die Polizei war. Sie bemühte sich, sich Milenas Worte zurück ins Gedächtnis zu rufen, doch es nützte nichts. Die Unsicherheit, wie viel davon Einbildung war, blieb.

»Wann war das?«, unterbrach der Kriminaloberkommissar ihr Martyrium.

»Ich würde sagen, gegen sieben etwa. Ich bin nach unserem Gespräch direkt nach unten gegangen. Joost hat bereits im Restaurant auf mich gewartet. Milena haben wir nicht mehr gesehen.«

Joost nickte.

»Etwa 40 Minuten später erhielten wir den Anruf vom Hotel.«

»40 Minuten!«

»Ist Ihnen jemand in dem Gang vor Frau Nowaks Zimmer aufgefallen?«

»Nicht, dass ich wüsste.«

»Was hat sie getragen, welche Kleidung?«

»Ich glaube Jeans und Pullover, so wie am Morgen.«

»Dann hat sie sich noch einmal umgezogen.«

»Für ihre Verabredung«, vermutete Greta. »Sah sie sehr schick aus?«

»Schon, würde ich sagen. So wie jemand, der in diesem Hotel zum Essen gehen will.«

Eine halbe Stunde später verabschiedete sich Joost ein weiteres Mal von Greta vor ihrem Zimmer.

KAPITEL 22

Der Morgen begann für Greta mit Kopfschmerzen. Widerwillig öffnete sie die Augen, schaute zum Fenster und beobachtete die Tropfen, die langsam die Scheibe hinabliefen. Eine dicke graue Wolkendecke hing schwer über dem Kiefernwäldchen vor ihrer Terrasse. Sie starrte eine Weile ins Nichts, bevor sie sich entschied, die Decke beiseitezuschlagen und sich aufzurichten. Unschlüssig blieb sie einen Moment auf der Bettkante sitzen. Das war nicht fair, dachte sie. Diese Frau war in der Blüte ihrer Tage gewesen – sie hatte so vieles noch vor sich. Nun spielte es keine Rolle mehr. Greta war schockiert durch die Wucht, mit der die Entwicklung vorangeschritten war. Die letzten drei Mitglieder einer Familie waren binnen weniger Wochen ausgelöscht worden. Zumindest hatte sie Milena so verstanden. Lag es an diesem Ort oder an dieser Familie? Greta fragte sich, ob die Antwort irgendwo in der Mitte zu finden wäre. Sie zog ihre Hausschuhe an und stapfte ins Badezimmer. Voller Hoffnung, dass ein Schwall warmen Wassers ihre trüben Gedanken vertreiben könnte, stieg sie unter die Dusche.

In Bezug auf ihre Kopfschmerzen war sie erfolgreich gewesen, als sie diese wieder verließ. Eine Nackenverspannung musste die Ursache dafür gewesen sein. Doch die bösen Geister war sie nicht losgeworden. Die lasteten schwer auf ihrer Stimmung.

Greta blickte auf ihren silbernen Aluminiumkoffer, der in der Ecke wartete. Den würde sie heute Abend packen und dann von dieser Insel verschwinden. Zumindest vorerst.

Joost fiel ihr ein, der sie heute zum Mittagessen eingeladen hatte. Womöglich hatte diese Einladung längst keinen Bestand mehr. Immerhin hatte sein Sohn jetzt viel zu tun, oder würden ihn die Ermittlungen um Milenas Tod überhaupt nicht berühren, da der Fall von der Mordkommission übernommen wurde? Durfte er überhaupt mit ihr essen, da sie quasi als Bekannte des Opfers in den Fall verwickelt war?

Diese Fragen beschäftigten Greta, während sie sich anzog.

»Dann lass uns heute irgendwo essen gehen, wenn du dich bei dem Gedanken unwohl fühlst«, sagte Joost später, der sich ihr gegenüber am Frühstückstisch gerade einen Toast schmierte. »Es ist dein letzter Tag hier und den würde ich gerne mit dir zusammen verbringen.«

»Weißt du, was jetzt als Nächstes geschieht?«

»Wegen Milenas Tod? Du meinst, ob Fred mir etwas erzählt hat?«

Sie nickte ernst.

»Hat er nicht. Er ist auch gar nicht großartig involviert. Ja, er war gestern am Tatort und später auch sein Chef. Die Mordkommission kam in den frühen Morgenstunden. Der Fall liegt jetzt in den Händen der Flensburger. Er ist momentan außen vor.«

»Was hältst du von alledem?«, fragte sie.

»Ich war überrascht«, gab Joost zu. »Nicht so sehr, als die Identität der Toten gelüftet wurde, als vielmehr, dass es überhaupt einen weiteren Mord gegeben hat. Dazu noch einen so dreisten.«

»Wie meinst du das?«, fragte Greta.

»Na, überleg doch mal. Der Mörder ist bereits ein Gejagter, trotzdem kommt er zurück in dieses Hotel und ermordet die letzte Überlebende dieser Familie praktisch vor Zeugen.«

»Hat sich jemand gemeldet, der etwas beobachtet hat?«

»Das nicht, aber guck dir doch an, was er gemacht hat. Milena von ihrem Balkon zu werfen, wo man ihn von den Nachbarzimmern oder aus dem Park hätte sehen können. Das nenne ich äußerst dreist. Was, wenn sie geschrien hätte? Bevor du fragst: Ich weiß nicht, ob man etwas gehört hat oder nicht. Ein Zimmermädchen hätte reinkommen können. Jemand hätte dem Mann auf dem Gang begegnen können. Du selbst warst nur ein paar Minuten vorher in ihrem Zimmer!«

»Du redest die ganze Zeit von einem Mann, dabei ist doch noch gar nicht klar, ob …«

Joost winkte ab. »Natürlich nicht. Ich komme nicht aus der Operativen Fallanalyse, aber der Schnitt durch die Kehle bei den beiden Männern, der Sturz vom Balkon – das klingt nicht nach einer Frau, und gerade das letzte Verbrechen erfordert Kraft.«

»Da stimme ich dir zu. Was glaubst du, warum man sie umgebracht hat?« Greta schenkte sich Tee nach. »Rechnet jemand mit Familie Nowak ab, oder war sie dem Täter auf der Spur?«

»Da kann ich wirklich nur raten«, sagte Joost.

»Bitte. Rate.«

»Ehrlich. Da bin ich überfragt.« Er strich sich über das glatt rasierte Kinn. »Bei genauerer Betrachtung klingt die geplante Auslöschung einer Familie schon sehr obskur. Und dazu noch im selben Hotel beziehungsweise auf derselben Insel. Wenn es gleichzeitig passiert wäre – meinetwegen. Aber dass derjenige wartet, bis jedes Familienmitglied hierherkommt, und dann kurzen Prozess macht? Das klingt irgendwie unglaubwürdig, findest du nicht? Auch sehr dem Zufall überlassen.«

»Stimmt. Wenn man es von dem Standpunkt aus betrachtet, hast du völlig recht. Allerdings musste der Täter damit rechnen, dass kurzfristig ein Familienmitglied nach Sylt reist, um den Vater zu identifizieren«, antwortete Greta.

»Nein, das ist sicherlich in Kiel geschehen. Man hat eine Zeit lang nicht gewusst, wer der Tote war. Er wurde bestimmt in die Rechtsmedizin nach Kiel gebracht, wo üblicherweise die Angehörigen die Möglichkeit haben, die Identifizierung vorzunehmen.«

»Das heißt, es wäre für seine Kinder nicht nötig gewesen herzukommen.«

»Nein, das war es nicht.«

»Also haben sie etwas gesucht«, sagte Greta.

»Dass das bei Milena zutrifft, weißt du ja.«

»Ja.« Greta schluckte ein Stück Toast hinunter, das sich viel größer anfühlte, als es war. Nach einer Weile sagte sie nachdenklich: »Sie muss etwas getan haben, was ihn hervorgelockt hat, richtig?«

»Das vermute ich.«

»Bedeutet das nicht, dass er Gast dieses Hotels sein muss?«

»Das wäre reine Spekulation. – Was hast du heute noch Schönes vor?«, fragte Joost in deutlich freudigerem Tonfall. »Es ist dein letzter Tag hier. Morgen geht es zurück aufs Festland. Greta?«

»Ja, entschuldige.« Greta sah aus ihren Gedanken wachgerüttelt hoch. »Das ist er.«

»Und? Kann ich dir bei etwas Gesellschaft leisten?«

Sie kaute langsam, während sie die Tischdeko betrachtete. »Was?«

»Ob du mich als Gesellschaft möchtest, habe ich gefragt. Ist alles in Ordnung?«

Sie sah ihn an. »Natürlich. Ich habe nur gerade daran gedacht, dass ich womöglich nicht ganz unschuldig bin.« Sie senkte die Augen und atmete tief ein und aus.

»Wie bitte? Du meinst an dem Mord?«

»An Milenas Tod. Es ist doch so: Wenn wir uns nicht gestritten hätten, wäre sie vermutlich nie umgezogen und womöglich auch in meiner Gesellschaft gewesen. Sie hätte ein Zimmer im Erdgeschoss gehabt, direkt neben dem Tresen. Das alles wäre nicht passiert.«

»Du vergisst, dass er sie bereits auf ihrer Terrasse heimgesucht hat.«

»Wenn er es denn war.«

»Ja. Aber nehmen wir es einmal an. In diesem Fall hätte er eine andere Möglichkeit finden können. Du hättest Milena nicht beschützen können. Niemand konnte wissen, dass das überhaupt notwendig war. Eine ganze Familie einfach so auslöschen? Das ist absurd. Du warst da eben noch ganz meiner Meinung.«

»Wir wussten, dass sie in Gefahr ist, als der Mann am Fenster auftauchte.«

»Womöglich wollte er ihr nur Angst machen.«

»Damit sie verschwindet?«, fragte Greta.

»Ja.«

»Aber das ist sie nicht. Sie ist geblieben und hat weitergeforscht. Da wette ich drauf, und ich finde, das Gleiche sollte ich auch tun.«

»Was?« Joost war so laut geworden, dass die Herzogin, wie Greta die unangenehme Frau Geyerstein insgeheim nannte, die ein paar Tische weiter saß, genervt aufblickte. »Das ist nicht dein Ernst!«

»Doch. Ich bin es Milena schuldig«, erwiderte Greta resolut und strich so energisch Marmelade auf einen weiteren Toast, dass dieser zerbröselte.

»Einen Teufel bist du. Du hast diese Frau kaum gekannt!«

»Ich weiß, aber ihre Geschichte tut mir so unendlich leid.«

»Das verstehe ich, Greta, doch es ist vollkommen unvernünftig, sich da hineinziehen zu lassen. Außerdem – wie stellst du es dir vor? Was willst du tun, um Licht ins Dunkel zu bringen? Ich wette, die Polizei weiß zu diesem Zeitpunkt bereits mehr, als wir an einem Tag herausbekommen könnten.«

»Wir?« Greta schmunzelte. »Du wirst mich unterstützen?«

»Nein!«, sagte er entschieden.

»Sei nicht so ein Langweiler.«

»Greta, ich meine es ernst. Das ist kein Spaß. Drei Menschen sind tot. Lass die Finger davon.«

Inzwischen waren noch andere Gäste auf sie aufmerksam geworden. Sie rollte mit den Augen und beließ es vorerst dabei. Wenn Joost nicht überzeugt werden wollte, dann würde sie ihn eben nicht damit behelligen. Von ihrem Vorhaben abbringen konnte er sie jedoch nicht. Der Fall hatte sie von Anfang an interessiert, und wenn Milena ermordet worden war, weil sie dem Täter zu nahe gekommen war, dann durfte das nicht ungesühnt bleiben.

»Es gibt jemanden, der dieses Verbrechen aufklären wird«, hörte sie Joost wie aus weiter Ferne sagen.

Sie tauchte wieder aus ihren Gedanken auf. »Wen?«

»Die Polizei«, sagte er schnippisch, als habe er ihre Gedanken gelesen.

Greta warf ihm einen Blick zu, von dem sie hoffte, dass er so viel Missbilligung ausdrückte, wie sie empfand. »Ich bin davon ausgegangen, dass du dich über ein paar weitere Tage mit mir freuen würdest.« Wie dramatisch das klang, dachte sie sofort. Es war ja nicht gerade so, dass sie sich der Armee hatte anschließen wollen. Ihrem ursprünglichen Plan nach wäre sie morgen nach Hamburg gefahren und hätte von dort aus jederzeit mit Joost in Kontakt treten können, wenn ihr danach wäre – oder ihm.

»Selbstverständlich würde mich das freuen. Hast du vor, deine Abreise aufzuschieben?«

»Ich hab darüber nachgedacht« Sie schob mit der flachen Hand die Salz- und Pfefferstreuer in die Mitte des Tisches und arrangierte sie dort gedankenverloren.

»Um zu schnüffeln? Greta, das ist eine ganz dumme Idee.«

»Ich sehe schon, dass dir das missfällt.«

»Aber das stört dich nicht.«

»Nein.« Greta blieb hart. Sie hatte eine Entscheidung getroffen, und auch der nette Joost konnte sie nicht davon abbringen, etwas im Sinne von Milena zu tun.

»Ich werde das nicht akzeptieren, hörst du. Ich kann meinen Sohn über dein Vorhaben informieren. Das würde Ärger seitens der Behörden bedeuten.«

»Das würdest du tun?«, fragte sie aufgebracht. Die Herzogin schaute erneut auf. Greta ärgerte sich darüber. Es ging die Frau Gott verdammt noch mal nichts an, worüber Joost und sie sich stritten – aristokratisches Gehabe hin oder her. Außerdem hatte sie das Gefühl, dass die hochherrschaftliche Dame schon eine ganze Weile ihrem Gespräch lauschte. Sie sollte sich um ihre eigenen Angelegenheiten kümmern, selbst wenn das jüngere Männer waren. Heute Morgen war sie zwar allein unterwegs, doch Greta zweifelte nicht daran, dass sich das zum Abend hin ändern würde.

»Nur zu deinem Besten«, antwortete Joost.

»Pah! Ich denke, ich werde jetzt auf mein Zimmer

gehen. Ich habe noch einiges zu erledigen, bevor ich das Hotel verlasse.« Greta erhob sich entsprechend würdevoll, wie sie hoffte, drehte sich um und ging.

»Greta, warte! Lass uns nicht so auseinandergehen«, hörte sie Joost hinter sich. Sie drehte sich nicht um, sondern lief entschlossen weiter. Dass sie an eine kleine Spritztour Richtung Kampen dachte und nicht daran, abzureisen, verschwieg sie ihm. Joost hatte seinen Standpunkt klar in Worte gefasst. Er lehnte es ab, sich mit dem Fall zu befassen. Mehr noch, er fand, dass sie die falsche Person war, um Milena zu helfen. Nun ja, das war vielleicht unfair, aber er war zu hundert Prozent gegen ihre Einmischung, und Greta ließ sich ungern etwas vorschreiben. Es kam ja geradezu einem Verbot nahe.

Was machte es schon, dass sie die Augen offen hielt oder die ein oder andere Frage stellte, wenn sie mit Leuten zusammentraf? Deswegen wurde man noch lange nicht ermordet. Joost verhielt sich lächerlich. Sein Beruf hatte ihn diesbezüglich für alle Ewigkeiten versaut. Er witterte überall Verbrechen. Doch so war die Welt nicht. Das wusste Greta. Womöglich konnte sie eine Hilfe sein. Die Polizei wäre dankbar, wenn sie einen Hinweis liefern könnte. Immerhin war die Polizei darauf angewiesen, dass sie von der Bevölkerung unterstützt wurde. Deshalb stellte sie den Menschen ja Fragen. Sie saßen nicht in Sherlock-Holmes-Manier in ihrem Kämmerlein, konsumierten Drogen und warteten, bis die Lösung sie fand. Mehr wollte Greta nicht – ihren Beitrag leisten und nebenbei konnte sie einer Frau, die sie nur kurz gekannt hatte, einen Dienst erweisen.

Greta stapfte energisch den langen Flur entlang, der sie zunächst zur Rezeption und dann zu ihrem Zimmer führen würde. Nachdem sie ihre Jacke geholt hatte, würde sie nach Kampen fahren. Das war die einzige Spur, die ihr vielversprechend erschien. Dort hatte Milena nach ihrem Zerwürfnis, jede Menge Zeit verbracht. Es war ihr letzter Tag in diesem Leben gewesen. Das musste etwas bedeuten. Irgendwas hatte sich dort ereignet.

Sie drehte sich nicht mehr um, um zu prüfen, ob Joost ihr folgte. Sie war keine 20 mehr und spielte keine Spielchen. Er hatte seinen Standpunkt klargemacht, auch wenn Greta diesen für reichlich übertrieben hielt. Es war beinahe, als wäre der Joost aus den ersten Tagen ihres Kennenlernens wiederauferstanden. Er versuchte mit aller Macht, sie von ihren Bemühungen abzubringen, dabei waren diese völlig harmlos. Sie wollte nur helfen. Zu Beginn mochte es ja lediglich ein aufregender Zeitvertreib gewesen sein, doch inzwischen fühlte sich Greta involviert und – wenn sie ehrlich zu sich war – auch ein bisschen herausgefordert von der Dreistigkeit des Mörders. Joost hatte völlig recht. Diese Person war tollkühn und schreckte vor nichts zurück. Waghalsig und risikofreudig. Oder war das dasselbe? Greta runzelte die Stirn.

An der Rezeption stand ein Mann. Was für ein Ärgernis. Sie hatte vorgehabt, nach einer Verlängerung ihres Aufenthaltes zu fragen, bevor Joost aus dem Restaurant wiederkam. Er musste nicht über jeden ihrer Schritte informiert sein, geschweige denn seinen Senf dazugeben. Hoffentlich hielt der Gast vor ihr die Rezeptionistin nicht zu lange auf. Greta hielt sich dezent mit etwas Abstand im Hintergrund.

»Guten Tag, mein Name ist Walther. Andreas Walther«, hörte sie ihn sagen. »Ich möchte gern mit Milena Nowak sprechen.«

KAPITEL 23

Greta schluckte. Die Frau hinter dem Schalter tat es ihr gleich. Nach einer Sekunde des Zögerns straffte sie sich sichtbar, lehnte sich nach vorn und antwortete mit gedämpfter Stimme.

»Es tut mir leid, Ihnen das sagen zu müssen, aber Frau Nowak hatte einen Unfall.«

»Einen Unfall?«, fragte der Mann verblüfft.

»Ja. Es ereignete sich gestern Abend. Es tut mir sehr leid. Sie … sie …« Der Rest des Satzes steckte ihr augenscheinlich in der Kehle fest.

Greta ergriff ihre Chance, etwas mehr über den neuen Gast herauszufinden. »Sie ist tot«, sagte sie, während sie an den Mann herantrat. Sie reichte ihm die Hand. »Ich bin Greta Kaiser. Eine Bekannte von Milena. Mein herzliches Beileid.«

Er schüttelte die ausgestreckte Hand perplex. »Andreas Walther.«

Greta gab ihm Zeit. Offensichtlich musste er sich sammeln, bevor er den nächsten Satz formulieren konnte. Dann, nach einem Moment, fragte er: »Sie ist tot?«

»Ja, leider.«

»Was ist passiert?«

»Sie ist vom Balkon gestürzt.«

Er schloss die Augen und atmete tief aus. »Ich hätte nicht gedacht, dass sie zu so etwas fähig ist.«

»Nein, nein. Sie hat …«

Er unterbrach sie. »Sie war so aufgelöst gestern Nachmittag.« Der Mann stellte seine kleine Reisetasche ab. »Ich hätte nicht gedacht, dass sie so weit gehen würde.«

»Sie halten es für möglich, dass sie gesprungen ist?«

»Ist sie das nicht?«

»Das müssen Sie die Polizei fragen«, sagte Greta deutlich vorsichtiger. »Allerdings gehe ich nicht davon aus.«

»Ach nein?«

»Nein. Darf ich fragen, in welchem Verhältnis Sie zueinander standen?«

»Ich bin … ein alter Freund.« Er blickte Greta hilflos an. »Wir waren einmal zusammen, aber das ist eine Ewigkeit her.«

»Sie waren verabredet?«

»Ja.«

»Warum sollte sie sich mit Ihnen verabreden und dann vom Balkon springen? Sie wird sich doch auf Ihren Besuch gefreut haben?« Sie waren ein Stück von der Rezeption weggetreten und standen in dem Flur, der zum Restaurant führte. Joost war immer noch nicht aufgetaucht. Greta vermutete, dass er schmollend am Tisch saß.

Der Mann rieb sich den Nacken und warf ihr einen abgehetzten Blick zu. Greta fand ihn attraktiv. Er sah aus wie ein Intellektueller. Genau der Typ, mit dem sie sich Milena vorstellen konnte.

»Sie war aufgelöst und hat mich angerufen. Wir haben länger nichts voneinander gehört. Deshalb wusste ich sofort, dass etwas nicht stimmte.«

»Was hatte sie denn so aufgeregt?«

»Sie hatte sich über Verschiedenes geärgert, doch dann erzählte sie mir von dem Tod ihres Vaters und ihres Bruders …« Er griff sich mit der Hand ins Gesicht und bedeckte die Augen. »Sie muss Schreckliches durchgemacht haben, und da bot ich an vorbeizukommen. Doch sie wollte davon nichts wissen.«

»Wollte sie nicht?«

»Nein. Sie sagte, sie würde das alleine schaffen.«

»Dann hatten Sie also keine Verabredung.«

»Wenn Sie so wollen, nicht.« Er lehnte sich gegen die Wand und schaute zur Decke. »Sie hat wahrscheinlich nicht mit mir gerechnet. Ich habe ihr in letzter Zeit wenig Anlass dazu gegeben, sich auf mich zu verlassen.«

Greta fühlte sich für einen Moment wie ein Eindringling in eine private Welt, in die sie nicht hätte hineinblicken dürfen. Einen Moment später hatte sie dieses Gefühl überwunden. »Ich kann mir trotzdem nicht vorstellen, dass sie Selbstmord begangen hat. Sie sollten mit der Polizei sprechen.«

Der Mann nickte. »Danke. Ich denke, das werde ich tun. Darf ich fragen, woher Sie sie gekannt haben?«

»Wir haben uns hier im Hotel kennengelernt«, wich Greta aus. Aus dem Augenwinkel sah sie Joost, der auf sie zusteuerte. »Ich muss leider noch etwas erledigen. Es hat mich gefreut, Sie kennengelernt zu haben, auch wenn es unter solch schrecklichen Umständen geschehen ist.«

Joost hatte sie entdeckt und hob die Hand.

»Ich danke Ihnen.« Er griff nach seiner Tasche, während Greta ohne Umschweife auf ihr Zimmer zusteuerte und darin verschwand.

Im Laufe des Tages war sie damit beschäftigt, ein Maklerbüro auf der Insel zu finden, dessen Kunde Karol Nowak gewesen sein könnte. Sie ging sogar so weit, sich als seine Schwester auszugeben, die den Letzten Willen ihres verstorbenen Bruders erfüllen wolle, indem sie ein Haus für die Familie kaufte. Doch sie fand niemanden, der ihr helfen konnte oder wollte. Gegen 16 Uhr betrat sie völlig erschöpft die Galerie außerhalb von Kampen, in der seine Werke hingen. Die Frau, die hier arbeitete, hatte ihn gekannt. Sie war Gretas letzter Hoffnungsschimmer. Sie entdeckte die Frau hinter dem frei stehenden Schreibtisch am Ende des zweiten Raumes sitzend. Als sie Greta sah, stand sie auf und kam lächelnd auf sie zu.

»Kann ich Ihnen behilflich sein?«

Greta hatte die letzte Begegnung mit ihr noch sehr lebhaft vor Augen, bei der Milena sie geradezu angeschrien hatte, woran sich diese Frau zweifellos erinnerte. Sie sammelte sich, hob ihr Kinn und setzte ebenfalls ein strahlendes Lächeln auf. »In der Tat. Ich bin eine Freundin von Milena und Karol Nowak.«

»Oh.« Das Lächeln der Galeristin gefror, während in Gretas Rücken die Türglocke zu hören war. Ein weiterer Besucher war eingetreten. Sie dämpfte ihre Stimme ein wenig.

»Wissen Sie, ich fühle mich der Familie seit Jahren verpflichtet, und gerade jetzt, nach diesen schrecklichen Vorfällen …« Greta wusste nicht, ob der Tod von Milena schon die Runde gemacht hatte auf der Insel. »Karol war dabei, sich ein Haus auf Sylt zu kaufen. Leider ist es nicht mehr dazu gekommen.« Im Gesicht der Galeristin konnte sie keinerlei Gefühlsregung erkennen, was Greta als Zustimmung interpretierte. »Ich habe mich gefragt, ob Sie vielleicht wissen, mit welchem Maklerbüro er in Kontakt stand.« Nun, das war etwas plump und direkt, doch Greta wusste spontan keinen anderen Weg, ihr Anliegen vorzutragen.

»Ich? Wie kommen Sie darauf, dass ich das wüsste?«

»Sie waren doch gut mit ihm bekannt, nicht wahr?«

Die Galeristin, deren Namen Greta nicht kannte, auch weil sie vergessen hatte, sich selbst vorzustellen, schaute sie irritiert an. »Sie sagten doch, Sie wären eine Freundin der beiden. Warum fragen Sie nicht Milena Nowak?«

»Das ist leider nicht möglich«, druckste Greta. Sie wollte der Frau Informationen entlocken, keine liefern.

»Es gab gestern einen weiteren schrecklichen Zwischenfall im Hotel, Lisa«, dröhnte eine Stimme hinter den beiden. Greta drehte sich auf dem Absatz um und sah einen Mann mittleren Alters, mit lockigem braunem Haar, der ihr bekannt vorkam. »Bitte verzeihen Sie, dass ich mich in Ihr Gespräch einmische. Ich konnte nicht umhin, alles mitanzuhören. Verzeihung.«

»Schon gut.« Greta starrte ihn an und dann dämmerte es ihr – der Anhang von Frau Geyerstein. Er wirkte plötzlich so viel selbstbewusster, da er nicht in ihrem Schlepptau erschien.

»Wir sind uns noch nicht vorgestellt worden. Ich bin Adrian Mazur. Ich habe Sie im ›Fährhaus‹ schon das ein oder andere Mal gesehen. Eine gute Freundin von mir logiert dort gerade, und ich hatte das Vergnügen, den ein oder anderen Abend dort zu speisen.« Er streckte ihr eine Hand entgegen, die Greta verdattert, aber geschmeichelt annahm.

»Greta Kaiser. Ich bin … also … ich war eine Freundin von Milena. – Und Karol«, fügte sie schnell hinzu.

Er schüttelte ihre Hand und lächelte sie warm an. »Sehr erfreut. Verstehen Sie mich nicht falsch. Ich weiß von diesen Leute im Grunde nicht mehr als das, was man in den Nachrichten über sie lesen kann. Da Isolde das Zimmer neben der armen Frau bewohnt hat, bin ich über die Ereignisse des gestrigen Abends im Bilde.«

»Ach?« Greta trat interessiert einen Schritt auf ihn zu. »Frau Geyerstein ist im Nachbarzimmer untergebracht?«

»So ist es.«

»Das ist ja interessant«, dachte Greta laut.

»Finden Sie?« Mazur sah sie neugierig an.

Greta kehrte aus ihrem Gedankenspiel in die Gegenwart zurück. »Das habe ich komisch formuliert und nicht so gemeint. Ich wollte nur Konversation betreiben.« An die Galeristin gerichtet sagte sie: »Dann können Sie mir nicht weiterhelfen, oder?«

»Leider nicht. Dass er hier ein Haus erwerben wollte, hat er mir nicht gesagt. So eng war unser Verhältnis nicht.«

»Aber es muss für ihn sehr gut gelaufen sein, wenn er über eine derart große Summe verfügte. Ich meine, es ist ja nicht gerade günstig, auf dieser Insel nach einem Feriendomizil zu suchen beziehungsweise eines zu erwerben.«

»Da stimme ich Ihnen zu«, antwortete die Frau. »Tatsächlich hat er oft Bilder verkauft, doch ob das ausgereicht hat, um einen siebenstelligen Betrag anzusparen, das wage ich zu bezweifeln. Letztlich war er auch noch nicht lange bei uns. Vielleicht stammt das Geld aus früheren Geschäften.«

»Also war er vielleicht von Haus aus vermögend?«, preschte Greta nach vorn.

»Das müssten Sie besser wissen als ich. Er klang schon so, in den letzten Tagen, an denen ich ihn gesehen habe, dass er davon ausging, an ein wenig Geld zu kommen. Was er damit vorhatte, sagte er allerdings nicht.« Die Frau wurde unruhig. Greta merkte an der Art, wie sie von einem Fuß auf den anderen wippte, dass sie zurück an ihre Arbeit wollte. Sie würde ohnehin nicht mehr aus ihr herausbekommen.

»Ja, natürlich. Ich habe nur laut gedacht. Das sollte keine Frage sein.«

»Ich würde mich verabschieden. Hat mich gefreut, Sie kennengelernt zu haben.« Der gut aussehende Mann hob die Hand zum Abschied und trat den Rückzug an.

»Wollen Sie ins Hotel fahren?«, rief Greta ihm hinterher. Sie entließ die Galeristin mit einem Nicken. Die Frau eilte zu ihrem Schreibtisch zurück und schenkte Greta keinen weiteren Blick.

Mazur drehte sich um. »Nein. Ich wollte gerade nach Hause gehen.« Er lächelte. »Sonst hätte ich Sie gern mitgenommen.«

Greta konnte sich nicht helfen, doch sie verstand inzwischen, was der Drachen mit der Goldrandbrille an diesem Mann so attraktiv fand. Er hatte ein äußerst einnehmendes Wesen, und seine Augen sprühten vor Charme, wenn er lächelte.

»Möchten Sie vielleicht einen Kaffee mit mir trinken gehen?«, fragte er sie plötzlich, als hätte er ihre Gedanken gelesen.

Reiß dich zusammen, Greta! Der Mann ist mehr als zehn Jahre jünger als du, dachte sie. Laut erwiderte sie: »Gern, wenn Sie Zeit haben.«

»Ich habe keine weiteren Pläne für heute.«

Perfekt! Dann konnte sie ein bisschen mehr über die Drachenlady erfahren. Zumindest redete Greta sich das ein.

Wenig später saßen sie in einem kleinen Café mit rustikaler Einrichtung, inmitten von Kampen. Sie hatten mit Small Talk über die Insel begonnen, die Urlauber, das Wetter und selbstverständlich auch die Morde gestreift, von denen inzwischen jeder gehört hatte. Sie hatte auf seine Nachfrage, die ihr ungemein geschmeichelt hatte, von ihrer Scheidung berichtet und wusste nun, dass er ebenfalls ledig war. Greta hatte erfahren, dass er als Psychotherapeut auf Sylt arbeitete und in der Nähe eine eigene Praxis besaß. Gehässig dachte sie, dass sie jetzt wüsste, wie er die Drachenlady kennengelernt hatte. Wie konnte sie die Sprache auf die Herzogin bringen, ohne dass er Verdacht schöpfen würde? Sie entschied sich für den direkten Weg. Mit der Tür ins Haus fallen – damit war sie bislang am besten gefahren.

»Woher kennen Sie Frau Geyerstein?«

Er schaute ihr tief in die Augen. »Wir haben uns vor vielen Jahren in meiner Praxis kennengelernt.«

Ernüchtert über die Bestätigung ihrer eigenen Vermutung, verschlug es Greta für einen Moment die Sprache.

»Mehr kann ich dazu leider nicht sagen. Das werden Sie sicher verstehen, aber wir sind seitdem sehr gute Freunde. Immer wenn sie auf der Insel ist, und das passiert erfreulicherweise mehrmals im Jahr, treffen wir uns.«

Greta hatte an seinen Lippen gehangen, und ihre Fantasie ging mit ihr durch. Es schüttelte sie innerlich, als sie das Bild vor ihrem geistigen Auge sah, wie Adrian die Drachenlady durch die Hotelbetten jagte, aber vielleicht war es ja nicht diese Art Freundschaft. Möglich, dass sie an eine Therapie anknüpften, die sie vor Jahren bei ihm gemacht hatte – auch wenn das von seiner Seite aus höchst unprofessionell wäre. Jeder hatte doch Redebedarf. Die Frau kannte einen Psychotherapeuten, den sie nach vielen Jahren einen Freund nennen konnte. Ganz sicher nutzte sie seine Expertise. Greta atmete auf.

»Ist alles in Ordnung?«, fragte er.

»Was?«

»Sie waren gerade völlig in Gedanken und haben dann kräftig ausgeatmet.« Er legte seine Hand auf die ihre, die neben ihrem Kaffee auf dem Tisch ruhte. »Geht es Ihnen gut?«

Greta spürte ein Kribbeln, das ihren gesamten Arm hinauffuhr. Dieser Mann hatte das gewisse Etwas. Jetzt wurde ihr tatsächlich etwas schwindelig. Ihre Wangen glühten.

»Sie kriegen schon wieder Farbe«, sagte er erleichtert, zog seine Hand jedoch nicht weg, sondern drückte ihre. Greta spürte, wie ihr Herz kräftiger schlug.

»Isolde ...« Sie griff den von ihm zuvor genannten Vornamen auf, auch wenn sie die Frau im Grunde nicht kannte. »Isolde muss sich schrecklich geängstigt haben, nachdem diese ... Sache direkt nebenan stattgefunden hat.«

Er lachte lauthals, sodass sich die Gäste am Nachbartisch nach ihnen umdrehten. »Ganz gewiss nicht. Isy ist aus hartem Holz geschnitzt. Die wirft so schnell nichts um.«

Isy! Soweit zu der These der noch andauernden Therapie durch Adrian.

»Sie sehen enttäuscht aus.« Er trank einen Schluck Kaffee.

Tatsächlich war sie es. Greta schüttelte diesen Gedanken, der sie bremste, ab und stocherte weiter. »Nein. Nicht enttäuscht. Ich muss sagen, dass ich überrascht bin. Mich selbst hat der Tod der armen Frau sehr mitgenommen. Gerade wenn man von der Geschichte dieser Familie weiß, ist es doch sehr schockierend.«

»Geschichte?«

»Ich meine die Tatsache, dass ihr Vater kurz zuvor ums Leben kam.«

»Ach so, ich verstehe. Natürlich ist es das. Ich habe mich mit diesen Nachrichten nur wenig befasst. Tatsächlich weiß ich nur, was ich von Isy aufgeschnappt habe. Ich vermute, dass es Sie stärker mitnimmt, weil sie befreundet waren. Isy ist ja nur ein Gast im selben Hotel. Nichts weiter. Sie hat diesbezüglich keinerlei Emotionen in dieser Richtung.«

Das glaube ich sofort, dachte Greta gehässig. »Dann hat Isolde sie gar nicht kennengelernt?«

»Nicht dass ich wüsste, aber ich bin ja nicht die ganze Zeit über bei ihr.« Er zwinkerte ihr zu, und Greta musste gegen ihren Willen lächeln. Teufel noch mal, brachte sie dieser Mann durcheinander. Das sah ihr so gar nicht ähnlich.

»Horchen Sie in sich hinein, Greta. Der Verlust eines lieben Menschen setzt uns Menschen enormem Stress aus. Jeder reagiert darauf auf andere Weise. Ich vermute, dass Sie sich diesem Thema stellen müssen. Suchen Sie einen Arzt auf, der Ihnen hilft, damit umzugehen.«

Empfahl er ihr gerade eine Therapie? Greta zog die Augenbrauen zusammen. »So schlimm ist es dann doch nicht. Ich war schockiert, aber das ist ja nur zu natürlich. Ich denke nicht, dass ich deswegen einen Arzt aufsuchen muss.«

Er legte ein weiteres Mal seine Hand auf die ihre, lehnte sich nach vorn und flüsterte beinahe: »Nachdem ich gesehen habe, wie Sie vorhin den kleinen Salzstreuer in Ihre Handtasche gesteckt haben, als ich gerade von der Toilette kam, möchte ich Ihnen sanft widersprechen.«

Greta wurde rot und griff instinktiv nach ihrer Handtasche.

»Machen Sie sich keine Gedanken. So etwas ist nicht

ungewöhnlich. Ich weiß, dass Sie sich dafür schämen. Rechtfertigen Sie sich bitte nicht. Sie stehen unter stärkerem Stress, als Sie annehmen. Doch man kann etwas dagegen tun. Solange Sie sich nur Hilfe suchen. Ich vermute, dieses Verhalten ist neu für Sie?«

Greta hatte keine Lust, mit ihm ihre traumatisierende Scheidung zu besprechen und alle Folgen, die sie mit sich gebracht hatte, also nickte sie.

»Gut.« Er streichelte ihre Hand beruhigend.

Greta fühlte sich plötzlich entmündigt. Die Berührung empfand sie inzwischen alles andere als erregend. Hatte sie sein Verhalten falsch verstanden? Sah er in ihr eine kranke Frau – eine potenzielle Kundin?

»Es ist eine Impulskontrollstörung«, fuhr er fort. »Tatsächlich etwas ungewöhnlich in Ihrem Alter – bitte verzeihen Sie –, aber nicht unmöglich. Auf jeden Fall betrifft die Problematik hauptsächlich Frauen. Wenn dieses Erlebnis dazu beigetragen hat, kann man Ihnen sicher schnell da hinaushelfen.«

»Sie meinen, dass Sie das könnten?«, fragte sie.

»Sicher, aber das würde ich ablehnen.«

»Warum?«

»Weil ich Sie sehr mag. Das würde mich in einen Konflikt bringen.«

Greta sah erstaunt in sein offen freundliches Gesicht. Da war es wieder – das Kribbeln. Mit nach wie vor hochrotem Kopf stellte sie den kleinen silbernen Salzstreuer zurück in die Mitte des Tisches.

Ein kräftiges Klopfen ließ sie aufschrecken. Hinter der Fensterscheibe stand Joost und winkte ihr zu.

KAPITEL 24

Greta sah Adrian hinterher, der sich eben von ihr und Joost verabschiedet hatte und jetzt auf sein Auto auf dem nahe gelegenen Parkplatz zusteuerte.

»Sag mal, gehst du mir aus dem Weg?« Mit vorwurfsvollem Blick musterte Joost sie.

»Sei doch nicht albern!« Greta stapfte ebenfalls zu ihrem Wagen.

»Ich war an der Rezeption, als du dort vorhin anriefst. Ich wollte meine Rechnung bezahlen.«

Greta blieb stehen. »Du wolltest früher abreisen?« Enttäuscht sah sie ihn an.

»Ich hielt es für das Beste.«

»Verstehe.« Sie lief weiter. Joost war ein Buch mit sieben Siegeln. Offensichtlich hatte er vorgehabt wegzufahren, ohne ihr Bescheid zu sagen.

»Dann hörte ich, dass du deinen Aufenthalt ein paar Tage verlängert hast.«

»Korrekt.«

»Warum hast du mir nichts davon gesagt?«

»Was soll der Vorwurf?« Sie schaute ihn nicht an, sondern stapfte weiter. »Du wolltest doch eben noch abreisen. Davon höre ich jetzt auch zum ersten Mal.«

»Stopp.« Joost griff nach ihrem Arm, und sie blieb stehen. »Ich habe mich geärgert heute früh, doch der Wunsch abzureisen entstand deshalb, weil du heute deinen letzten Tag im Hotel hast. Mir fiel plötzlich auf, dass es wahnsinnig langweilig werden würde ohne deine verrückten Ideen. Wozu also länger bleiben, habe ich mich gefragt.«

Greta blickte ihn misstrauisch an.

»Hattest du vor, mir mitzuteilen, dass du verlängert hast?«

Sie reckte das Kinn vor. »Möglicherweise.«

Joost grinste. Es war so ansteckend, dass Greta schmunzeln musste.

»Wer war der Knilch?«

»Adrian? Wieso nennst du ihn so?« Greta fragte sich, wie lange Joost bereits durch die Scheibe gesehen hatte, bevor er mit Klopfen auf sich aufmerksam gemacht hatte. »Er ist der Begleiter – Herrgott, ich weiß nicht, wie ich ihn sonst nennen soll – von Isolde Geyerstein.«

»Aha.« Joost betrachtete sie abwartend. »Gesehen habe ich ihn schon mit ihr, aber wer ist er und was hast du hier mit ihm gemacht?«

»Er ist Arzt, Psychiater oder so. Wieso interessiert dich das?«

»Herrje, Greta, muss man dir alles aus der Nase ziehen?«

»Du hast doch deutlich erklärt, dass du mit meinen Schnüffeleien, wie du es nennst, nichts zu tun haben willst. Dann frag auch nicht.«

»Ich wollte, dass du das Schnüffeln bleiben lässt. Das ist ein Riesen-Unterschied.«

»An diesem Punkt gehen unsere Meinungen eben auseinander.«

»Das merke ich.« Eine Weile liefen sie schweigend nebeneinanderher. »Jetzt sag schon«, forderte Joost sie schließlich auf.

»Also gut.« Sie blieb stehen und zupfte sich einen imaginären Fussel von der Jacke, nur um ihn noch ein bisschen länger warten zu lassen. »Ich habe ihn in der Galerie von Nowak getroffen. Dort sind wir ins Gespräch gekommen, und wie sich gezeigt hat, grenzt das Hotelzimmer seiner Bekannten, unserer Frau Franken…, äh, Geyerstein, direkt an das neue Zimmer von Milena an.« Sie machte eine kunstvolle Pause, um das eben Gesagte bei Joost sacken zu lassen.

»Na und?«, erwiderte der wenig beeindruckt. »Irgendwer muss ja nebenan sein Zimmer haben.«

Greta schnaufte. Dass er sich so trottelig anstellen würde, hatte sie nicht erwartet. »Sie ist die perfekte Verdächtige. Das liegt doch auf der Hand.«

»Das sehe ich nicht. Wieso?«

»Weil sie ständig auf dieser Insel ist. Dein Sohn muss jetzt nur noch herausfinden, ob das zu den Zeitpunkten der Morde auch der Fall war.« Triumphierend hob sie die Augenbrauen.

»Ich war auch hier. Bin ich jetzt ebenfalls verdächtig?«

Greta rollte mit den Augen. »Natürlich nicht.«

»Wieso nicht?«

»Du hast kein Motiv, soviel ich weiß.«

»Und sie hat eines?«

»Es wäre zumindest möglich. Überleg doch mal. Nowak wollte sich ein Haus in der Gegend kaufen, doch die Frau von der Galerie bezweifelte, dass er allein durch den Verkauf seiner Bilder ausreichend Geldmittel hätte aufbringen können.«

»Das ist anzunehmen.«

»Sie sagte mir aber auch, dass er glaubte, kurzfristig an Geld zu kommen. Das klingt doch wie ein typischer Fall von Erpressung.«

»Du meinst, weil er dann ermordet wurde.«

»Genau. Und wer ließe sich besser erpressen als eine Person, die sehr viel Geld hat? Voilà! Isolde Geyerstein.«

»Ui. Das hast du dir ja grob zusammengezimmert.«

»Ich habe mir schon gedacht, dass du etwas daran auszusetzen hast.« Sie sah ihn pikiert an. Inzwischen waren sie an ihrem Auto angekommen.

»Nein, nein. Es kann sich natürlich alles so abgespielt haben. Auch wenn du mir noch eine Erklärung schuldest für die Methode, mit der eine Frau im Alter von Isolde Geyerstein zwei junge Menschen und den doch sehr massigen Karol Nowak überwältigt und getötet haben soll. Keiner von ihnen war zuvor unter Drogen gesetzt worden. Aber lassen wir das mal außer Acht. Auch wenn es sich so abgespielt haben könnte, deutet nichts darauf hin. Im Grunde könnte es nach unserem Wissensstand jeder aus dem Hotel gewesen sein, inklusive des Personals. Oder ein Fremder. Wir haben gar nichts. Verstehst du, Greta? Du hast mehr Variablen als Gleichungen zur Verfügung. Das Rätsel lässt sich mit diesen spärlichen Infos nicht lösen. Wieso lächelst du? Ich dachte, du ziehst mir jetzt buchstäblich die Ohren lang.«

»Du sagtest: ›Wir haben gar nichts.‹ Darf ich annehmen, dass du wieder mit an Bord bist?«

Joost verdrehte die Augen. »Du machst mich wahnsinnig! Nun gut. Nicht so, wie du es dir vorstellst, aber ich werde ein Auge auf deine Bemühungen haben. Nicht, dass du noch aus Versehen über den Mörder stolperst.«

»Das würde ich merken«, schnappte Greta. Sie öffnete die Wagentür und legte ihre Handtasche auf den Beifahrersitz.

»Treffen wir uns im Hotel?«

»Gern. Lass uns gegen sieben was essen.«

Als Greta in ihrem Auto saß und den Motor startete, fiel ihr auf, dass sie Joost nichts von Milenas Freund erzählt hatte, der vor Kurzem angereist war. Höchstwahrscheinlich war er ein Ex-Freund, nach der verworrenen Geschichte, die er ihr erzählt hatte. Was mochte Milena nur animiert haben, bei ihm anzurufen? War sie so aufgelöst gewesen nach ihrem Streit oder hatte es einen anderen Grund gegeben? Greta hoffte auf das zweite, während sie der Küstenstraße Richtung Munkmarsch folgte. Es war bereits zu dunkel, um das Watt am Horizont zu sehen. Vor ihr tat sich ein Kiefernwäldchen auf, das sie umrundete. Dann stand sie plötzlich schon vor der Tiefgarage zum Hotel. Hell erleuchtet strahlte der Innenraum durch das heruntergelassene Gitter. Sie hielt die Zimmerkarte vor das Lesegerät, und das Tor öffnete sich.

Langsam steuerte sie ihren Mercedes die Einfahrt hinab. Ihre Augen suchten in dem gelb leuchtenden Innenraum nach menschlichem Leben. Tatsächlich konnte man vom Moment des Einfahrens an fast alles überblicken. Doch der Parkbereich teilte sich, und wer sich hinter der Betonwand in der zweiten Hälfte aufhielt, war nicht zu sehen. Es wäre also möglich, dass sich der Angreifer von Jan Nowak dahinter versteckt hatte, als dieser mit seinem Auto reingefahren war. Doch woher hätte er wissen sollen, dass Nowak in diesem Moment ins Hotel zurückkehrte? Vielleicht war die Person ihm auch vom Hotel aus gefolgt, als er zu seinem Auto ging. Greta schloss ab und steuerte auf die Tür zu.

Vor dem Fahrstuhl musste sie einige Sekunden warten. Als er nach unten gefahren kam, stand darin eine in Trainingskleidung gehüllte Isolde Geyerstein, die entschlossen an Greta vorbeiblickte. Als sich die gläserne Tür öffnete, nickten sich beide unterkühlt zu, und Greta fuhr nach oben. Zu gern würde sie diese Frau als Täterin überführen, doch wie sollte sie das anstellen? Sie hoffte darauf, dass Joost einen Teil ihrer Schlüsse an seinen Sohn weitertrug. Greta runzelte die Stirn. Eher würde wohl die Hölle zufrieren. Joost nahm sie nicht ernst in Bezug auf ihre Schlussfolgerungen.

Sie stieg im Erdgeschoss aus, ging aber nicht den direkten Weg zu ihrem Zimmer, sondern bog in das Lesezimmer ab, wo sie einen silbernen Kugelschreiber zurücklegte, den sie gestern von dort mitgenommen hatte. Adrian Mazur hatte unrecht. Es handelte sich bei ihrem kleinen Problem nicht um eine Impulskontrollstörung. Der attraktive Doktor hatte sich getäuscht. Sie tat diese Dinge ganz bewusst, des Nervenkitzels wegen. Es war ihre Entscheidung, keine Störung. Sie konnte jederzeit damit aufhören, wenn sie wollte. Im Grunde hatte sie während der Zeit in diesem Hotel kaum darüber nachgedacht, etwas mitgehen zu lassen, um ihr Geschick zu testen, und es dann unauffällig zu einem späteren Zeitpunkt wieder zurückzubringen. Es war nicht notwendig gewesen. Sie durchlebte derzeit genug Abenteuer. Greta wurde rot bei dem Gedanken daran, was Adrian zuletzt zu ihr gesagt hatte. Nur die Unterbrechung durch Joost hatte sie vor einem peinlichen, sprachlosen Moment bewahrt. Es hatte Spaß gemacht, sich mit ihm zu unterhalten, doch Greta wollte sich nichts vormachen – zu mehr konnte das nicht führen. Doch warum sollte sie sein Interesse nicht nutzen, um etwas über die herzogliche Sportskanone im Stockwerk unter ihr zu erfahren. Sie hatte zwar bereits versucht, ihn auszuquetschen – ohne Erfolg –, aber ein weiterer Versuch konnte nicht schaden.

Als Greta ihre Zimmertür öffnete, wurde ihr klar, dass sie keinerlei Kontaktinformationen von diesem Mann besaß. Wer wusste schon, ob er dieses Hotel noch einmal betreten würde, bevor die Drachenlady abreiste.

Ratlos legte sie ihren Mantel ab und ging ins Bad. Bis zum Dinner blieb ihr eine Stunde. Ausreichend Zeit, um ein heißes Bad zu nehmen und sich aufzuwärmen. Der kalte Wind in Kampen hatte sie bis auf die Knochen ausgekühlt.

15 Minuten später lag sie in ihrem heißen Schaumbad und drehte die Puzzleteile ihres Falles gedanklich von links nach rechts. Joost hatte recht. Es waren mehr Variablen als Gleichungen. So kam sie keinen Schritt weiter. Ob die Polizei schon was wusste? Ob Joost es

ihr sagen würde, wenn es neue Erkenntnisse gab? Und würde Adrian seiner Freundin Isy von ihrem Treffen erzählen?

Plötzlich ging das Licht im Badezimmer aus. Greta hielt den Atem an und starrte auf die Milchglastür, hinter der ihr Flur lag. Auch dort war es dunkel. Auf dem Waschtisch neben der Badewanne lag ihr Handy. Langsam erhob sie sich aus dem Wasser, das geräuschvoll von ihr abperlte, und angelte danach. Hastig schaltete sie es an und leuchtete in die Dunkelheit. Allein in der Badewanne, schutzlos und nackt, in völliger Finsternis fühlte sie sich mit einem Mal hilflos. Ihr erster Reflex war, sich etwas anzuziehen. Doch ihre Kleidung lag im Zimmer auf dem Sessel. Also schnappte sie sich den Bademantel vom Haken und schlüpfte hinein. Sie lauschte in die Dunkelheit. Auf der anderen Seite der Milchglastür war es still. Wer auch immer ihr Zimmer betreten und das Licht ausgeschaltet hatte, musste dort auf sie warten. Wieso kam er nicht ins Badezimmer? Ihr fiel das Telefon neben der Toilette ein. Auf dem Weg könnte sie am schnellsten Hilfe holen. Die Rezeption war nur wenige Schritte von ihrem Zimmer entfernt. Sie stürzte zu dem Hörer und hätte das Telefon beinahe von der Wand gerissen. Die Leitung war tot. Eine Weile starrte sie ihn an, als wäre er ein schlechter Scherz. Dann nahm sie das Handy von der linken in die rechte Hand, suchte die Nummer vom Hotel heraus und wählte. Keiner beantwortete ihren Anruf.

Mit einem Mal schrillte ihr Handy, und Greta hätte es vor Schreck beinahe in die Badewanne fallen lassen. Sie nahm den Anruf an. Es war Joost.

»Greta?«, fragte er. »Ist bei dir alles in Ordnung?«

»Ja«, antwortete sie erleichtert. »Ich bin froh, dass du anrufst. Bei mir im Zimmer sind gerade alle Lichter ausgegangen.« Sie flüsterte, obwohl sie sich sicher war, dass der Klingelton des Handys vor einigen Sekunden bis auf den Gang hinaus zu hören gewesen war. Die Badezimmertür ließ sie nicht aus den Augen. Ihr fehlte der Mut hindurchzutreten, bevor das Licht wieder brannte.

»Bei mir auch. Das ganze Hotel ist ohne Strom.«

»Tatsächlich?« Greta setzte sich erleichtert auf ihren Toilettendeckel. »Also hat es niemand gezielt bei mir ausgeschaltet.«

»Nein. Wie kommst du denn da drauf?«

»War nur so ein Gedanke.«

»Du hast geglaubt, jemand will dir an den Kragen?«

»So ähnlich.«

Joost schwieg einen Augenblick. »Nein, meine Liebe. Ich habe auf dem Flur den Concierge getroffen. Es ist ein Problem, das uns alle betrifft. Mehr hat er mir nicht verraten, nur so viel, dass sie es innerhalb der nächsten Minuten behoben haben wollen. Ich bin gerade auf dem Weg zur Rezeption. Soll ich kurz bei dir vorbeischauen?«

»Lieber nicht. Ich war gerade in der Badewanne und sitze hier tropfend im Bademantel, weil ich mich nicht aus dem Badezimmer getraut habe.«

Am anderen Ende der Leitung herrschte Stille. Greta hatte zumindest mit einem schadenfrohen Kommentar gerechnet. Sie wischte ihre Irritation darüber beiseite und fuhr fort. »Wir sehen uns ja gleich. Ich werde mich erst mal anziehen.«

In diesem Augenblick ging das Licht wieder an, und ihr fiel ein Stein vom Herzen.

»Na, siehst du«, hörte sie Joost am anderen Ende sagen. »Jetzt guckst du noch mal in dein Zimmer, während ich am Apparat bin, und dann lege ich auf.«

Goldig. Greta musste schmunzeln. Sie öffnete die Badezimmertür und fand ihr Zimmer in dem Zustand vor, in dem sie es vor einer Weile verlassen hatte.

»Alles in Ordnung. Ich danke dir. Wirklich. Lieb, dass du angerufen hast.«

»Bis später.« Er legte auf, und Greta verfluchte sich innerlich, dass sie so ein Angsthase gewesen war. Damit sie für den Mörder interessant wurde, musste sie ihm erst einmal nahekommen, und außer Joost hatte sie niemandem von ihrem Verdacht erzählt. Der Täter konnte überhaupt nicht wissen, was sie tat und wen sie für verdächtig hielt.

Während sie sich ihre Bluse zuknöpfte, fiel ihr der Streit mit Milena wieder ein. Eine Person hatte sehr wohl mitbekommen, dass sie ihre Nase in die Morde steckte – die Galeristin von Karol Nowak. Sie musste jedes Wort des Streits zwischen Milena und ihr mit angehört haben. Wenn Greta an das Gespräch mit der Galeristin am Nachmittag zurückdachte, so hatte die Frau recht nervös und abweisend auf sie gewirkt. Sie hatte ihr nicht einmal ihr Beileid ausgesprochen, wo sie doch behauptet hatte, eine gute Freundin von Milena und Karol gewesen zu sein. Ihr fiel ein, dass Adrian die Frau mit »Lisa« angesprochen hatte. Die beiden kannten sich. Kein Wunder. Die Insel war ja nicht groß. Möglicherweise konnte er ihr etwas über diese Lisa erzählen. Diese Lisa hatte die Vorstellung abgetan, dass Nowak mit seinen Bildern zu Reichtum gekommen war. Möglicherweise hatte sie sich an seinem Reichtum bedient. Greta zog sich voller Vorfreude an. Sie würde Joost beim Abendessen von ihren Schlüssen berichten. Vielleicht hatte er eine Idee, wie man diese Frau in die Zange nehmen konnte.

KAPITEL 25

»Du willst den Typen doch nicht einfach anrufen und um ein Treffen bitten, oder?« Joost stach mit seiner Gabel in sein Risotto, als wollte er jemanden aufspießen.

»Warum denn nicht?«

Er wollte etwas sagen, schüttelte aber nur wütend den Kopf.

»Ich wüsste nicht, wie wir sonst weiterkommen sollen.«

»Glaubst du, er hat eine Geschichte parat, die eine der Frauen als Mörderin entlarvt?«

»Das vielleicht nicht.«

»Wozu dann das Ganze?«

»Ich habe das Gefühl, dass du den Mann nicht magst.« Sie sah ihn herausfordernd über den Tischschmuck hinweg an.

»Darf ich dich daran erinnern, dass dir diese Leute von Anfang an unsympathisch waren?«

»Die Geyerstein vielleicht«, erwiderte Greta. »Über ihn habe ich mir keine Gedanken gemacht.«

Joost schnaubte. »Meinetwegen. Aber an der Galeristin hast du auch kein gutes Haar gelassen.«

»Hast du etwas von Fred gehört?«, wechselte Greta das Thema.

»Du meinst über den Fall?«

»Ja.«

»Kaum. Die Ermittlungen berühren derzeit das Umfeld von Nowak und seiner Familie in Hamburg. Dort sind sie alle vor etwa zwei Jahrzehnten hingezogen, nachdem sie Danzig verlassen haben.«

»Und?«

»Und mehr weiß ich auch nicht. Was machst du da?«

Greta hatte ihr Handy zur Hand genommen und stöberte darin. »Bitte entschuldige. Ich hab's gleich. Ich wollte sehen, ob das Internet etwas über Adrians Praxis ausspuckt. Ich habe ja keine Telefonnummer von ihm.«

»Aha. Hat er dir die nicht gegeben bei Kaffee und Kuchen?«

»Hat er nicht.« Greta warf ihm einen geringschätzigen Blick zu. Joost verhielt sich an diesem Abend ausgesprochen stur. »Oh, warte. Da habe ich es. Hier sind sogar Fotos von seiner Praxis«, rief sie erfreut aus, doch diese Freude prallte an Joost ab wie ein Tennisball an einer Hauswand. »Das ist ja …« Weiter kam sie nicht, denn in diesem Moment trat ein Mann an ihren Tisch und wünschte ihnen einen guten Abend. Sie blickten beide auf, und Greta erkannte den jungen schwarzhaarigen Freund von Milena.

»Guten Abend, Herr Walther. Sie bleiben also noch eine Weile?«

»Hallo. Ja, bis morgen früh. Ich habe lange mit der Polizei zusammengesessen und wollte so spät am Abend nicht mehr abreisen. Ist ja schon eine gewisse Fahrt bis Hamburg.«

»Das verstehe ich.« Greta machte die beiden Männer miteinander bekannt. Kurz darauf verabschiedete sich

Andreas Walther und ging zu seinem Tisch im Nachbarraum, an den ihn ein Kellner geleitete.

»Das finde ich interessant«, meinte Joost. Er schob seinen leeren Teller von sich und lehnte sich bequem nach hinten. Ein Kellner kam vorbei, bei dem er ein großes Bier orderte.

»Du meinst Herrn Walther?«, fragte Greta.

»Natürlich.«

Sie sah reflexartig in den Nachbarraum und zuckte mit den Schultern.

»Nun hör aber auf! Eine Spürnase wie du sollte doch sofort auf diese Fährte anspringen. Die ist wesentlich interessanter als die dürftigen Verbindungen, die du bisher gezogen hast.«

»Das finde ich nicht. Der Mann ist doch heute Morgen erst angereist. Und überhaupt: Macht ihn eine frühere Beziehung gleich zum Mörder?«

Joost lachte. »Die Chance liegt um ein Vielfaches höher, dass er es war statt einer deiner Verdächtigen, die nur eine zarte bis keine Verbindung zu den Opfern hatten. Er kannte mit Sicherheit alle drei. Wer weiß, was vorgefallen ist, dass Milena und er sich getrennt haben. Sie hat ihn am Tage seines Todes angerufen. Hatte sie etwas herausgefunden?«

»Wenn er sie deshalb ermordet hätte, hätte er mir sicher nicht von dem Anruf erzählt und sich auch nicht im Hotel blicken lassen.«

»Wirklich nicht? Wen sie angerufen hat, lässt sich ganz leicht herausfinden. Da ist die Polizei sicher längst dran. Also wozu verheimlichen? Nein, er geht offen damit um. Er taucht auf und spielt den Unschuldigen. Möglicherweise hatte sie etwas entdeckt, hat ihn kontaktiert, aber nicht damit gerechnet, dass er sofort auf der Bildfläche erscheint. Vielleicht war ihr auch nicht klar, was sie entdeckt hatte, und wollte ihn nur zur Rede stellen. Er kommt her, macht ihr wieder schöne Augen und zack! … stößt sie vom Balkon.«

Greta dachte über Joosts Worte nach. Es missfiel ihr, aber er hatte recht. Hier bot sich zum ersten Mal so etwas wie ein Bild, das passen konnte. Sie kannten das Motiv nicht, aber abwegig war es nicht, dass es sich so zugetragen hatte. Sie legte ihre Serviette auf den Tisch und stand auf.

»Was machst du?«

»Ich bin gleich wieder da. Nur einen Moment.« Sie ging durch den Speiseraum direkt zu dem Tisch von Walther und wünschte ihm noch einen angenehmen Abend und alles Gute für die Zukunft. Dabei beugte sie sich dicht an ihn heran und redete in gedämpfter Lautstärke, sodass der Mann sich zu ihr neigen musste. Zum Dank erhielt sie ein Lächeln und einen ebenso freundlichen Abschied.

»Was war das denn?«, fragte Joost, als sie an seinen Tisch zurückkehrte.

»Wir müssen jetzt gehen. Komm, steh auf.«

»Was? Wieso das denn? Ich habe mir gerade noch ein Bier bestellt und noch nicht einmal einen Blick in die Dessertkarte geworfen. Da drüben kommt es ja schon.«

»Dann lass es dir in die Bar schicken. Wir unterschreiben die Rechnung dort. Komm jetzt.« Sie winkte energisch und ging ein paar Schritte Richtung Ausgang. Aus der Ferne fing sie Walthers Blick auf, der zu ihnen geschaut hatte. Joost warf seine Serviette missmutig auf den Tisch und folgte ihr. In der Bar hatte er sie eingeholt, nachdem er den verblüfften Kellner zu seinem Bier instruiert hatte.

»Was soll das Ganze?« Sie setzten sich an den kleinen Tisch in der Ecke am Fenster.

»Es hätte komisch ausgesehen, wenn wir nicht gegangen wären. Ich habe etwas ausprobiert und ihm dann alles Gute für die Zukunft gewünscht. Das ergab nur Sinn, wenn wir vorgehabt haben zu gehen und ihn, weil er morgen abreist, nicht mehr wiedersehen würden.«

»Aha. Das klingt ja mysteriös.«

»Ich sage dir, er war es nicht.«

»Ach nein?«

»Nein.«

»Woran machst du das fest?«

»Nenn es weibliche Intuition. Ich glaube, ich war mit dem Mörder schon mal in einem Raum. Er ist es nicht. Das habe ich im Gespür.«

Joost betrachtete sie eine Weile abschätzend. Schließlich gab er sich sichtlich geschlagen. Sein Bier wurde vor ihm abgestellt, und er bat den Kellner, ihm die Dessertkarte zu bringen.

»Na gut«, sagte er nach einem kräftigen Schluck aus dem Glas. »Was wolltest du vorhin über diesen Arzt erzählen?«

Verdutzt hielt Greta inne. »Ach, richtig. Warte einen Moment.« Sie zog das Handy aus der Tasche und öffnete ihren Verlauf. »Schau dir das an.« Sie drehte das Display so, dass Joost es sehen konnte.

»Ist das seine Praxis?«

»Ja.«

»Sieht gut aus.«

»Schau genau hin! Was ist daneben?«

»Eine Galerie, wenn ich das richtig erkennen kann.«

»Genau! Nowaks Galerie beziehungsweise die, in der seine Bilder hängen.«

»Okay.«

»Was meinst du mit ›okay‹? Das ist doch ein irrer Zufall, oder nicht?«

»Schon, aber was soll uns das sagen?«

»Er praktiziert nebenan. Er muss etwas über den Maler wissen. Er hat ihn sicher oft gesehen und etwas mitbekommen. Er weiß bestimmt, wie das Verhältnis zu seiner Galeristin gewesen ist oder mit welchen Leuten Nowak verkehrt hat.«

»Ich weiß nicht.« Joost strich Kondensat von der Seite seines Glases. »Das stellst du dir ergiebiger vor, als es ist. Der Mann arbeitet dort und wohnt da nicht. Er wird selten aus dem Fenster schauen, und Nowak hat sicherlich sehr wenig Zeit in der Galerie selbst verbracht. Ich vermute, dass er die meiste Zeit am Strand gesessen und gemalt hat.«

»Und dabei hat er etwas gesehen, das er nicht sehen sollte!«, schlug Greta enthusiastisch vor.

Joost wägte das ab. »Möglich.«

»Er ist am Strand gefunden worden.«

»Wo er angespült worden war.«

»Jemand war mit ihm mit einem Boot rausgefahren.«

»Möglich.«

»Da muss er aber nicht mehr gelebt haben.«

»Korrekt.«

Der Kellner erschien und nahm Joosts Bestellung für ein Passionsfruchtsorbet auf. Greta passte. Sie hatte heute Abend den Entschluss gefasst, wieder etwas auf ihre Figur zu achten.

»Wenn derjenige ein Boot hat, muss es jemand von der Insel sein«, schlussfolgerte Greta.

»Das ist anzunehmen.«

»Oder kann es sein, dass er am Strand ermordet und später vom Meer weggespült worden ist?«

»Das kann ich dir wirklich nicht sagen. Dafür fehlt mir die Expertise. Möglich ist vieles.«

»Dann kann es Sinn ergeben, sich die Stelle anzusehen, an der er gefunden wurde. Vielleicht hat Karol Nowak dort etwas beobachtet. Vielleicht bekommen wir eine Idee, wenn wir vor Ort sind.«

»Ich halte es für sehr unwahrscheinlich, dass er an der Stelle, wo er angespült worden ist, auch weggespült wurde. Sinnvoller wäre es, sich den Verlauf der Strömung anzuschauen und die Zeit, die er im Wasser gelegen hat. Dass Fundort und Tatort übereinstimmen, ist meiner Meinung nach unmöglich. Außerdem vergisst du eines: Nowak war zu Besuch auf der Insel und ist dann wieder abgereist – nach Hamburg. Das lässt sich mit dem Autokennzeichen beim Autozug nachvollziehen. Außerdem ist sein Wagen in Hamburg gefunden worden. Deshalb hat man ja so lange nach ihm in der

Stadt gesucht. Wie ist Nowak zurückgekommen? Es gibt keinen Hinweis darauf, dass er mit der Bahn gefahren ist. Er ist auch nicht geflogen. Folglich muss er entweder mit jemandem mitgefahren sein. Was ausschließt, dass er im Affekt ermordet wurde, weil er Zeuge eines Ereignisses geworden war. Das Ganze war geplant.«

»Oder er ist selbst gefahren und ein anderer hat das Auto zurückgebracht«, ergänzte Greta.

»Das kann ausgeschlossen werden. Das Auto ist kein weiteres Mal auf der Insel gewesen.«

»Was, wenn er bereits bei seinem ersten Besuch ermordet wurde und der Täter oder ein Komplize hat das Auto danach zurückgefahren?«, schlug Greta plötzlich vor.

Joost hob die Augenbrauen.

»Ist er denn nach seinem ersten Besuch auf der Insel überhaupt lebend in Hamburg gesehen worden?«, fragte Greta.

»Ich denke nicht.« Joost wirkte sehr nachdenklich. »Ich werde einmal mit Fred telefonieren. Bitte entschuldige mich.« Er stand auf und ließ Greta allein, die an einem Glas Wein nippte. Sie nahm ihr Handy zur Hand und stöberte ruhelos darin herum. Sie hatte vorhin vergessen, nach der Telefonnummer von Mazurs Praxis zu schauen, also öffnete sie die Seite im Netz erneut und scrollte nach unten. Da war eine. Die speicherte sie sich direkt ab. Verträumt schaute sie auf das Foto seiner Praxis. Es war etwas älter, die Galerie daneben zeigte im Ausschnitt andere Bilder als heute, und der Putz des Gebäudes war grau und blätterte an einigen Stellen ab.

Mazur hatte ein bronzefarbenes Schild zwischen seiner Tür und der der Galerie angebracht, das auf Psychotherapie und alternative Heilmethoden sowie Spa-Behandlungen verwies. Greta hob die Augenbrauen und grübelte, was sich dahinter verbergen mochte. Es war wahrscheinlich, dass die Geyerstein vor oder nach ihrer vermeintlichen Behandlung bei Mazur in der Galerie hineingeschaut hatte. Möglicherweise war sie sogar Nowak begegnet. Zumindest gab es eine Verbindung, die nicht von der Hand zu weisen war.

Joost kam zurück.

»Hast du ihn erreicht?«, fragte Greta.

»Ja. Er spricht mit den Kollegen. Er wusste nicht, ob sie sich den Wagen von Nowak schon vorgenommen hatten oder nicht. Die Idee ist auf jeden Fall gut. Er sieht zu, dass sie dem nachgehen.«

»Sehr gut.« Greta wurde einen Moment still. Dann sagte sie: »Weißt du, was ich mich frage? Ob Milena das Gleiche gedacht hat wie ich und mit Mazur gesprochen hat.«

»Wieso sollte sie das tun?«

»Na, er hat seine Praxis direkt nebenan.«

»Na und? Hat sie ihn denn gekannt? Was bringt dich darauf?«

»Nicht, dass ich wüsste, aber ...« Greta starrte nachdenklich ins Leere. Einen Moment schwieg sie.

»Alles okay?«

»Was? Ja, natürlich. Ich habe nur überlegt, ob ...«

»Greta, sie wird nicht das Gleiche gedacht haben. Sie kannte diese Leute doch gar nicht. Du bist auf der falschen Spur. Der Täter ist im direkten Umfeld der Familie zu finden. Da bin ich sicher. Alles andere ist an den Haaren herbeigezogen.«

»Mag sein.« Greta starrte nach wie vor ins Leere. Dann richtete sie sich auf und sah Joost an. »Weißt du, an dem Tag, als wir uns so gestritten haben, da rannte Milena aus dem Laden und fiel hin. Eine wirklich schreckliche Szene. Ich wollte ihr helfen, aber sie stieß mich fort – zumindest mit Worten.«

Joost nickte verständnisvoll.

»Ich erinnere mich noch, wie sie draußen auf dem Bürgersteig innegehalten hat, während ich in der Galerie auf der anderen Seite der Scheibe stand. Sie wirkte so weit weg. Als wäre etwas passiert, das ihre Gegenwart verdrängte und sie in eine völlig andere Welt zog. Sie sah aus, als hätte sie eine Idee oder eine Erleuchtung.«

Joost verzog den Mund. »Du meinst, sie hat auf der Straße den Fall gelöst?«

»Nein, ich weiß nicht. Sie machte den Eindruck, als wäre unser Streit weit weg und etwas anderes würde sie völlig in Beschlag nehmen – ihre Aufmerksamkeit auf sich ziehen.«

»Und du glaubst, sie hat in diesem Moment an Isolde Geyerstein gedacht?« Er runzelte die Stirn.

»Natürlich nicht! Nein. Du hast recht. Das ist Unfug, und der Zusammenhang liegt überhaupt nicht auf der Hand. Entschuldige. Ich habe laut gedacht und mich zu dieser Erinnerung vorgehangelt. Aber sie ist mir im Gedächtnis geblieben. Milena auf der Straße – erschreckt oder erleuchtet.« Ihr kam ein Gedanke. »Überrascht!

Das ist es. Sie sah aus, als wäre etwas passiert, mit dem sie nicht gerechnet hatte.«

»Vielleicht ihr Sturz?«, gab Joost zu bedenken.

»Nein, das glaube ich nicht.«

»Wieso, glaubst du, ist das wichtig? Dann hat sie eben überrascht geguckt. Na und?«

»Ich weiß nicht …? Es ist mir irgendwie im Gedächtnis hängen geblieben. Schließlich war es das Letzte, was ich von ihr gesehen habe. Zumindest, bevor sie eine Weile verschwand und ich sie erst abends im Hotel wiedertraf.«

»Na, verschwunden ist sie nicht gerade. Ihr seid euch nur nach dem Streit nicht mehr begegnet.«

Greta winkte ab. »Sie hätte auf direktem Wege ins Hotel zurückfahren können, das ist sie aber nicht. Sie ist in Kampen geblieben. Am Strand war sie auch nicht. Da waren wir. Wir hätten sie getroffen. Wo also war sie? Shoppen? Das kann ich nach den Ereignissen nicht glauben. Sie hat sich mit jemandem getroffen. Da bin ich sicher.«

»Dann hat sie diese Person eben getroffen. Vielleicht haben sie in einem Café gesessen. So wie du und Mazur kürzlich.«

Greta warf Joost einen missbilligenden Blick zu. »Möglicherweise ein alter Bekannter?«

»Ja, genau.«

»Ich frage mich …«, begann sie. »Also ich hoffe, das wirkt jetzt nicht irgendwie diskriminierend … Ich will auch keine Klischees bedienen, aber findest du nicht, dass Mazur ziemlich polnisch klingt?«

»Schon. Ebenso wie Adrian.«

Sie hob fragend die Hände.

»Du meinst, er kennt die Opfer möglicherweise wegen seiner Abstammung?«

»Warum nicht?«, erwiderte sie.

»Ich weiß nicht. Ich habe zwar nichts dagegen, diesen Schnösel im Zentrum der Ermittlungen zu wissen, doch das ist genauso dünn wie der Verdacht gegenüber Isolde Geyerstein.« Joost wirkte müde.

Greta kam in Fahrt. »Ich finde, das ist eines zweiten Gedankens wert, nicht nur, weil er gebürtiger Pole sein könnte. Allerdings muss ich gestehen, dass er keinerlei Akzent hat. Vielleicht ist er in Deutschland aufgewachsen? Damit fällt dann aber die Idee flach, dass sie sich aus Polen kennen.«

»Und eine gemeinsame Ethnie allein soll ausreichen, um in Deutschland Bekanntschaft zu schließen?«

»Na, unmöglich ist es nicht, aber ich weiß, was du meinst. Vielleicht im Rahmen irgendeiner gleichgesinnten Vereinigung.« Sie sah ihn mit den Augen rollen. »Ja, ja. Schon gut. Nein, im Ernst. Ich sehe Milena, wie sie vor der Galerie stürzt. Sie steht auf und was sie dabei gesehen haben muss, war ich, die Galeristin und die Galerie. Doch daran hätte sie nichts überrascht. Aber daneben ist ja noch Mazurs Praxis. Vielleicht war er im Fenster zu sehen oder stand gerade in der Tür.«

»Hast du ihn gesehen, als du gegangen bist?«

»Nein. Möglicherweise hat sie nur das Schild zu seiner Praxis entdeckt und ist später noch einmal wiedergekommen, um ihn aufzusuchen.«

»Wollte sie eine psychologische Beratung?«

»Das ist auch möglich.«

»Dann sollte die Polizei auch mit ihm sprechen.«

»Richtig. Oder wir«, schlug Greta vor. Sie hob die Augenbrauen.

»Ganz sicher nicht.«

»Spielverderber!« Sie griff in eine Schale mit Nüssen, die der Kellner vor einigen Minuten vor ihnen abgestellt hatte. »Wann kommt eigentlich dein Sorbet?«

»Keine Ahnung. Ich fürchte, sie haben mich vergessen, oder man sucht mich verzweifelt im Restaurant.« Er sah wehmütig über seine Schulter.

»Ach, Quatsch. Wahrscheinlich ist nur viel los. Was hältst du davon, wenn wir uns noch einmal in Kampen umsehen?«

»Was? Morgen?«

»Nein. Nach dem Sorbet. Heute noch.«

»Heute? Das kann nicht dein Ernst sein! Was glaubst du dort in der Finsternis zu finden?«

»Ich weiß nicht. Ich habe das Gefühl, hier untätig rumzusitzen, und seien wir mal ehrlich, ich kann nicht ewig in diesem Hotel bleiben. Das geht ins Geld.«

»Ja, ja.« Joost winkte ab. »Ich wollte die Dauer meines Aufenthaltes auch nicht von diesem Fall abhängig machen.«

»Schon gut. Kommst du jetzt mit?«

»Sofort? Was erwartest du, dort zu finden?«

»Lass uns einfach hinfahren. Ich sage es dir, wenn wir da sind.«

»Nein, Greta, wirklich nicht. Ich finde es besser, wenn wir das morgen nach dem Frühstück machen.«

Greta war enttäuscht. Ihre Überlegungen hatten gerade so schön an Fahrt aufgenommen, und nun wurde sie von Joost ausgebremst.

»Was hältst du davon, wenn wir schlafen gehen? Umso schneller können wir deine Tour nach Kampen machen.«

Greta war völlig aufgekratzt. Trotzdem nickte sie.

Nachdem Joost bezahlt hatte, standen sie auf und gingen durch den beleuchteten Glasgang in den neueren Teil des Hotels zu ihren Zimmern. Joost gab ihr einen Kuss auf die Wange und verabschiedete sich.

Sobald Greta die Tür hinter sich geschlossen hatte, wurde sie von Stille umfangen. Sie konnte ihre Gedanken wieder hören. Nichts, das sie ablenkte und ihre Aufmerksamkeit beanspruchte. Da war sie wieder, die Szene, wie Milena vor der Galerie innehielt, nachdem sie gestürzt war. Sie hatte etwas gesehen und was konnte das anderes sein als die Praxis von Mazur? Doch wieso hat sie das so überrascht? Der Mann besaß einen polnischen Namen. Das musste nichts heißen. Oder hatte sie ihn tatsächlich gekannt? Gut, er war etwa in ihrem Alter gewesen, vielleicht ein paar Jahre älter, aber nicht viel. Greta ärgerte sich, dass Milena und sie nach diesem Vorfall kaum ein Wort mehr miteinander gesprochen hatten. Wäre ihr Zerwürfnis nicht gewesen, hätte Milena ihr bestimmt erzählt, was sie entdeckt hatte.

Kurzentschlossen schnappte sie sich ihre Handtasche mit den Autoschlüsseln vom Sideboard, nahm ihren Mantel und verließ ihr Zimmer.

KAPITEL 26

Sobald sie mit ihrem Wagen die Hotelgarage verlassen hatte, wurde ihr der Umfang ihrer Entscheidung bewusst. Sie näherte sich erneut dem Mordfall, und das allein mitten in der Nacht auf einer Insel. Die Einsamkeit umfing sie, als sie die Küstenstraße Richtung Kampen hinauffuhr. Der Lange Christian sendete sein Leuchtfeuer unermüdlich über sie hinweg. Trotzdem fühlte sie sich einsam. Da war Licht, es gab Menschen in der Ferne, doch hier in ihrem Auto war nur sie, isoliert mit ihren Gedanken an eine tote Familie.

Als sie angekommen war, machte sie sich nicht die Mühe, ihren Wagen auf dem Parkplatz abzustellen. Stattdessen hielt sie direkt auf der anderen Straßenseite, stieg langsam aus und schloss die Tür ihres Mercedes, so leise es ging. Den Rest erledigte ihr Wagen.

Hinter ihr in einem Gebüsch raschelte es. Sie schickte ein Stoßgebet zum Himmel, es möge sich nicht um eine verdammte Katze handeln oder noch schlimmer: eine Maus. Diese kleinen Nager brachten sie dazu, mit fast übermenschlicher Kraft aus dem Stand auf einen Tisch zu springen, wenn die Situation es erforderte. Die Natur hatte es leider so eingerichtet, dass Katzen und Mäuse hier und da gepaart auftraten. Ein Umstand, den Greta mehr als missbilligte und der der Grund war, weshalb sie Bauernhöfe mied.

Sie blickte sich um. Die Schwärze der Schaufenster in dieser Straße verstärkte ihren Drang, unsichtbar und lautlos zu bleiben. In Gedanken war sie wieder bei der Szene, die sie am heutigen Abend so oft durchgegangen war.

Greta schlich auf die andere Straßenseite und stellte sich vor die Eingangstür zur Galerie. Links daneben prangte das Bronzeschild von Mazurs Praxis. »Dr. Adrian Mazur«. Daneben war ein Fenster. Beinahe in Hüfthöhe begann es. Neugierig warf Greta einen Blick hindurch. Zu dunkel, so ein Mist! Sie holte ihr Handy aus der Tasche und versuchte hineinzuleuchten. Die Scheibe reflektierte das Licht so stark, dass sie dahinter überhaupt nichts erkennen konnte. Greta sperrte das Mobiltelefon leise fluchend und drückte ihre Nase gegen das Fenster. Jetzt war es ihr beinahe möglich, Umrisse im Raum zu erkennen. Und dann, plötzlich, an der gegenüberliegenden Wand. War das …? Sie drückte die Stirn stärker gegen das eisige Glas.

Knack.

Erschrocken zuckte sie zurück. Das Fenster war aufgesprungen. Augenscheinlich hatte Mazur es nur angelehnt, und nun stand es offen. Mit einem Anflug von schlechtem Gewissen drehte Greta sich um. Die Straße lag nach wie vor verlassen da. Keine Menschenseele war um diese Zeit unterwegs. Die Whiskymeile lag ein Stück entfernt, und sie vermutete, dass das kalte, ungemütliche Wetter die Leute im Warmen der Bars und

Gaststuben hielt. Greta schluckte. Dann zog sie sich so geräuscharm, wie es nur irgendwie ging, einen Blumentopf mit Plastikbuchsbaum herbei, stieg kurz entschlossen darauf und kletterte durch das Fenster. Drinnen hatte ihr Puls Höchstgeschwindigkeit erreicht. Sie glaubte, ihren Herzschlag laut hören zu können, so aufgepumpt mit Adrenalin war sie. Mithilfe mehrerer tiefer, langer Atemzüge versuchte sie, sich zu beruhigen. Verängstigt lauschte sie in die Dunkelheit. Stille. So langsam erhielten die Gegenstände im Raum Konturen. Da war ein Schreibtisch, ein Sessel dahinter, eine Bücherwand, Bilder an den Wänden. Offenbar Zertifikate, wie es aussah. Eine Liege, eine kleine Küchenzeile mit allerhand Gefäßen aus Glas, die mit Kräutern gefüllt zu sein schienen, und dann das, was sie von draußen schon erahnt hatte – ein riesiges Gemälde. Öl auf Leinwand – eine Strandszene, Nowaks Signatur in der unteren Ecke. Das Bild musste Milena bei Tageslicht von draußen gesehen haben.

Hmm. Greta war unschlüssig, wie weit sie diese neue Information brachte. Schön und gut. Der Mann besaß ein Gemälde aus der Galerie nebenan. Was sagte das schon aus? So ungewöhnlich war das nicht.

»Was hat dich nur so verblüfft, als du hier hineingesehen hast? Das Bild kann es nicht gewesen sein«, flüsterte sie leise. Greta sah sich erneut um.

»Nein. Es war die Urkunde meiner Approbation als Arzt.«

Sie erschrak und drehte hektisch ihren Kopf in die Richtung, aus der die Stimme gekommen war. Hinter dem Schreibtisch drehte sich der Sessel mit einem Mal, und zum Vorschein kam Adrian Mazur, der offensichtlich die gesamte Zeit mit dem Rücken zu ihr gesessen hatte, versteckt hinter einer hohen Lehne. Das offene Fenster zu ihrer Linken ließ kalte Luft hinein und verwandelte Gretas Atem in sichtbare Wölkchen, die stoßartig ihren Körper verließen. Mazur blieb reglos sitzen und blickte sie entspannt an.

»Ich vermute mal, sie hat sich erinnert, erinnert an einen Jungen, mit dem sie zu Kindertagen in Danzig gespielt hat und den sie aus den Augen verlor, als ihre Familie nach Deutschland zog. So in etwa muss es gewesen sein. Das zumindest hat mir ihr Vater erzählt.«

Greta zog scharf die Luft ein.

»Sie hat hier geklingelt, aber die Praxis war zu dem Zeitpunkt geschlossen, also suchte sie meine Telefonnummer aus dem Netz heraus und hat mich angerufen. Sie sprach von ihrer zufälligen Entdeckung, und ich lud sie zum Abendessen ein.«

»An dem Abend, als sie starb«, flüsterte Greta steif vor Angst.

»Ganz genau. Es sollte ein Treffen alter Freunde werden, aber dazu ist es nicht gekommen.«

»Nein. Ist es nicht.«

»Nein.« Er erhob sich. Instinktiv wich Greta einen Schritt zurück. Ihre Augen wanderten zum offenen Fenster. Sie schätzte die Zeit ab, die sie benötigen würde, um es zu erreichen, sich über das Fensterbrett zu hieven und zu ihrem Wagen zu rennen. Mazur folgte ihrem Blick und lächelte. Er war mindestens 15 oder sogar

20 Jahre jünger als sie. Er würde sie einholen, sobald sie den ersten Schritt gemacht hätte.

Greta steckte die Hand in die Tasche und suchte nach ihrem Autoschlüssel. Als sie ihn ertastete, drückte sie auf den unteren Knopf. Mazur ließ sie nicht aus den Augen. In der Ferne hörte sie die sich öffnenden Türen mit einem lauten Klack. Sofort schloss sie sie wieder mit dem Knopf darüber. Der Wagen hupte einmal, als er verriegelte. Dann wieder von vorn. Mazurs Lächeln wurde breiter. Langsam bewegte sie sich Richtung Fenster. Ihr Auto veranstaltete dabei das schönste Hupkonzert. Wenn es irgendwo in der Nähe Feriengäste oder Anwohner gab, wurden die aufmerksam.

»Möchten Sie nicht lieber die Haustür nehmen?«

Greta hätte nur zu gern »ja« gesagt. Ihre Hüfte schmerzte immer noch vom ersten Mal, als sie sich durch das Fenster geschwungen hatte. Allerdings traute sie dem Frieden nicht. »Wenn es Ihnen nichts ausmacht, verschwinde ich, wie ich gekommen bin.«

Er streckte die Hand aus. »Nur zu. Es ist Ihre Hose. Das Fenster ist seit Wochen nicht geputzt worden.«

Dass sie verschwinden konnte, ließ Greta sich nicht zwei Mal sagen. Als sie nach einiger Anstrengung auf der anderen Seite, auf dem sicheren Bürgersteig, gelandet war, drehte sie sich noch einmal um. Mazur stand ein paar Meter von ihr entfernt und betrachtete sie belustigt. Sie hatte das Gefühl, etwas sagen zu müssen. Die Situation war so bizarr. Sie war unsicher, welchem Gefühl sie den Vorrang geben wollte – Scham oder Angst. Sie entschied sich dafür, reinen Tisch zu machen. »Bitte entschuldigen Sie, dass ich hier so einfach eingedrungen bin. Ich hatte nicht vor herumzustöbern.« Sie hielt seinem bohrenden Blick stand.

»Es war lustig«, antwortete er. »Ich komme oft abends in meine Praxis, um nachzudenken. Die Gegend, in der ich wohne, ist von jungen Touristen überlaufen, und da findet man selten Ruhe am Abend. Dann sitze ich hier in meinem Sessel und genieße die Gelegenheit, meine Gedanken ordnen zu können. Heute standen plötzlich Sie im Zimmer. Ich sollte die Fenster besser überprüfen.«

Greta nickte. »Sie haben Milena also kennengelernt beziehungsweise gekannt?«

»Sie hat an jenem Tag offensichtlich das Bild entdeckt und muss es sich genauer angesehen haben. Vielleicht so wie Sie. Dabei sind ihr die Zeugnisse an der Wand aufgefallen. Der Name und darunter der Geburtsort. Sie hat sich an Adrian Mazur aus ihrer Kindheit erinnert. Verrückt, wie das Leben manchmal spielt. Die Welt ist ein Dorf, finden Sie nicht auch?«

»Ja. Tatsächlich. Na gut. Ich werde dann wieder fahren.«

Er blieb am offenen Fenster stehen, und Greta trat den Rückzug an. Plötzlich drehte sie sich noch einmal um. »Ich finde, Sie sollten mit der Polizei sprechen. Es hilft ihnen, den Abend von Milenas Tod zu rekonstruieren.«

Er nickte. »Das werde ich. Hätte ich längst tun sollen.«

Greta war inzwischen bei ihrem Auto angekommen und sprang hinein. Sie startete den Wagen und wendete mitten auf der Straße. Ihr Wagen war ohnehin der einzige, der noch unterwegs war. Ein Blick auf die Uhr verriet ihr, dass es bereits elf durch war.

Komische Zeit, um in seiner Praxis nachzudenken, dachte sie. Ihr ganzer Körper kribbelte. Sie wünschte, sie wäre schon im Hotel, und sie wünschte, Joost wäre mitgekommen. Der lag wahrscheinlich friedlich schnarchend in seinen Kissen und träumte. Es war zu spät, um ihn anzurufen, doch je weiter sie sich von Kampen entfernte und je dunkler die Straße wurde, umso mehr sehnte sie sich nach einem Gesprächspartner. Der Leuchtturm sendete zu ihrer Rechten sein kaltes Licht, und ein weiteres Mal beunruhigte es sie mehr, als dass sie sich sicher fühlte.

Auf dem Beifahrersitz stand ihre Handtasche. Sie kramte darin, fand aber schließlich ihr Handy in der Hosentasche. Sie war so sehr durch den Wind, dass sie vergessen hatte, wo es sich befand. Bei dem Gedanken daran, was Joost sagen würde, wenn er erfuhr, dass sie zu Mazur gefahren war, verzog sie das Gesicht. Andererseits hatte sie viele Informationen erhalten, die sich ihr morgen früh nicht eröffnet hätten. Es war schon ein ziemlicher Zufall gewesen, dass sie heute Abend auf Mazur getroffen war. Egal. Sie suchte mit einem Auge auf der Straße und dem anderen auf dem Handydisplay nach Joosts Nummer und wählte. Zügiger, als sie erwartet hatte, ging er ran.

»Wo bist du?«

Stille. Greta hatte es die Sprache verschlagen.

»Entschuldige. Das sollte nicht wie ein Vorwurf klingen. Ich habe mir ein wenig Sorgen gemacht, weil du nicht auf deinem Zimmer warst, um diese Zeit. Ich habe schon befürchtet, du wärest noch weggefahren, um zu schnüffeln.«

»Du warst noch einmal bei meinem Zimmer?«

»Nein. Zuerst habe ich dich im Zimmer angerufen. Als du dort nicht rangingst, wollte ich es eben auf deinem Handy probieren, aber du bist mir zuvorgekommen. Ich wollte dir von meinem Telefonat mit Fred erzählen. Er rief an und berichtete mir von einem Gespräch, dass er gerade mit Jorgensen geführt hat.«

»Um die Zeit?«

»Der Mann ist Junggeselle und bekannt dafür, dass er bis spät nachts an seinen Fällen sitzt.«

»Um was ging es?« Greta war erleichtert, mit ihm reden zu können und so nicht völlig allein durch die Dunkelheit fahren zu müssen.

»Sie hatten damals den Wagen von Karol Nowak auf Herz und Nieren geprüft. Es ist kein Blut gefunden worden. Auch nichts anderes, was darauf hindeutete, dass man in diesem Auto eine Leiche transportiert hatte.«

»Das haben wir ja auch nicht angenommen. Wir dachten uns nur, dass jemand das Auto zurück nach Hause gefahren hat.«

»Richtig. Man hat einige fremde Haare sichergestellt. Nicht weiter verwunderlich. Die meisten Leute nehmen irgendwann einmal andere Menschen mit. Jetzt kann man diese Spuren allerdings mit konkreten Personen abgleichen, die in das Zentrum der Ermittlungen rücken. Der ehemalige Freund von Frau Nowak wäre ein passender Kandidat.«

»Toll. Dann konnten wir tatsächlich helfen.«

»So sieht es aus.«

»Joost, mir sind auch einige Informationen zu Ohren gekommen. Ich weiß jetzt, was Milena gemacht hat, nachdem sie die Galerie verlassen hat.«

»Tatsächlich? Wo bist du denn?«

Greta verdrehte die Augen. Dabei fiel ihr im Rückspiegel auf, dass sie nicht mehr allein auf der Straße war. Etwa 50 Meter hinter ihr fuhr ein weiteres Auto. Sie war erleichtert. »Ich weiß, was du davon hältst, aber ich sehe es anders. Ich bin zu seiner Praxis gefahren und habe mit Mazur gesprochen.«

»Wie bitte? Hast du ihn angerufen? Was hast du ihn gefragt?«

Sie atmete tief durch. »Er ist mir quasi zufällig über den Weg gelaufen.« Das war keine direkte Lüge, na ja, vielleicht eine kleine. Sie wusste, dass Joost nicht im Traum daran denken würde, dass sie bei ihm eingebrochen war.

»Wo hast du ihn getroffen?«

»Bei seiner Praxis.«

»Fand er es nicht merkwürdig, dass du dich zu dieser Zeit dort herumtreibst?«

»Schon ein wenig, denke ich.«

»Aha.« Joosts Missfallen war ihm deutlich anzuhören.

»Ich habe herausgefunden, dass Milena an ihrem letzten Abend mit ihm verabredet war – zum Essen. Ich vermute in unserem Hotel. Genau weiß ich es aber nicht.«

»Tatsächlich?« Er klang ehrlich verblüfft.

»Du hättest nicht gedacht, dass meine Schnüffelei zu etwas führen würde, ich weiß.«

»Ich gebe mich geschlagen. Du hast tatsächlich etwas herausgefunden. Wieso hat er dir das erzählt und nicht der Polizei?«

Greta stutzte. Das hatte sie nicht gefragt. »Ich vermute mal, dass er in nichts reingezogen werden wollte.«

»Das vermutest du? Wieso hat er plötzlich damit herausgerückt?«

»Die beiden sind alte Bekannte. Ich bin dahintergekommen.«

»Du bist dahintergekommen?«

»Ja.« Greta ließ das Kiefernwäldchen hinter sich, hinter dem sich das Hotelgelände befand. »Ich habe entdeckt, dass er in Danzig geboren wurde – so wie Milena.«

»Das musst du mir schon genauer erklären.«

»Wenn du es unbedingt wissen musst, ich habe durch sein Fenster gesehen und an der Wand seines Büros hängen einige Urkunden. Seine Approbation zum Beispiel. Da steht sein Geburtsort drauf.« Sie hatte während des Gesprächs mit Mazur einen Blick darauf geworden.

»Das konntest du vom Fenster aus sehen? Die Pillen musst du mir bei Gelegenheit empfehlen, die dir zu solch guten Augen verhelfen.«

Greta schwieg. Sie blinkte und bog in die kurze Küstenstraße zum Hotel ein.

»Bitte sag mir, dass du nicht bei ihm eingebrochen bist und er dich dabei erwischt hat!«

Sie holte Luft, wollte ihn jedoch nicht anlügen.

»Greta! Himmel noch mal!«

Sie konnte vor ihrem geistigen Auge sehen, wie er sich die Haare raufte. Zugegeben. Die Situation war ziemlich brenzlig und peinlich gewesen. Es lohnte nicht, Joost vom Gegenteil überzeugen zu wollen. Sie glaubte selbst nicht daran. »Es ist alles gut gegangen und wir wissen jetzt, mit wem Milena verabredet war. Er wird morgen mit der Polizei sprechen und die Sache aufklären.«

»Na, Gott sei Dank. Nicht auszudenken, was geschehen wäre, wenn du auf den Mörder gestoßen wärst.«

»Du Schwarzmaler. Ich wünschte, du wärst etwas optimistischer in deiner ganzen Einstellung.«

»Das bringt der Job mit sich. Wenn du dasselbe gesehen hättest wie ich jahrzehntelang, wärst du vorsichtiger und würdest die Schnüffelei den Profis überlassen.«

»Leider helfen uns deine Einwände nicht weiter.« Sie steuerte die Tiefgarage des Hotels an, ließ das Fenster runter und hielt die Zimmerkarte vor das Lesegerät. Das Rolltor bewegte sich langsam nach oben.

»Es ist ein weiteres Puzzleteil und wichtig für die Ermittlungen. Sicher kann Mazur mehr dazu beitragen, wenn Jorgensen mit ihm spricht. Er hat dir ja nur ein paar Brotkrumen gegeben.«

»Wie meinst du das bitte schön?« Greta fühlte sich in ihrer Ehre gekränkt, während sie langsam die Einfahrt hinunterrollte.

»Er war mit Milena verabredet, schön und gut. Aber warum hat er sie nicht angetroffen? Wurde er aufgehalten? Hat sie abgesagt? Was ist passiert, dass es nicht zu diesem Treffen kam? Letztendlich hat er ja mit der Geyerstein gespeist. Erinnerst du dich? Wir haben die beiden gesehen.«

»Stimmt! Du hast recht. Das hätte ich fragen müssen.« Sie ärgerte sich, dass sie nicht daran gedacht hatte. Die Angst musste sie benebelt haben.

»Nicht du, sondern die Polizei. Das ist schon alles gut so. Diese Befragung müssen Profis durchführen, oder willst du, dass er sich auf bestimmte Fragen vorbereiten und die Antwort zurechtlegen kann?«

»Hältst du ihn etwa für verdächtig?« Greta stieg mit dem Handy zwischen Ohr und Schulter aus ihrem Auto.

»Darum geht es nicht. Aber manchmal formulieren die Leute ihre Aussagen so, wie sie es für angemessen und am wenigsten belastend für sie halten. Am besten ist, wenn jemand keine Zeit hat, lange darüber nachzudenken.«

»So ein Mist!« Das Handy war ihr weggerutscht und schlitterte über den Garagenboden. Sie bückte sich und tastete danach. Es war ziemlich weit unter das benachbarte Auto gerutscht. So kam sie nicht ran. Sie musste ihre Handtasche abstellen und auf die Knie gehen. Als sie unter das Auto sah, entdeckte sie auf der anderen Seite zwei Füße. Dann tauchte eine behandschuhte Hand auf, die nach dem Mobiltelefon angelte und es an sich nahm. Greta sprang auf. Ihr gegenüber stand Mazur, der demonstrativ das Gespräch beendete und nun um den Wagen herumging.

»Guten Abend«, sagte sie vorsichtig.

»Guten Abend, Greta. Wo haben Sie Ihre Zimmerkarte?«

»Meine Zimmerkarte?«

»Ja.« Er trat einen großen Schritt auf sie zu, und mit einer einströmenden Brise von draußen konnte sie es riechen – Tabac – sein Eau de Cologne. Das war es, was bei Andreas Walther gefehlt hatte – der Duft. Zitternd bewegte sie sich zur Seite Richtung Ausgang. Ihre Zimmerkarte angelte sie aus ihrer Handtasche und umklammerte sie fest.

»Danke. Dann muss ich nicht so lange suchen. Bei dem jungen Nowak konnte ich sie nicht rechtzeitig finden, um wieder rauszukommen aus diesem Verlies.«

»Sie haben sie umgebracht?«, stammelte Greta zaghaft. »Wieso? Sie waren doch Freunde oder zumindest alte Bekannte.«

Er grinste. »Das Problem dabei ist: Ich bin nicht Adrian Mazur.«

KAPITEL 27

Greta schielte zur Tür, die mit einem Mal unerreichbar war. Mazur, oder wie auch immer er hieß, stand ihr direkt gegenüber. Er steckte ihr Handy in seine Tasche und holte ein Messer heraus.

Das war's jetzt endgültig, dachte sie. Er folgte ihrem Blick. »Sie wünschten sich sicher, Sie hätten weniger geschnüffelt, richtig?«

»Ich werde mich nicht dafür entschuldigen, dass ich nach der Wahrheit gesucht habe. Was soll das heißen, Sie sind nicht Mazur? Wer sind Sie dann?«

»Ich bin auf jeden Fall nicht der Mann, den die kleine Nowak erwartet hat, als sie meinen Namen am Eingang las, oder der, auf den ihr Vater gehofft hat, als er herausfand, wo ich angeblich geboren wurde.« Er baute sich stolz vor ihr auf. »Mein Name ist Viktor Beil. Ich habe vor 20 Jahren mit Mazur in einer Wohngemeinschaft gelebt. Nachdem er gestorben war, habe ich seine Identität übernommen. Er brauchte sie ja nicht mehr. Er hatte gerade seinen Doktor gemacht, und ich war zum wiederholten Male durch wichtige Prüfungen gefallen. Seitdem lebe ich als Adrian Mazur. Genügt Ihnen diese Erklärung?«

»Bei Weitem nicht.« Greta schüttelte energisch den Kopf. Sie hoffte, dass er seine Geschichte jemandem erzählen wollte, auch wenn derjenige danach nicht mehr lange leben würde. Sie behielt recht.

Lächelnd fuhr er fort: »Ich habe auf Sylt meine Praxis eröffnet. Wenn man erst einmal einen Titel hat, läuft alles andere wie geschmiert. Die reichen, gelangweilten Hausfrauen rannten mir die Bude ein. Heutzutage hat man seinen Seelenklempner auf Sylt. So in etwa. Ich habe auch vorher schon sehr gutes Geld verdient, aber Sylt stellte alles in den Schatten. Dann stand eines Tages der alte Nowak vor mir. Er wollte mir höchst persönlich das gekaufte Bild vorbeibringen, weil ich ja direkt nebenan praktizierte. Dieses verdammte Bild! Damit fing der Ärger an. Er überschüttete mich mit Fragen. Ob ich der verschollene Sohn seiner Freunde Mazur aus Danzig wäre und wie großartig es wäre, wenn er ihnen die gute Nachricht überbringen dürfte. Sie hätten ja so lange nichts von ihrem Kind gehört.«

»Haben diese Leute denn niemals den Namen ihres Sohnes gegoogelt und sind dabei auf Sie gestoßen?«, fragte Greta irritiert.

»Natürlich habe ich in den letzten Jahren Anrufe und Briefe erhalten. Immer von Menschen, die Adrian gesucht haben. Es ist ein Leichtes, zu sagen, dass es sich um einen Namensdoppelgänger handelt. Sie ließen mich danach in Ruhe. Niemals hat jemand die Polizei eingeschaltet. Offensichtlich war es niemandem so wichtig, Mazur zu finden. Er war auch kein netter Mensch, wenn ich so darüber nachdenke. Dasselbe habe ich auch mit Nowak probiert. Er wirkte enttäuscht, als er ging, doch ich dachte, er hätte es geschluckt. Etwas später fiel mir auf, dass meine oder besser gesagt Adrians Approbation direkt an der Wand hing, an die er das neue Bild gestellt hatte. Name, Geburtsort und Geburtsdatum stehen darauf, wie du inzwischen weißt. Ich musste was tun. Also suchte ich nach Nowak und fand ihn zwei Tage später. Der Rest ist dir bekannt.«

»Sie haben ihn umgebracht?«

»Ich hatte keine Wahl. Er hätte geredet, Leute hätten nach mir gesucht und es wäre herausgekommen, dass ich nicht Mazur bin.«

»Aber dafür einen Mord begehen? Was sag ich? Drei Morde!«

»Ach, Greta! Sie hätten angefangen, sich zu fragen, was mit dem echten Adrian Mazur geschehen ist und wo er sich aufhält.« Er verzog das Gesicht, und Greta schluckte. »Auf die ein oder andere Leiche kam es da nicht mehr an.«

»Ihn also auch?«

Er zuckte mit den Schultern.

»Verstehe«, sagte sie. »Sie haben ein Boot.«

»Natürlich habe ich eins«, verkündete er stolz.

»Und Nowaks Auto haben Sie zurück nach Hamburg gefahren.«

»Gut kombiniert.«

Greta war trotz der Schmeichelei nicht nach Lächeln zumute.

»Die Adresse fand ich auf seinem Personalausweis. Alles lief perfekt, bis sein Sohn hier herumschnüffelte. Sein Vater musste ihm gegenüber irgendeine Bemerkung am Telefon gemacht haben. Auf jeden Fall stand er eines Tages vor meiner Tür.«

»Und dann sind Sie ihm gefolgt, genauso wie mir jetzt.«

»Exakt! Witzig, dass wir uns an diesem Abend schon begegnet sind.«

»Vielleicht ist das Schicksal.«

»Das möchte ich gerne so sehen. Und an dieser Stelle endet die Geschichte. Vielleicht auch die von Adrian Mazur. Das weiß ich noch nicht. Möglicherweise wird es Zeit weiterzuziehen, irgendwo frisch anzufangen.«

»Vielleicht diesmal als Viktor Beil?«

»Sicher nicht. Dieser Mann hat mir nur Pech gebracht.«

»Ist das denn nicht Ihr Name?«

»Wer weiß.« Er grinste und kam auf sie zu. Greta nahm die Beine in die Hand und lief auf die Wand mit dem kreisrunden Durchbruch zu, die sie umrunden musste, um zum Ausgang zu gelangen. Dass ihr Vorsprung zu gering war, war ihr klar. Doch die Hoffnung wollte sie nicht aufgeben. Sie entschied sich gegen die Umrundung und sprang mit einem Satz durch das Loch auf die andere Seite des Raumes. Ihre Gelenke schrien schmerzhaft auf, als sie den Boden mit den Fußsohlen berührte. Dicht hinter sich hörte sie Beils Schritte. Auf einmal ging die Tür ihr gegenüber auf und Joost trat hindurch. Innerhalb einer Sekunde hatte er die Situation erfasst und sprintete auf sie zu. Er warf sich auf Beil und rang ihn mit dem Messer in der Hand zu Boden. Greta fackelte nicht lange. Sie schlug die Scheibe mit dem Feueralarmknopf neben der Tür ein und drückte ihn. Dann schrie sie durch die geöffnete Tür so laut sie konnte um Hilfe.

KAPITEL 28

Später am Abend stand Joost mit Greta vor ihrer Zimmertür.

»Autsch!«

»Bitte entschuldige!« Greta trat einen Schritt von Joost zurück, der sich schmerzhaft krümmte, als sie ihn gedrückt hatte. »Wird es denn gehen? Du hättest einen Arzt draufschauen lassen sollen. Den, der Mazur verarzten musste.« Ein Schmunzeln stahl sich auf ihre Lippen.

Joost wirkte verlegen. »Alles in Ordnung. Das ist nur eine Fleischwunde. Du siehst, es hat aufgehört zu bluten. Dann muss da auch nichts genäht werden. Er hat mich mit der Klinge nur leicht gestreift.«

Als Joost sich todesmutig auf Mazur gestürzt hatte, hatte dieser ihm vor Überraschung nur das Messer entgegenstrecken können. Die Klinge hatte ihn am Oberarm gestreift und keinen tieferen Schaden angerichtet. Greta hatte darauf bestanden, noch an Ort und Stelle nachzusehen, wie die Wunde aussah, doch Joost war eisern geblieben und hatte sich seiner Kleidung nicht entledigt. Sie vermutete insgeheim eine gewisse Eitelkeit dahinter. Die Polizei war inzwischen gefahren. Sie hatten Mazur oder Beil oder wie auch immer der Mann hieß, mitgenommen, Greta und Joosts Aussagen aufgenommen und sie dann in ihre Nachtruhe entlassen.

»Ich kann immer noch nicht glauben, was du denen vorhin alles erzählt hast«, sagte Joost und schüttelte tadelnd den Kopf. Greta war bei ihrer Zeugenaussage vollkommen ehrlich gewesen, als sie beschrieben hatte, was sich am heutigen Abend alles zugetragen hatte.

»Jetzt ist es vorbei, oder etwa nicht?«

»Schon, aber das hätte auch anders enden können.«

»Du hattest recht mit der Dreistigkeit des Mannes. Er ist das Risiko eingegangen, mich fahren zu lassen – bis zum Hotel! Ich hätte von unterwegs die Polizei rufen können!«

»Er war sich sicher, dich um den Finger gewickelt zu haben.«

»Dasselbe Muster wie bei den Nowaks. Er hat sie immer erst von der Leine gelassen, bevor er zugeschlagen hat. Der Mann muss ein enormes Vertrauen in seine Gesprächsführung gehabt haben. Was für ein Ego!«

»Ich bin mir sicher, dass er viel von Psychologie versteht, oder zumindest von Manipulation, auch wenn er kein echter Arzt ist«, bemerkte Joost.

»Wahrscheinlich ein Narzisst, wie er im Buche steht.«

»Wenn dir das Telefon nicht aus der Hand gefallen wäre und wir unser Gespräch einfach nur beendet hätten, wäre ich nie in die Garage gekommen, um nach dir zu sehen.«

»Du bist ein unglaublicher Schwarzmaler, Joost. Gib doch einmal zu, dass meine Entschlossenheit und mein investigatives Naturell letztlich zur Ergreifung des Täters geführt haben.«

Er schnaufte und sah sie mit einem hilflosen Blick an. »Du hast sehr viel Glück gehabt. Glaub mir. Schon beim ersten Mal, als du mit dem Kerl allein in seiner Praxis warst. Herrgott, was hast du dir nur dabei gedacht? Brichst bei ihm ein. Um diese Zeit.«

»Wann wäre deiner Meinung nach ein besserer Zeitpunkt gewesen?« Greta schaute ihn herausfordernd an.

»Du weißt, wie ich das meine. Ich mag gar nicht daran denken, was wird, wenn wir beide abreisen.«

»Wie soll ich das verstehen?« Greta spielte an einer Kette mit großen Holzperlen herum, die sie um den Hals trug.

»Na, wer passt dann auf dich auf?« Er sagte es, ohne eine Pause zu machen, ohne Verlegenheit in der Stimme. Ganz so, als läge es auf der Hand, dass Greta allein nicht zurechtkäme. Sie runzelte die Stirn.

»Jetzt sei nicht böse«, fügte er beschwichtigend hinzu. »Das war schmeichelhaft gemeint.«

»Ich werde wunderbar zurechtkommen, Joost. Du brauchst dir keine Sorgen um mich zu machen. Ich passe auf mich auf. Das tue ich seit 65 Jahren, und es hat sich bewährt.«

»Ich widerspreche nicht. Aber lass gerne etwas von dir hören, wenn du dich einmal langweilst.«

»Himmel. Du klingst ja, als würdest du dich verabschieden. Ich dachte, wir frühstücken noch schön gemeinsam, bevor wir morgen starten.«

»Ja, natürlich. Ich bin vermutlich etwas aufgekratzt, jedenfalls bin ich überhaupt nicht müde. Ich werde dich aber jetzt ins Bett entlassen, und wir unterhalten uns morgen.«

»Das machen wir. Schlaf gut.«

Joost küsste sie auf die Wange und ging.

Greta ging es tatsächlich genau wie ihm. Als sie später in der Nacht wach in ihrem Bett lag, dachte sie daran, dass sie diese Insel vermissen würde. Nicht wie früher, weil sie die Zeit mit ihrem Mann vermisste. Es war ein anderer Aspekt hinzugekommen. Die Erinnerungen an ihre früheren Urlaube waren verblasst und an ihre Stelle traten Abenteuer, die sie mit Joost erlebt hatte. Sie hatte sich prächtig unterhalten und die Vergangenheit hinter sich gelassen, auch wenn sie das unter den gegebenen Umständen nicht so positiv sehen wollte. Ihre Lebensgeister waren wiedererweckt worden, und sie fühlte sich wie eine 30-jährige Frau. Möglicherweise war die Idee des alten Nowaks, sich hier oben ein Häuschen kaufen zu wollen, doch nicht so schlecht gewesen. Vielleicht hatte er daran gedacht, Mazur zu erpressen, um an die Summe dafür zu kommen.

Die Insel versprühte einen unleugbaren Reiz. Selbst bei diesem unfreundlichen Wetter, das derzeit herrschte. Greta freute sich geradezu darauf, bald wieder ihre Nase in den Wind zu halten, die Kapuze überzuziehen und für einen ausgedehnten Spaziergang dem Wetter zu trotzen.

Weitere Titel finden Sie auf den folgenden Seiten und im Internet:

WWW.GMEINER-VERLAG.DE